KB237529

포갓

For God

FUSION FANTASTIC STORY

포갓 5

취령 퓨전 판타지 소설

초판 1쇄 찍은 날 § 2007년 7월 26일
초판 1쇄 펴낸 날 § 2007년 8월 6일

지은이 § 취령
펴낸이 § 서경석

편집장 § 문혜영
편집책임 § 최하나
편집 § 서지현 · 심재영

펴낸곳 § 도서출판 청어람
등록번호 § 제1081-1-89호
등록일자 § 1999. 5. 31
어람번호 § 제1-0862호

주소 § 경기도 부천시 원미구 심곡1동 350-1 남성B/D 3F (우) 420-011
전화 § 032-656-4452 팩스 § 032-656-4453
http://www.chungeoram.com
E mail § eoram99@chollian.net

ISBN 978-89-251-0822-3 04810
ISBN 978-89-251-0661-8 (세트)

퓨전 판타지 소설
취령 FUSION FANTASTIC STORY

파천(破天)

5

포갓

For God

[완결]

도서출판 청어람

目次

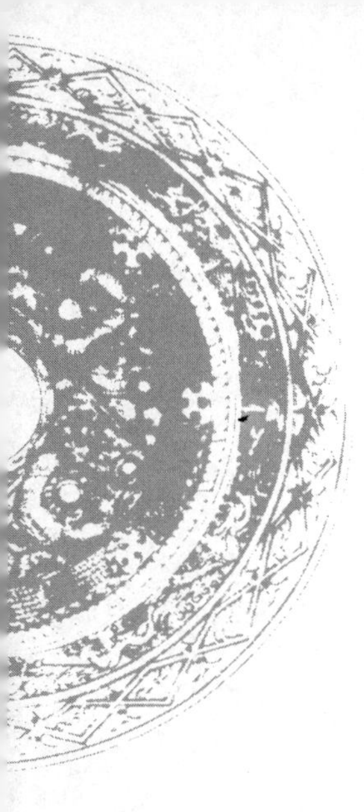

第一章
사면초가(四面楚歌)

죽은 자의 영혼과 사람의 심혼(心魂)을 다루는 흑마법사 무림에 환생하다!

마왕의 힘을 배워 9클래스의 마법 경지를 넘어서고, 절대의 무공 경지에 들다!

그를 기다리는 건 무림사에 더없을 멸겁의 종말, 새황 오대천의 살혼마신!

독고진이 지하에서 얻어낸 정보들, 그것은 그를 경악케 하
기에 충분했다.

"……."

독고진은 그것들에서 시종일관 눈을 떼지 못했다.

"이런 말도 안 되는……!"

그곳에는 독고진이 원하던 정보는 없었다. 오대천의 잔당들
이 이 근방에 잠입해 있을 만한 단서는 눈을 씻고 찾아봐도 없
었던 것이다. 하지만 그것보다 훨씬 더 중요한, 그리고 엄청난
정보가 독고진의 눈에 띠고 말았다.

"위지 부단주."

나직한 독고진의 부름. 그리고 거기에 느껴지는 작은 떨림

을 느낀 위지천은 긴장된 표정으로 그를 향해 고개를 돌렸다.

"예, 단주님."

독고진은 스르르 고개를 돌려 위지천을 바라보았다. 그리고 그는 하나의 종이쪼가리를 그에게 건넸다. 여러 번 접혀 있어 편다면 꽤나 커다랄 것 같아 보이는 것이었다.

"이게 뭡니까?"

"사도련의 사천 지부 총책임자가 거하는 곳이 표기되어 있는 지도일세."

그의 말에 위지천은 의아한 표정이 되었다. 갑자기 독고진이 왜 사도련을 언급하는지 이해가 잘 되지 않았기 때문이다.

"잠입하든 때려부수든 총책임자를 산 채로 내 앞에 끌고 오게. 꼭 살아 있어야만 하네."

"무슨 일이십니까?"

적잖이 심각해 보이는 독고진의 표정을 보며 위지천은 슬쩍 물어보았다.

"사천 지부장을 잡아오면 그때 이야기해 주겠네. 한시가 급한 일이야."

"그런데 사도련의 사천 지부라면… 사도련의 지부 중에서도 규모가 큰 곳들 중에 한 곳이라 알고 있습니다. 제 실력으로 그런 곳에 들어가 지부장이란 자를 산 채로 잡아서 나오는 것이 가능하겠습니까?"

그에 독고진은 고개를 끄덕인다.

"충분히 가능하네. 내가 준 지도는 내부 구조도야. 그것을 보고 잠입하여 들어간다면 지부장 하나 낚아서 빠져나오는 것은 자네 능력으로 식은 죽 먹기일 걸세."

사도련은 각 성(省)에 지부를 하나 이상씩은 두고 있다. 그런데 특이하게도 사도련의 지부에서는 가장 우두머리가 가장 무공이 강한 이가 아니다. 암시장의 생리에 관한 지식과 권모술수에 능한 책사 격의 인물들이 우두머리로 있는 것이다. 그리고 그 바로 아래 무력이 강한 수하를 두어 그를 보조케 하고 있다.

그렇기에 독고진의 이야기는 현실성이 있었다. 내부 구조도만 있다면 지부장 하나 정도 사로잡는 것은 일도 아닐 것이기 때문이다.

"그리고 만일 부단주보다 강한 자를 만난다면……."

독고진은 품속을 뒤적였다. 무언가를 꺼내려는 듯한 모습이었다.

"이 병의 뚜껑을 열어서 뿌리게. 그리고 이것을 가지고 있게."

독고진이 건넨 것은 손바닥 크기만 한 작은 병과 구(球)형의 정체불명의 물체였다.

"이것들은 뭡니까?"

"그 병은 당가에서도 손에 꼽을 정도로 그 위력이 강한 독이 담긴 병일세. 그리고 이것은 피독주지."

위지천은 그제야 이해가 간다는 듯한 표정이 되었다.

"그냥 뿌리기만 하면 되는 겁니까?"

"칠왕 급 이상의 고수가 아니라면, 그 독으로 시간을 충분히 벌 수 있을 걸세. 어지간하면 즉사할 거야."

그 말에 위지천은 침을 꿀꺽 삼킨다. 이 작은 병에 그만한 위력이 숨겨져 있다는 것에 놀란 것이었다.

"그럼 다녀오겠습니다."

"그래, 최대한 빠르게 지부장을 사로잡아서 사천무림맹으로 오게나. 나는 몇 가지 일들을 해결한 후, 사천으로 갈 것이니 대충 시간이 맞아떨어질 게야."

위지천은 고개를 끄덕인 후 지도와 병, 그리고 피독주를 품 속에 넣고 고개를 숙여 보였다.

"그럼."

간단히 인사를 한 그는 쏜살같이 움직였다. 한시가 급하다는 독고진의 당부 때문이었다.

"어렵군……."

사천 지부의 지부장을 위지천이 잡아올 것이라는 데에 독고진은 아무런 걱정도 하지 않았다. 그가 위지천에게 건네준 독은 사실 자신이 직접 제조한 것이기 때문이다. 극에 이른 마기가 담긴 독가루는 사실 어지간한 고수라면 한 줌 독수로 녹여 버릴 만한 위력을 지니고 있었다. 칠왕 급의 고수라 하어도 방심했다간 단박에 골로 보낼 수 있을 만한, 그런 것이었다.

독고진은 위지천을 부르기 전까지 읽던 너덜너덜해진 종이를 다시 펴 들었다.

지령.

모든 분타의 타주는 이 명을 받들라.

본인은 곧 무림맹과의 일전을 진행하기로 결정하였다.

본 련의 모든 장로 급 이상의 인사들이 모인 자리에서 결정한 것이니 명령에 불복한다면 엄히 다스릴 것이다.

각 분타는 모든 무사들을 이끌고 대기하라.

머지않아 다음 지령이 내려갈 것이다.

현 무림맹은 그대들도 알다시피 무척이나 그 세가 약해져 있는 상황이다.

이러한 기회가 더 없음을, 누구나 인지할 수 있음이다.

다음 지령은 아마도 총공세를 명하는 것일 테니, 모두 철저한 준비를 하라.

邪, 總 聯主 藍 印

*　　　*　　　*

"오랜만이네, 갈(葛) 노사."

혜원과 백리명의 앞에는 백발의 노인이 푸근한 미소를 지으며 서 있었다. 선풍도골(仙風道骨)이라고 해도 손색이 없을 정도의 풍채는 두 사람에 전혀 뒤지지 않을 만한 위엄까지 지니고 있었다.

"오랜만입니다, 두 분 어른. 하나 제게 노사(老師)라니요. 두 분께서 제게 노사라시면……."

노인은 겉으로 보아선 두 사람과 비교하여 전혀 꿇릴 것이 없는(?) 배분의 인물처럼 보였지만, 실상을 따지자면 그렇지 않았다.

"어허, 우리가 제법 노구(老軀)들이기는 하지만, 같이 늙어가는 처지에 뭐 그런 것을 따지시는 겐가. 그렇지 않은가, 성존?"

혜원의 입에서 나온 성존. 이는 무림인이라면 누구나 존경해 마지않는 존재이자, 존재하되 존재하지 않는 듯한, 마치 신기루 같은 인물이었다.

성존(聖尊) 갈휘(葛輝).

사존의 일인이자, 삼황 사존 칠왕 중 가장 신비로운 인물로 알려져 있는 이를 칭하는 말인 것이다.

정사대전의 종결 이후 한 번도 그 모습을 드러내지 않아, 세인들 사이에 수많은 가설이 돌게 만든 인물. 그런 그와 두 사람의 무(武)의 황제라 할 수 있는 인물들이 아는 사이였다는 것이 알려지다면 세간에는 또 한 번 수많은 유언비어들이 난무할 터였다.

"그렇긴 합니다만……."

말을 흐리는 그를 보며 백리명은 싱긋 웃었다.

"자자, 주책 맞게 쓸데없는 말을 하며 시간을 보내고 있을 때인가? 일단 안으로 좀 들어가지. 그래도 되겠나?"

성존은 고개를 끄덕였다.

"물론입니다. 어찌 두 분을 세워둘 수 있겠습니까? 어서 들

 FOR GOD

어가십시오."

*   *   *

"오오, 그래. 네가 단목하(端木霞)라는 아이로구나."

단리철은 그의 앞에 다소곳이 앉아 있는 여인을 향해 인자한 미소를 지어 보였다. 자신과 유일하게 의형제를 맺은 빙궁의 궁주 단목유(端木流)의 딸아이인 만큼 핏줄처럼 여기고 있었다.

"등천각 입관식 때에도 잠시 맹주님과 인사를 나눈 적이 있습니다."

처음 본 것이 아니라는 소리. 조금은 핀잔이 섞인 그 말에 단리철은 웃고 말았다.

"하핫, 그랬었나? 이 숙부가 잘못했구나. 그때는 너무 어지러운 일이 많아서 말이지."

하지만 단목하의 표정은 그다지 좋아 보이지 않았다. 그녀는 어서 돌아가겠다는 말을 전하고, 이 자리를 빠져나가고 싶은 맘뿐이었다.

"괜찮습니다."

"그래, 나는 어인 일로 찾아온 게냐?"

단리철은 단목하와 이것저것 나누고 싶은 이야기가 많았지만, 그럴 만한 여유가 없었다. 상황이 상황인 만큼 시간을 낼 수가 없는 것이다.

"빙궁으로 돌아오라는 아버님의 명을 받아서요. 이렇게 숙부께 인사 올리고 떠나려 합니다."

단리철은 흡족한 미소를 지었다. 단목하의 예의 바른 모습이 마음에 들었기 때문이다.

"그래, 잘 생각했다. 그렇지 않아도 이곳이 너무 위험하여 걱정이 되더구나. 빙궁이 훨씬 더 안전한 것은 확실하지."

오대천의 표적은 분명 무림맹뿐만이 아닐 것이다. 단리철은 그렇다고 확신했다.

"그럼, 소녀는 금일 중으로 짐을 챙기겠습니다."

단리철은 고개를 끄덕이며 대답했다.

"그렇게 하도록 하거라. 한 치 앞도 볼 수 없는 것이 현 상황이니… 되도록 일찍 움직이는 것이 좋을 터. 네 아비에게 안부나 전해주어라."

＊　　　＊　　　＊

제법 화려한 장내.

화려하다기보다는 고풍스럽다고 해야 할까? 여러 가지 골동품이 있는 아늑한 분위기의 방 안에서 세 노인은 심각한 표정으로 이야기를 나누고 있었다.

담소(談笑)와는 거리가 조금 있는 듯한 그런 이야기였다.

"으음, 황실 사정이 그래도 나아졌다니 다행이구만."

"그렇습니다. 담가가 축출당하고 나니, 군부를 장악하는 것은 일도 아닙니다. 기존의 제장들 중에도 저를 따르던 이들이 꽤 되었기 때문에……."

이야기를 나누는 백리명과 갈휘, 그리고 심각한 표정으로 구경(?)하고 있는 혜원.

"그럼 얼마나 걸리겠는가?"

뜬금없는 말임에 분명했지만, 갈휘는 이해가 되었는지 잠시 눈을 감았다. 그리고 생각하는 듯한 표정이 되었다.

"아직 정해진 것은 아무것도 없습니다. 수습이 끝나는 대로, 관(官)도 동원해야지요. 어지간하면 그냥 방관하겠으나, 지난 배교 때와 같이 심각한 상황이라면 어쩔 수 없는 것 아니겠습니까?"

갈휘와 백리명의 대화는 놀라운 사실을 보여주고 있었다.

"그렇지. 자네가 신경 좀 써주게. 우리에겐 자네 개인의 무력은 물론, 황실의 힘마저 절실한 상황이라네. 자네의 금의위만이라도 좀 어떻게 안 되겠나?"

황실, 그리고 금의위. 이는 성존 갈휘의 숨겨진 신분을 언급하고 있는 것이나 다름없었다.

"백리 늙은이의 말이 맞네. 지금 현 상황이 그만큼이나 심각하다는 것이야. 금위대장인 자네만큼 현 황실의 무력을 대동할 수 있는 이는 드물다네."

황실 금위대장이라는 성존의 숨겨진 직책. 이것이 알려진다면 강호는 한동안 이야깃거리가 마르지 않을 것이다. 그렇지 않아도 이것저것 그에 대해 가설이 많았기에 더욱 그럴 것임은 자명했다.

"그리하도록 하겠습니다. 그리 대단한 세력이라면 준비도 철저해야겠군요."

"꼭 그리해 주시게나."

*　　　*　　　*

하루도 지나지 않아 독고진은 사천무림맹으로 다시 돌아왔다. 같은 사천 안의, 그것도 가까운 곳이기는 하였지만 어지간한 말을 몰아도 이틀은 족히 걸릴 만한 거리를 하루만에 뛰어 온 것이다.

"후, 이거 뛰다가 어질어질해지는 건 또 처음이군."

독고진은 중얼거렸다. 정신력에 한계가 온 모양이다.

독고진은 주변의 자연지기를 이용하여 무공을 구사한다. 그리고 그 자연지기를 모으는 힘은 그의 정신력이라 할 수 있었으니, 무지막지한 양의 자연지기를 소모했기에 어지러운 것이었다.

'일단 소소부터 만날까?'

처음 생각난 것은 소소였다. 단리철을 만나 전해줄 이야기가 많았지만, 밀려오는 피곤 때문인지 그는 소소의 품이 먼저 생각난다.

'아니지, 최소 사도련의 계획이라도 알려 드리고 쉬어야지.'

독고진은 무거운 발걸음으로 천천히 걸음을 옮겼다.

무림맹을 지나다니자 적지 않은 무인들이 고개 숙여 인사한다. 최근 그의 활동들이 제법 많은 이들에게 알려진 듯했다.

저벅― 저벅―

평소에는 잘 나지 않던 발소리가 유난히 크게 울려 퍼진다. 걸음이 어지간히 무겁기는 한가 보다.

맹주 집무실 앞에 선 그는 앞의 위사가 뭐라고 하기도 전에 큰 소리로 안을 향해 기별을 넣었다.

"맹주님, 저 왔습니다!"

그리고 거의 동시에 안에서 맹주의 목소리가 흘러나왔다.

"오, 기다리고 있었네. 어서 들어오시게."

드르륵―

문이 열리고 장내로 들어선 독고진은 단리철에게 고개를 숙여 보였다.

"일단 앉으시게."

대답할 기운도 없는지, 독고진은 힘없이 자리에 앉았다.

"흐음, 많은 기력을 소모했나 보구만."

"너무 오래 뛰었을 뿐입니다. 괘념치 마십시오."

그에 단리철은 걱정스런 표정을 거두며 멋쩍게 웃었다.

"허헛, 그런가? 그렇다면 다행이고."

또르륵―

어느새 들어온 시녀가 독고진과 단리철의 앞에 놓인 찻잔에 찻물을 따른다.

그리고 그것을 한 모금 음미한 단리철은 다시금 말을 이었
다.

"그래, 어떻게 되었는가?"

많은 것을 포괄하는 질문에, 독고진은 잠시 생각하는 듯 눈
을 감았다.

'음…….'

하지만 생각할 것은 그리 많지 않았다. 결론만 말해주면 되
는 것이다.

"다른 것을 얻었습니다."

뜬금없는 독고진의 말에 단리철이 의아하다는 듯한 표정을
짓는다.

"다른 것이라니?"

"오대천의 행방 대신에 다른 것 말입니다. 어쩌면 더 시급할
지도 모를 것이지요."

그 말을 듣는 순간 단리철의 안색은 순식간에 굳었다.

"그게 뭔가?"

그리고 이어지는 독고진의 말은, 단리철의 예상을 훨씬 뛰
어넘는 것이었다.

"사도련이 일어난답니다."

단리철은 의자를 뒤로 밀며 벌떡 일어났다.

"그, 그런 어처구니없는……!"

"사실입니다. 사도련주의 인(印)이 찍혀 있는 서신을 중간
에서 가로챘습니다. 그 덕에 사도련 사천 지부에는 미리 손을

써놔서, 뒤통수는 어느 정도 안전해졌지만… 중원 각지에서 사도련이 발호할 것입니다.”

독고진이 품속에서 서신을 꺼내어 탁자 위에 펼치자 단리철의 눈이 서신으로 간다.

“…….”

잠시간 서신을 읽고 난 단리철의 표정은 사색이 되었다.

털썩—

단리철은 그대로 의자에 주저앉았다. 상황이 너무도 좋지 않았다.

“아니, 이러고 있을 때가 아니지.”

단리철은 실성한 사람처럼 중얼거리며 누군가를 불렀다.

“밖에 있느냐?!”

그리고 그는 붓과 종이를 꺼내 무언가를 급히 휘갈겨 썼다.

“찾으셨습니까, 맹주님.”

무복에 새겨져 있는 푸른 용. 창룡대의 일원인 듯 보이는 한 사내가 들어와 옆에 부복하자, 단리철은 휘갈겨 쓴 종이를 대충 접어서 그에게 넘겼다.

“총맹주령이다. 최대한 빨리 중원 전역의 문파로 전달하라!”

단리철의 호통에 가까운 언사에, 사내는 어리둥절한 표정이 되어 서둘러 바깥으로 나갔다. 무슨 영문인지는 몰라도, 단리철의 모습으로 보아 심각한 일일 것임에는 분명했기 때문이다.

“뭐라 쓰셨습니까?”

독고진의 물음에, 단리철은 스스로에게 다짐이라도 하듯 강한 어조로 대답하였다.

“중원 전역의 백도에 속한 문파들에게 전투 태세를 갖추라 명하였네.”

그는 누군가를 노려보는 듯한 눈빛으로 창밖을 응시했다.

“내 이것들을 가만두지 않을 걸세. 모조리… 쓸어버려야지……!”

*   *   *

“상공, 생각보다 일찍 오셨네요?”

소소는 밝은 표정으로 독고진의 품에 안겼다. 하지만 그 표정은 비교적 밝은 것이지, 예전처럼 환한 모습은 아니었다.

“어쩌다 보니 그렇게 되었어.”

독고진은 상의를 벗고 쓰러지듯 침상에 누워버렸다.

“무슨 일 있어요?”

그런 그의 곁으로 소소가 다가가 걱정스런 표정을 한다.

“그냥… 피곤해서 그래. 조금 무리를 했거든.”

조금이 아니다. 거진 미친 짓을 한 것이나 다름없었다. 능공허도나 육지비행술 따위의 전설상의 경공을 익힌 것도 아닌 그가, 일반 신법을 가지고 말로 이틀 달려야 할 거리를 하루만에 주파했다니, 그 누구도 믿지 못할 만한 일인 것이다.

"쉬엄쉬엄 하세요. 상공만의 일이 아니잖아요. 혼자 다 짊어지려 하시면 곤란하다고요."

소소는 밝게 웃었다. 아니, 밝아 보이려 노력하는 웃음이었다.

"걱정해 줘서 고마워."

독고진은 빙긋 웃으며 소소의 팔을 잡아당겼다.

"어멋!"

독고진과 몸이 밀착된 그녀는 양 볼을 붉혔다.

독고진은 그녀를 힘껏 끌어안았다.

그리고 따뜻한 독고진의 온기가 느껴지자 소소의 얼굴은 더욱 붉어졌다.

"이대로… 조금만 있어줄래?"

소소는 두 눈을 감았다. 그녀 또한 이대로 영원히 잠들어 버리고 싶은 심정이었다.

그런 그녀의 모습을 보며 독고진 또한 눈을 감았다.

두 사람 모두에게 서로는 안식처이자 마음의 둥지였다.

＊　　　＊　　　＊

"이제 한 시진 정도만 더 가면 사천무림맹에 도달하겠군요?"

능사운의 물음에 청운은 고개를 끄덕였다.

"아마도 그럴 겁니다."

“이거 어쩐지 긴장되는데요?”

말은 능사운이 했지만, 그것은 모두의 심정을 대변하는 것이었다.

사천무림맹은 현 무림에서 실질적 전장터라 할 수 있는 곳. 어찌 긴장되지 않을 수 있겠는가? 그들은 제대로 된 실전을 몇 번 치러보지도 못한 온실 속의 화초나 다름없는 이들이었다.

“모두들 너무 그렇게 기죽을 필요는 없습니다. 어차피 후방 지원이 우리들이 해야 할 일의 주류를 이룰 것이고 무림맹과 구파의 무력은 충분히 대단합니다. 저들은 무림맹을 뚫을 수 없을 것입니다.”

안심시키듯 말하는 소운이었지만, 실상 그 또한 불안하기는 마찬가지였다.

“그렇기야 하겠지만⋯ 저는 느낌이 좋지 않아요.”

소령은 그저 자신의 생각을 조용히 말했다. 왜 그런지 그 이유는 알 수 없었지만, 그녀는 이번 일에서 불길한 냄새를 맡은 것이다.

“후우, 어차피 전부 부딪쳐야 할 일. 지금부터 마음 쓰지 말자고요.”

남궁영령은 다 죽어가는 안색이었다. 일행 중에서도 미령만을 제외하고는 가장 어린 나이인 만큼 걱정 또한 큰 모양이었다.

“그렇지요. 여기 소령 소저의 오라버님은 벌써 최전방에서

적잖은 활약을 하고 계신다던데… 우리가 벌써부터 기죽을 수
는 없지요.”

착 가라앉은 분위기를 띄우기 위한 농담조의 능사운의 말이
었지만 반응은 썩 좋지 못하였다.

“독고 소협이야…….”

소운은 말을 잇지 못하였다. 그냥 할 말을 잃은 듯한 모습이
었다.

*　　　*　　　*

“적! 적이다!!”

단말마의 비명성이 울려 퍼졌다. 무척이나 다급한 음성이었
다.

“으아악!!”

작다고 하기도 뭐하지만, 그리 크지 않은 어느 무가(武家)
의 장원. 그곳의 담을 넘어 수많은 괴인들이 난입하고 있었
다. 흑의, 적의를 걸친 괴인들은 순식간에 세가를 장악하고
있었다.

“네 이놈들!! 이곳이 어디라고 감히……!”

한 노인은 수염마저 부르르 떨며 노성을 토해낸다. 하지만
그것도 잠시, 그는 더 이상 말을 잇지 못하였다.

퍼억—

둔탁하기 그지없는 소리.

그의 뒤통수로 세가의 기(旗)인 듯 보이는 굵다란 나무가 쓰러졌기 때문이다.

정신을 잃었는지, 쓰러져 있는 노인의 뒤통수로 날카로운 검날이 쇄도했다.

쐐애액—!

순식간에 노인의 두개골이 반으로 갈라져 버리고, 그 사이에서는 피분수가 솟구쳐 올라왔다.

펄럭—

뒤늦게 떨어진 세가의 깃발이 노인의 몸을 천천히 덮었다.

혁련세가(赫連世家).

귀주(貴州)에서만은 최고의 세를 자랑한다던 혁련세가는, 그렇게 불타오르고 있었다.

＊　　　＊　　　＊

"후후, 그래? 사도련에서 벌써 움직이기 시작했단 말이지?"

노인은 비릿한 미소를 지으며 중얼거리듯 말했다.

"예. 그렇습니다, 교주님. 이제 본 교의 무사들도 중원으로 나갈 수 있게 되는 겁니까?"

노인의 앞에 서 있던 사내가 조금은 들뜬 표정으로 되물었다.

"대충 그렇게 되겠지."

그는 자신의 수염을 한차례 쓰다듬고는 말을 이었다.

"그런데 사천 어귀 쪽은 왜 이리 조용한가? 사도련의 사천 지부 말일세."

기실 사도련의 지부 중에서 무림맹에 가장 큰 타격을 입힐 수 있는 곳이 바로 사천 지부였다. 위치적으로나 그 세(勢) 면에서나 무림맹의 뒤통수를 제대로 한 방 먹일 수 있는 곳이었기 때문이다.

그런데 가장 중요한 이 사천 지부에서 아무런 움직임이 없으니 노인은 의아하게 생각하고 있는 듯하였다.

"그건 저도 잘 모르겠습니다. 사도련에서도 무슨 생각이 있나 보지요."

하지만 노인은 그의 말과는 달리 뭔가 석연찮은 구석이 느껴지는지 눈살을 살짝 찌푸렸다.

"으음… 뭐가 잘못되긴 했어."

그의 중얼거림에 사내는 멋쩍은 표정으로 입을 열었다.

"뭐, 만일 그쪽에서 무슨 일이 있다 하더라도 본 교는 청해성 쪽으로 들어가면 되지 않겠습니까? 어차피 무림맹의 몰락은 시간문제입니다. 교주님께서 사도련의 사천 지부 하나 따위를 머릿속에 담아두실 필요는 없습니다."

그 말이 마음에 들었는지 노인은 흡족한 표정으로 고개를 끄덕였다.

"후후… 자네 말이 맞군. 쓸데없는 고민을 하고 있었어."

뭔가 결정지은 듯 노인이 입을 뗐다.

"여상추(呂象酋)와 구취(龜臭)를 부르시게. 살귀대를 전원

집결시키고, 내 앞으로 오라 하면 될 것일세."

그 말에 잠시 고개를 갸우뚱하던 사내는 생각났다는 듯 고개를 끄덕였다.

"교룡참편(蛟龍斬鞭)과 귀면살(鬼面殺)을 말씀하시는 거였군요. 알겠습니다. 최대한 빨리 전해 드리겠습니다."

*   *   *

사천무림맹의 맹주 집무실은 침중하기 그지없는 분위기였다. 이제 무림맹의 주요 인사들이 거의 대부분 사천무림맹으로 옮겨왔기에 집무실은 사람들로 꽉 찼다. 하지만 어느 누구도 먼저 입을 열려 하지 않았다.

"크으음……."

단리철의 입에서 낮게 신음이 흘러나왔다.

"상황이 많이 안 좋습니까?"

누구에게인지 모를 물음이었지만 대답이 있었다.

"그렇소이다, 맹주. 혁련세가는 소가주만 제외하고 모두 목숨을 잃었다고 하더이다."

초토화(焦土化).

말 그대로 초토화라고 할 수 있었다.

살인멸구(殺人滅口)를 하는 것도 아니고, 그냥 백도무림의 일원이기에 공격했을 뿐임이 분명한데, 어린아이마저 다 죽였다고 한다. 단리철은 그 잔인함에 치를 떨었다.

“후우……..”

한숨밖에 나오지를 않는다. 뒤통수를 제대로 맞은 것이다.

“설마 중원 전역에 있는 사도련의 지부에서 동시에 일어날 줄 누가 알았겠습니까? 맹주님께선 너무 자책하지 마십시오. 어쩔 수 없는 일이었습니다.”

혁련세가는 귀주(貴州)에 있었다.

사천과 그 경계가 살짝 붙어 있기는 하지만, 그렇다고 가깝다고 말할 수 있는 곳이 아닌 것이다.

사천과 귀주가 경계를 맞닿고 있는 부분은 최남단. 사천의 북쪽이라 할 수 있는 곳에 위치한 무림맹에서 어떻게 도움을 줄 수도 없는 노릇이었다.

“그렇지만 제 대처가 조금이라도 더 빨랐다면 이런 일이 벌어지지는 않았겠지요.”

사실 사도련이 미치지 않고서는 작금과 같은 행태를 보일 수 없었다. 사도련의 적은 무림맹뿐이 아닌 것이다.

과거에는 마교와 손을 잡기라도 하였지만 지금은 그것도 아니니, 혈교, 마교 등 사방에 적이 진을 치고 있는 상황에서 총력으로 무림맹을 향해 진격해 온다는 것은 그야말로 미친 짓인 것이다.

단리철에게 무슨 예지력이 있지 않는 한, 이번 공세를 미리 차단하기란 불가능한 일이었다. 하지만 그는 자신의 무능이라 생각할 뿐이었다.

“지금부터라도 시급히 대책을 세워야 하오.”

현성 대사(賢成大師)의 나직한 한마디에 장내는 다시 쥐 죽
은 듯 조용해졌다.

"대사님의 말이 옳습니다. 지금 이렇게 언쟁만 하다가는 점
점 더 상황만 악화되어 갈 뿐입니다."

누군가의 말에 모두 고개를 주억거렸다.

"일단 섬서 쪽은 아직 무림맹 본관의 무사들이 적잖이 남아
있으니 사도련 따위가 어찌하지는 못할 것입니다. 섬서에는
제 본가도 있으며, 독고세가도 자리하고 있지요. 사도련의 지
부 따위가 일어난다 해서 섬서가 위험해질 것이란 생각은 하
지 않습니다. 그리고 결정적으로 화산과 종남 또한 섬서에 자
리하고 있지요."

단리철의 말이었다.

그리고 그의 말처럼 섬서는 비교적 안전한 편이었다. 단리
세가와 독고세가의 무력이 고스란히 남아 있음은 물론이요,
무림맹의 자체적 무력 또한 적잖이 남겨두었기 때문이다.

또한 화산과 종남은 그 세가 많이 약해지기는 하였으나, 구
파일방의 일좌를 당당히 차지하고 있는 거파(巨派)이다.

"그렇다면 현재 어디가 가장 취약하겠소이까?"

현성이 재차 묻자 단리철은 잠시 고민하는 듯 눈을 감았다.

"무당(武當)이 버티고 있는 호북이나 소림이 버티고 있는 하
남, 그리고 제갈세가(諸葛世家), 남궁세가(南宮世家) 등 거대 세
가가 버티고 있는 섬서, 안휘 쪽이야 큰 문제가 없겠지만 중소
방파만 있는 산서성이나 호남성, 강서성 부근은 아무래도 불

안불안하지요.”

그에 현성은 고개를 주억거렸다. 묻기는 하였지만, 어느 정도 예상했던 답이었기 때문이다.

“그럼 어찌해야겠소? 현재 이곳에 모인 무력으로 아예 사도련의 총단을 밀어버리는 것이 낫겠소, 아니면 각지로 흩어져 방비에 치중하는 것이 낫겠소? 어차피 사도련의 각 지부의 무력 정도야 오합지졸에 불과하니…….”

중소방파에게는 간단히 여겨질 만한 세력이 아니었지만, 현성의 경우에는 달랐다. 거의 칠왕 급의 무력을 지닌 그는 혼자 힘으로도 지부 하나 정도는 박살 낼 수 있었기 때문이다.

잠시 동안 아무 말 없이 눈을 지긋이 감고 있던 단리철은 천천히 눈을 떴다.

“사실 사도련의 총단도 움직이지 않는 상황에서, 본 맹이 이렇게 고전할 이유는 없습니다. 역시나 문제는 오대천이지요.”

이 말에 다시 한 번 장내의 분위기는 싸늘해진다. 모든 것이 원점으로 돌아가 버린 탓이었다.

“그럼 어찌해야 하오?”

어지간히 답답했는지 매화검(梅花劍) 단천학(丹踐鶴)의 입에서 조금 커다란 소리가 나온다.

“으음…….”

잠시 뜸을 들인 단리철이 천천히 입을 떼었다.

“여기 계신 분들께서 힘 좀 써주서야겠습니다.”

뜬금없는 그의 말에 모두 의아하다는 듯한 표정이 되었다.

"말씀해 보시게."

모두의 시선이 자신에게로 모아지자, 단리철은 말을 이었다.

"소수정예로 나갈까 합니다."

"소수정예라니, 구체적으로 말씀을 해주시구려."

"그러니까 이곳에 계신 분들께서 맹의 소수정예를 이끌고 사도련을 각개격파해 주서야 할 듯싶습니다. 그리고 여러분께서 맹을 다시 빠져나가신다는 사실은 숨겨져야 하겠지요."

역시 오대천을 의식했기 때문이라 할 수 있었다.

이렇게라도 이목을 속이지 않으면, 여간 불안한 것이 아니기 때문이었다.

"상책은 아니지만… 차선책 정도는 될 수 있을 겁니다."

"그렇군……."

잠깐 동안 다른 것을 생각하는 듯하였으나, 결국엔 어쩔 수 없다는 표정으로 고개를 주억거리는 그들이었다.

뾰족한 묘안이 생각나지 않기 때문이었다.

현 상황에 대한 정확한 판단도 서지 않는 이 시점에서 뾰족한 묘안이라는 것을 기대한다는 것 자체가 모순이기는 하였다.

"그럼 한 시진 내로 지령을 드리도록 하겠습니다. 일단은 처소로 돌아가셔서 마음의 준비를 하고 계십시오."

*　　　*　　　*

"가주님, 부르셨습니까."

적의무복을 입은 한 무인이 사내의 앞에 부복하였다.

절도있는 모습이었다.

"후후, 이제는 가주라고 잘 불러주는군?"

모르는 사람이 듣는다면 어리둥절할 이야기를 자연스레 하는 그였지만, 사내는 알아들은 모양이었다.

"죄송합니다, 가주님."

그에 사내는 껄껄 웃었다.

"아니, 죄송할 필요까지야. 자네 머리에 기대를 한 내 잘못이지, 자책할 필요는 없다네."

알 수 없는 이야기를 주고받던 가주라 불린 사내는 잠시 후 정색하며 다시 말을 꺼냈다.

"그건 그렇고, 준비는 어찌 되어가는가?"

그의 말에, 적의사내는 부동자세 그대로 절도있게 입을 열었다.

"가주님께서 명만 하신다면 언제든지 세가를 나설 수 있습니다. 녀석들이 제법 쓸 만하더군요. 대법이 거의 구 할 이상은 성공하였습니다."

그의 말에 사내는 씨익 웃어 보였다. 어쩐지 사악해 보이는 웃음이었다.

"후후… 기대 이상의 수익이군. 그저 앞에서 칼받이나 해주면 그만인 녀석들이었는데……."

“그렇습니다. 전력에 적잖은 보탬이 될 것입니다.”

사내의 입술이 다시 한 번 뒤틀린다.

“자네 이야기를 듣기를 잘했어.”

“과찬이십니다.”

사내는 창밖으로 고개를 돌렸다. 그의 두 눈은 서방(西方)의 푸른 하늘을 향하고 있었다.

“우리가 움직여야 할 날도 얼마 남지 않았다. 모두들 준비를 더욱 철저히 시키도록.”

근엄한 목소리로 말하는 그를 보며, 적의사내는 고개를 숙여 보였다.

“존명!”

그가 서둘러 장내를 빠져나가자, 사내는 다시 고개를 창밖으로 돌렸다.

“클클… 무림맹 녀석들 과연 어떤 표정을 지을지 궁금해지는군.”

*   *   *

“자네는 따로 할 일이 있다네.”

모든 이들이 집무실을 빠져나가고, 독고진만을 따로 붙잡아 둔 단리철은 그를 향해 씨익 웃어 보였다.

“무슨 일입니까?”

이제는 거의 단리철의 손발이 다 된 독고진이었다.

"자네가 해줘야 할 일은 다른 것이 아닐세. 지금 우리에게 최고 변수로 작용할 수 있는 곳……."

말은 대략적으로 얼버무렸지만, 독고진이 그것을 알아채지 못할 리가 없었다.

"오대천 말이군요."

"그렇지."

단리철은 머릿속이 꼬일 대로 꼬여 버린 듯하였다. 그의 헝클어진 눈빛에서 그것이 드러나고 있었다.

"막연히 오대천… 입니까?"

조금은 당황스럽다는 듯 뒷머리를 긁적이는 독고진의 물음에, 단리철은 고개를 절레절레 저었다.

"그것은 물론 아니지. 내가 정신이 없나 보구만."

고개를 흔들어 보인 단리철은 다시 말을 이었다.

"자네가 해줄 일은 권황, 검황 어르신과 함께 사천에 있는 오대천의 본거지를 장악해 주는 일일세."

그에 독고진은 놀란 표정이 되었다.

"그렇다면 오대천의 본거지를 찾아내신 겁니까?"

단리철은 고개를 끄덕였다.

"물론일세."

"어떻게 찾아낸 것입니까?"

놀랍다는 듯 재차 묻는 독고진을 보며 단리철은 빙긋 웃었다.

"황실에서 도움을 주었네. 정확히 말하자면 금의위와 동창,

그리고 각 군의 관아로부터 도움을 받은 것이지."

"아……."

독고진은 궁금한 것이 더 많았지만, 지금은 그런 것이 중요하지 않았다.

"황실에서 도움을 준다니 다행이군요."

단리철은 고개를 끄덕였다.

"황실과 무림이 암묵적인 불가침의 관계라고는 하지만, 정의는 우리에게 있네."

협(俠).

단리철은 지금 이것을 말하고 있는 것이다.

"그렇군요."

"자네는 이 길로 연무장 앞으로 가보시게. 아마 두 어르신께서 자네를 기다리고 계실 게야."

독고진은 고개를 끄덕였다.

"그렇게 하겠습니다."

"얼른 가보시게."

몸을 돌리려던 독고진은 무언가 생각이 났다는 듯 다시 단리철을 향해 시선을 옮겼다.

"그런데 맹주님."

"왜 그러시는가?"

"저를 어째서 이렇게 높이 평가하시는 겁니까?"

독고진의 의문은 당연했다.

단리철은 지금 독고진을 현성 대사나 구파의 장로들보다 윗

줄에 놓고 있는 것이나 진배없기 때문이었다. 자신의 무위를 단리철이 알지 못한다고 생각하는 독고진으로서는 이런 막중한 임무에 짐이 될 만한(?) 자신을 끼워 넣는다는 것이 이해가 되지 않는 것이다.

"검황 어르신께 이야기 들었네. 자네가 그럴 만한 가치가 있다고 말이야."

독고진은 떨떠름한 표정이 되었다.

물론 자신과 이야기한 것이 있으니 백리명이 구체적으로 설명하지는 않았겠지만, 단리철의 말만 들어보더라도 자신은 이미 괴물 취급(?)을 받고 있음을 알 수 있었다.

"뭐, 무슨 말씀을 들으셨는지는 잘 모르겠습니다만… 어쨌든 명에 따르겠습니다. 그나저나 기물들은 잘 보관되어지고 있는 것입니까?"

뜬금없는 질문.

하지만 독고진은 갑작스레 생각난 이 문제가 왠지 모르게 불안하게 다가왔기에 입 밖으로 낼 수밖에 없었다.

그리고 그에 잠시 어리둥절한 표정을 짓던 단리철은 실소를 흘리며 고개를 끄덕였다.

"물론일세. 원래 매화지검은 능 소협이 소지하고 있었으나, 내 장문께 일러 화산 내원 깊숙이 보관해 두도록 하였네. 또한 구룡칠 정도는 팽가의 가주이신 귀도(鬼刀) 팽극선(彭極選) 어른께서 지니고 계신다네. 게다가 팽 가주님은 현재 황실 내에 머물고 계시지."

자신감에 찬 그의 목소리만큼이나, 두 기물이 보관된 장소는 충분히 안전한 곳이었다. 하지만 어쩐지 독고진은 탐탁지 않았다.

'맹주께선 아직 오대천의 힘을 제대로 실감하지 못하셨구나.'

독고진은 파천의 힘에 맞서보았기에 그 위력을 몸소 체감하였다. 물론 감당치 못할 정도는 아니었지만, 신물을 취한 후의 힘은 어떨지 모르기에 불안한 것이었다.

'나중에 한 번 주의를 드려야겠군.'

어찌 되었든 지금은 더욱 시급한 일이 있다. 독고진은 다시금 발걸음을 돌렸다.

"그럼 다녀오겠습니다."

집무실을 나온 독고진은 빠른 걸음으로 연무장으로 움직였다. 단리철의 당부도 있었지만 현 상황의 급박함은 누구보다 그가 잘 알고 있기 때문이다.

저벅, 저벅.

흙을 밟던 발이 대리석 위로 옮겨지자 제법 커다란 발소리가 울려 퍼진다.

"자네 왔구만."

빙긋 웃으며 이야기하는 혜원을 보고는 독고진의 고개가 푹 숙여진다.

"다시 뵙습니다."

그에 백리명은 껄껄 웃어 보였다.

“허헛. 오랜만일세.

“오랜만에 뵙습니다.”

독고진의 인사를 받은 백리명은 얼굴색을 바꾸고 다시 입을 열었다.

“맹주의 이야기는 들었겠지?”

하릴없이 수다나 떨고 있을 시간 따윈 없다는 것을 백리명 또한 너무 잘 알고 있다.

“예, 들었습니다.”

백리명의 노안에 옅은 미소가 걸린다.

“그렇다면 길게 설명할 것 없군. 최대한 빨리 움직여야지.”

그는 말을 하며 혜원 쪽을 돌아보았다. 그리고 혜원 또한 고개를 끄덕였다.

그것을 본 백리명은 다시금 독고진을 향해 고개를 돌렸다.

“그럼 어서 출발하세.”

*   *   *

“요즘, 뭔가 이상하단 말이야?”

주혜명의 안색은 어쩐 일인지 시무룩해 보였다.

“딱 꼬집어 말할 만한 것은 생각이 나지를 않는데… 흐응……”

기실 그녀의 기분은 아직까지도 날아갈 듯하였다. 감옥 같기만 하던 황궁이 그래도 살 만한 곳으로 탈바꿈한 때문이었다.

하지만 최근 들어 그녀는 뭔가 이상한 낌새를 느끼고 있었다.

'딱히 이상하달 만한 것은 본 적도 없고……'

단지 막연한 느낌이었다.

겉으로 보기에는 아무런 이상이 없는 현 상황이었지만, 그녀는 어쩐지 모르게 안 좋은 일이 생길 것만 같았다.

"그런데 이제는 그 사람 얼굴을 보려면 어디로 가야 하는 거지?"

그 사람이란 물론 독고진이었다.

"푸후."

얼마 전 무림맹에 사람을 보내어 알아본 결과, 독고진이 그곳에 없다는 사실을 알게 되었다. 그리고 그와 함께 무림에 심상치 않은 바람이 불고 있음도 알게 되었다.

'하지만 나와는 하등 상관없는 일. 그 사람이 걱정되기는 하지만……'

언제부터 독고진을 그 사람이라고 불렀는지는 그녀조차 모른다.

하지만 언제부터인가 그녀는 혼자 있을 때면 독고진을 생각하게 되었고, 사내를 보면 그와 비교하게 되었다.

"쳇……"

하지만 독고진의 부인인 소소에게까지 생각이 미친 그녀는 입술을 뾰족하게 내밀었다.

"내가 무슨 생각을 하고 있는 거지?"

자신이 생각해도 당황스러운지 어이없다는 듯한 어조로 중
얼거린다.
"그래도… 보고 싶은걸?"

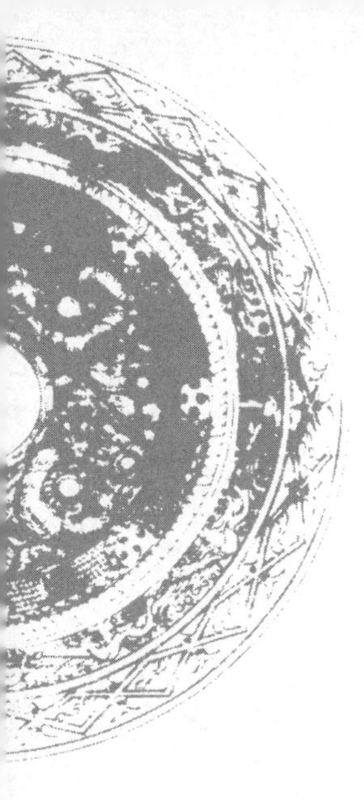

第二章
배후(背後)

죽은 자의 영혼과 사람의 심혼(心魂)을 다루는 흑마법사 무림에 환생하다!

마왕의 힘을 배워 9클래스의 마법 경지를 넘어서고, 절대의 무공 경지에 들다!

그를 기다리는 건 무림사에 더없을 멸겁의 종말, 새황 오대천의 살혼마신!

오랜만입니다, 파천주.

…(중략)…….

조금 더 시간을 벌기 위해서는 어쩔 수 없는 처사였습니다.

백리 늙은이와 혜원이 그쪽으로 움직일 겁니다.

정확하지는 않지만 취운개 또한 그쪽으로 움직일 공산이 큽니다.

아, 취운개는 개방 태상방주 담대천(擔臺天)을 말씀드리는 겁니다.

지난 정사대전 이후 거의 몰락에 가까운 피해를 입었던 개방인데… 담대천 늙은이가 살아 있다는 사실을 접한 것은 정말 의외였습니다.

어쨌든 중요한 것은, 세 늙은이가 그쪽으로 움직일 거라는 겁니다.

파천주께선 아직 기물을 취하지 못하셨으니, 혈천주님과 두 분이 맞서시는 것은 위험하리라 생각됩니다.

정말 죄송합니다.

하지만 최대한 안심시키려면 다른 방도가 없었습니다.

양해를…….

으드득─

구견의 입술을 비집고 이빨 가는 소리가 커다랗게 흘러나온다.

"제길, 그 괴물들을 이쪽으로 보내 버리면 어쩌자고……!"

어리둥절한 표정을 지어 보인 마상평은 이미 그의 손에 반 이상 구겨진 서신을 낚아챘다.

"뭐 이런……."

서신을 읽고 난 마상평은 구견과 다를 바 없는 표정이 되었다.

잠시간의 침묵.

"어찌해야 하겠는가?"

그리고 그것을 깬 것은 구견이었지만, 마상평의 입에서 흘러나온 말은 듣는 이를 더 허탈하게 만드는 것이었다.

"그걸 제게 물으시면 어찌합니까?"

도무지 해답이 보이지 않았다.

"비교적 가까이 거하고 있는 제갈 교주를 부르더라도 승산이 별로 없는데……."

잠시 고민하는 듯하던 구견은 뒷머리를 긁적이며 고개를 돌렸다.

"월주까지 불러낼 수 있다면 승산이 생길지도… 아니, 필승이겠군."

하지만 마상평은 고개를 젓는다.

"혈천주님을 부르는 것만도 힘들지도 모릅니다. 그냥 이대로 빠지는 것이 낫지요."

"그렇다고 우리가 물밀듯 빠져나가 버리면, 역천주의 의도가 완전 어긋나 버리니 어쩔 수 없이 희생양을 남겨야 하지 않겠는가? 그것도 그럴듯하게 말이지……."

구견의 말에 마상평은 고개를 끄덕였다.

"문주님."

"무슨 방도가 있는가?"

마상평은 씨익 웃어 보이며 말을 이었다.

"마혈시(魔血屍)를 이용하는 것은 어떻겠습니까?"

그의 말에 구견은 잠시 생각하는 듯하더니, 손뼉을 딱 쳤다.

"오오, 그거 좋은 생각이구만. 마혈시라……."

마혈시는 강시의 한 종류를 말하는 것이었다. 이것은 과거 살혼객 헌원광(軒轅狂)이 중원을 휩쓸고 다닐 적 대동하고 다니던 것인데, 생강시(生殭屍)라 불릴 수 있을 만큼 그 위력면에서 뛰어난 것들이었다.

또한 가장 중요한 부분은 생강시가 언급될 정도로 사람에
근접해 있는 모습이어서, 어지간해서는 강시라는 것조차 구분
해 낼 수 없다는 것이었다.

"마혈시들을 이곳에 남겨두고 우리는 빠져나가는 겁니다."

마상평의 말을 듣는 구견은 고개를 끄덕였지만, 한편으로는
분한 표정을 감추지 않고 있었다.

"제길, 기물만 취할 수 있었더라도……."

구견은 파천의 맥만 뚫을 수 있다면, 곧장 파천귀문조법을
완성할 수 있을 것이라는 자신감이 있었다. 또한 그것은 사실
에 근접하였다.

그리고 극성에 이른 파천귀문조법을 구사할 수 있게 된다
면, 백리명이나 혜원 정도는 두려워하지 않아도 될 것이라 자
신하고 있었다.

"그렇다면… 문주님, 이렇게 하는 것은 어떻겠습니까?"

마상평의 말에 구견은 시선을 다시 그에게로 돌렸다.

"말씀해 보시게."

그리고 마상평의 입에서는 구견이 생각지도 못했던 이야기
가 흘러나왔다.

"이대로 화산으로 향하는 겁니다."

"……?!"

"십중팔구 매화검은 화산 내원에 있을 터. 매화지검에 봉인
되어 있는 기물을 이용해서 파천신맥을 뚫어버리는 것이 화산
으로 가는 목적이지만, 그것이 없더라도 이 기회에 구파 중 한

곳을 싹 쓸어버릴 수 있습니다. 설마 백도무림의 중심지인 섬서 한복판에서 우리가 나타날 것이라는 생각이나 하겠습니까?"

그러자 구견의 얼굴에 화색이 돌았다.

"하하, 하하핫! 그렇지. 바로 그거야. 화산 한 곳쯤이야 자네와 나 둘만 있어도 충분하지."

그에 마상평은 비릿한 웃음을 지어 보였다.

"후후. 물론 그렇기야 하지만 녀석들도 데리고 가야 수고를 덜 수 있지 않겠습니까?"

두 사내는 서로를 마주보며 웃었다, 마치 이미 매화검을 손에 넣은 듯한 표정을 하고서.

*　　　*　　　*

"어르신, 방향이 조금 틀어진 듯합니다만?"

독고진은 고개를 갸웃했다.

그는 이미 오대천의 본거지가 표시된 지도를 충분히 숙지한 상태.

그가 인지한 오대천의 위치와 현재 그들이 움직이고 있는 방향은 조금 어긋나 있었기 때문이다.

"허허, 걱정 마시게. 만나야 할 사람이 있어서 조금 방향을 바꾼 것일 뿐일세."

인자하게 웃어 보이는 백리명을 보며 독고진은 고개를 갸웃하였지만, 곧 그 이유를 알 수 있었다.

"오랜만일세, 취운개."

그들 일행의 앞에 나타난 이는 거지의 행색을 한 늙은이였다. 하지만 독고진은 무척이나 놀랐다.

'행색을 봐서는 개방도인 듯한데 이런 기도라니……!'

취운개란 노인에게서 흘러나오는 기도는 결코 범상한 것이 아니었다. 물론 노인은 기도를 안으로 갈무리하여 숨기고 있는 상태였지만, 자연지기를 읽을 수 있는 독고진에게는 그것이 여실히 느껴질 수밖에 없었다.

"크헐, 자네들을 다시 볼 날이 올 줄이야."

노인은 누런 이를 드러내며 씨익 웃었다.

취운개와 백리명, 그리고 혜원은 서로 잘 아는 사이인 듯했다.

'그러고 보니…….'

독고진의 뇌리에 떠오르는 하나의 이름이 있었다.

'취운개 담대천(擔臺天)……!!'

독고진은 새로운 눈으로 담대천을 바라보았다.

'담대천이라면… 개방의 태상방주가 아닌가?'

독고진이 담대천을 알고 있는 것은 그리 이상한 일이 아니었다. 그는, 취운개 담대천은 충분히 유명했으니까.

고금을 통틀어 취팔선보(醉八仙步)를 극성으로 익힌 유일한 인물이자 보법에 한한 한 전 무림의 최고수라는 평을 받는 이였기 때문이다.

"뭐 어쩌다 보니 이리 되었지 뭔가. 결국 사형이 문제였네."

백리명의 사형이란 물론 헌원광(軒轅狂)을 말하는 것이었다.

"흐음……."

취운개는 오대천의 비밀을 어느 정도 알고 있는 듯 보였다.

"그런데 저 아해는 누구인가?"

독고진을 향해 시선을 옮긴 그는 궁금하다는 듯한 표정으로 혜원을 향해 물었다.

"우리의 일을 도와줄 독고가의 시주라네."

그 말에 취운개의 눈이 반짝였다.

"우리의 일을 도와준다… 라."

어이없을 만도 했다. 고작 약관 정도밖에는 되어 보이지 않는 청년이 오대천의 고수들을 상대하는데 도움이 된다라 했으니 말이다.

"혜원의 말이 맞네. 이 아이는 충분히 도움이 될 걸세. 아니, 도움이라 하기도 뭐하지. 나보다 뛰어난 전력이 될 테니 말일세."

순식간에 취운개의 눈빛은 불신으로 바뀌었다.

많이 잡아봐야 약관 정도 되어 보이는 애송이가 검황보다 뛰어난 전력이라니, 사실 믿는 것이 이상한 노릇이었다.

"이거 참……."

무슨 말을 해야 할지 모르겠는지, 취운개는 뒷머리를 벅벅 긁었다.

“자네가 허튼 말을 할 위인도 아니고…….”

“어허, 어차피 내 말의 진위야 곧 알게 되지 않겠는가?”

검황 백리명의 호언장담이 그 어떤 말보다 신뢰성이 있었지만, 이번에는 말 자체가 너무도 허황되었다.

눈앞에서 직접 목격하여도 믿기 힘든 사실이 될 이야기이기 때문이었다.

한편 독고진은 그저 당황스런 표정으로 이 광경을 지켜보고 있었다. 백리명의 이러한 말은 그로서도 예상치 못했던 것이었기 때문이다.

잠시 멍하니 있던 독고진은 취운개를 향해 포권을 취해 보였다. 그가 처음 나타났을 때 고개를 숙여 보이기는 했지만, 정식으로 인사를 하려는 것이었다.

“독고세가의 소가주, 독고진이라 합니다.”

독고진의 포권지례에 취운개는 두 눈에 이채를 띠었다.

“허허, 독고세가라…….”

그는 어지러운 생각은 나중에 하기로 마음먹었다.

“뭐 어찌 되었든 검황께서 그렇다고 하니 믿어보는 수밖에.”

그에 백리명은 피식 웃었고 독고진은 또 한 번 어쩔 줄 몰라 하는 표정을 지었다.

“잘 부탁드립니다.”

*　　　*　　　*

한밤중이라는 사실이 무색할 정도로, 밝기 그지없는 월광(月光).

그 새하얀 달빛 아래 은은히 비춰지는 숲의 모습은 무척이나 아름다웠다.

마치 첫눈이라도 내려앉은 것처럼 그렇게 달빛은 풀숲의 잎사귀 위에 하얗게 내려앉아 있었다.

"휘유."

그리고 그 풍경에 더없이 잘 어울리는 맑은 음성이 조용한 밤하늘에 천천히 울려 퍼졌다.

그것은 어찌 보면 좋은 기분 덕에 흘러나오는 음성일는지 몰라도 분위기 탓인지 야릇한 감정을 가득 안고 있었다.

굳이 따지자면 슬픔에 가까운 그런 감정들을.

"당신께 고맙다고 해야 할까요?"

옥구슬이 굴러가며 내는 청량한 소리마냥 맑고 아름답기 그지없는 목소리.

"당신 덕에 나도 사람이라는 것을 알 수 있게 되었어요."

누구에게 하는 말일까?

진한 감정이 묻어나는 목소리는 계속해서 흘러나왔다.

"사랑… 일까요?"

마치 한탄이라도 하듯 중얼거리는 여인의 목소리는 멈추지 않았다.

"이런 나도 정말 웃기군요… 후훗, 사랑이라니……."

　　분명 중얼거림이다. 상대가 없는 무의미한 목소리인 것이다.

　　하지만 그렇지 않기도 하였다.

　　그녀는 자기 자신에게 들려주기 위해서 이러한 목소리를 내는 것이었다.

　　지독한 모순이었다.

　　"결국엔 당신도 싸늘하게 식어, 한 줌 흙이 되어버릴 테니까요."

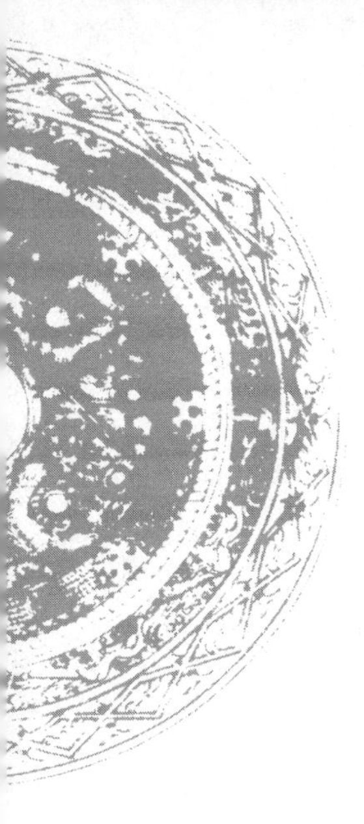

第三章
몰락(沒落)하는 화산(華山)

죽은 자의 영혼과 사람의 심혼(心魂)을 다루는 흑마법사 무림에 환생하다!

마왕의 힘을 배워 9클래스의 마법 경지를 넘어서고, 절대의 무공 경지에 들다!

그를 기다리는 건 무림사에 더없을 멸겁의 종말, 새황 오대천의 살혼마신!

FOR
GOD

　취운개를 포함, 네 사람이 된 일행은 서둘러 움직이고 있었다. 날이 밝기 전에는 오대천의 본거지에 도달하고자 하는 것이 목적이었기 때문이다.

　사그락―

　낙엽이 바람에 날리는 듯한 가벼운 소리. 그런 소리만을 동반한 채 그들은 빠르게 쏘아져 나갔다.

　'으음? 이 녀석이.'

　취운개는 적잖이 놀라고 있었다. 백리명의 말을 들었을 때부터 독고진이 뛰어날 것이라는 것을 짐작은 하고 있었지만, 이 정도일 줄은 생각지 못했던 것이다.

　독고진은 세 사람에 비하여 전혀 처지지 않는 신법으로 그들을 바싹 쫓아오고 있었다, 그것도 여유로운 모습으로.

'정말 검황의 이야기가 사실일지도 모르겠군.'

나머지 세 사람에 비해 경공 면에서는 여유로움이 있는지 취운개는 연신 힐끗거리며 독고진을 보고 있었다. 그런 취운개는 경악해야만 했다.

'가만! 저건 분명 취팔선보(醉八仙步)의 보형(步形)인데?'

독고진의 움직임은 어느새 개방의 최상승 보법이라 할 수 있는 취팔선보의 움직임과 유사해져 가고 있었던 것이다.

'이건 말도 안 된다! 어찌 외인이 개방의 상승 보법을 보기만 하고 시전할 수 있다는 말인가? 아무리 하찮은 무공일지라도 그 정수를 깨닫지 못한다면 불가능하거늘……'

한편 독고진은 그 나름대로 놀라운 감정에 심취하여 있었다.

'취팔선보라… 역시 허명이 아니었다. 대단해!'

사실 독고진은 몇 시진 경공을 펼치던 도중 심심한 나머지 취운개의 취팔선보를 유심히 살펴보았던 것이다. 물론 배워볼 요량으로 그런 것이었다.

얼마 전 악산에서 사천무림맹까지 쉬지 않고 뛰었던 경험이 있는 그다.

당시 그는 자신이 신법 면에서 다른 부분보다 많이 부족함을 깨달았고, 부족한 점을 채우기 위한 일환으로 취팔선보를 배우려 한 것이다.

독고진은 천령이다.

정신력만 뒷받침되어 준다면 자연지기를 얼마든지 임의로 이용할 수가 있다.

모든 무공은 기로서 시전되며, 모든 기는 자연으로부터 생성된 것이다. 독고진의 안목을 벗어날 수 있는 무공이란 존재치 않는 것이었다.

타고난 무재(武才)인 독고진에게 보고 익힐 수 없는 무학이란 없었다.

스슥―

취팔선보의 묘리를 어느 정도 깨우치고 난 독고진의 몸은 한층 가벼워진 듯하였다. 그리고 그런 그를 보던 취운개는 혀를 내두를 수밖에 없었다.

'정말 대단하다. 그 누구라도 취팔선보의 묘리를 이렇게 빠르게, 그리고 완벽하게 습득해 낼 수는 없을 것이다. 그것도 아무런 가르침 없이.'

물론 독고진이 시전하는 것이 완벽한 취팔선보라고는 할 수 없었다. 하지만 지금 취운개가 감탄하고 있는 것은 그 보형이었다. 독고진은 취팔선보의 장점을 빠르게 자신의 신법으로 접목시키고 있는 것이었다.

당장이라도 묻고 싶었다. 어떻게 이런 말도 안 되는 것이 가능한지 말이다.

'지금은 때가 아니니 일이 전부 끝나고 나면 물어보아야겠어.'

하지만 취운개는 알지 못했다, 독고진에게서 놀랄 일은 결코 이것이 끝이 아님을.

*　　　*　　　*

"상평, 자네가 이쪽을 맡게."

어둑어둑한 산자락. 수십의 복면을 한 사내들이 쉴 새 없이 산을 오르고 있었다.

샤샥—

사내들은 칙칙한 밤 공기를 스치며 가공할 속도로 산자락을 타올랐다.

"이제 곧 산문입니다. 그냥 정면으로 한꺼번에 밀고 들어가는 것이 낫지 않겠습니까?"

그의 말에 구견은 고개를 저었다.

"그렇지가 않네. 아마 이젠 그들도 매화지검이 신물 중의 하나라는 것을 알고 있을 게야. 그렇다면 가장 먼저 신물부터 빼돌리지 않겠는가? 우리가 침입했다는 것을 안 순간, 내원에서는 최대한 빨리 신물부터 챙길 걸세."

마상평은 의아하다는 듯한 표정을 지었다.

"그들이 어떻게 압니까?"

"백리명이 누구라는 것을 잊었는가? 백리명이 무림맹과 합류한 이상, 두어 개를 빼고는 모든 신물들의 존재를 알게 되었을 걸세."

"아……."

그는 고개를 주억거렸다. 충분히 납득이 가기 때문이었다.

"그렇다면 문주께선 바로 내원으로 잠입하실 요량입니까?"

"그렇다네. 가장 날랜 녀석들로 열 놈만 데리고 가야겠네. 기물을 빼내어야지."

스르릉—

마상평은 검을 빼 들며 대답하였다.

"그럼 얼른 들어가십시오. 일반 검수들 정도는 순식간에 쓸어버릴 수 있을 테니, 최대한 빨리 내원까지 밀고 올라가겠습니다."

구견은 순식간에 화산의 외원까지 잠입하였다. 물론 열 명의 복면인도 함께였다.

"조심하거라. 비록 비어 있다고는 하지만, 화산은 화산이다."

복면인들은 고개를 끄덕였다. 그들 또한 충분히 숙지하고 있는 사항이었다. 최대한 기척을 숨긴 그들은 천천히 내원 쪽으로 움직여 갔다.

그렇다 하여도 그들 열 명의 기척이 전부 발각되지 않고 내원까지 도달하기는 불가능한 일.

"누구……!"

희미한 기척을 느낀 한 사내가 고개를 돌려 구견 쪽을 바라보았다.

'최소 절정. 이런 자가 야간 순찰을 돌고 있다니……?'

구견은 의아하다는 생각을 하였다. 하지만 생각과 행동은 별개인지, 그의 우수(右手)는 이미 사내를 향해 뻗어져 가고 있었다.

쐐애액―!

듣기만 해도 섬뜩한 파공음이 새어 나오며, 사내의 머리통을 향해 세 갈래의 푸른 섬광이 쏘아졌다.

푸슉―

듣기 거북한 소리와 함께 사내의 머리통이 터져 나갔다.

잔인하기 그지없는 한 수였다.

털썩―

사내의 신형이 바닥에 고꾸라지며 묵직한 소리를 낸다.

그다지 커다란 소리는 아니었지만 쥐 죽은 듯 조용한 때문인지 유독 크게 들린다.

"이제 내원으로 잠입한 순간, 너희들은 흩어져 내원 고수들의 시선을 분산시켜야 한다. 그냥 교란이 목적이니 무리할 필요는 없다."

구견은 낮은 목소리로 당부하며 신형을 날렸고, 사내들은 곧바로 그 뒤를 따랐다. 은신하여 내원까지 잠입할 때와는 비교도 되지 않을 정도의 빠른 속도였다.

화산의 내원에는 적지 않은 화산의 노고수들이 자리하고 있다.

구견 혼자라면 모르되 열 명의 복면인까지 대동한 상태에서 그들에게 걸리지 않는다는 것은 아무래도 무리일 수밖에 없었다. 그럴 바에야 이곳저곳에 혼란을 주며 잠입하는 것이

나왔다.

타탓—

구견이 담장을 밟고 공중제비를 돌며 건물의 지붕 위로 올라서자, 복면인들은 그것을 시발점으로 하여 순식간에 흩어졌다.

"살아 돌아오거라."

중얼거리듯 말한 구견은 흡족한 미소를 지어 보였다.

"이제 슬슬 찾아볼까?"

복면인들이 흩어짐과 동시에 내원은 아수라장이 되어가고 있었다. 그들이 여기저기에 불을 지른 것이다.

매화지검은 보검 중에도 명검이다. 어지간한 열기로는 그을음조차 만들 수 없었다. 그랬기에 복면인들은 마음 놓고 불을 지르는 것이다.

'아무래도 중앙 내각에 있을 확률이 가장 높겠지?'

어느 문파나 비고(秘庫)는 중앙에 있다. 아무래도 가장 안전한 곳이기 때문이다.

채쟁, 챙—

멀리서 검을 맞부딪치는 소리가 들려온다. 오히려 늦은 감이 있기는 하지만 날카로운 쇳소리에 적진의 한복판임이 실감난다.

'일전에 멸천주(滅天主)가 화산을 한번 다녀갔었지? 그러고 보니 신물, 신맥 둘 다 얻지 못한 것은 나와 역천주(逆天主)뿐인가?'

구견은 알 수 없는 소리를 속으로 중얼거리며 빠르게 움직였다.

타탓—

가볍게 땅을 박차고 그의 신형이 허공에서 쏘아지듯 쇄도한다.

순식간에 내원의 중심까지 들어온 그는 눈앞에 보이는 벽 하나를 향해 그대로 손을 내리그었다.

콰아앙—

커다란 폭파음과 함께 매화검수인 듯 보이는 사내들이 대여섯 정도 나타났다.

난데없는 소란 덕에 잠에서 깼는지 부스스한 모습이었지만, 눈빛만큼은 서릿발 같은 사내들이었다.

"네 이놈! 여기가 어디라고 감히……!"

하지만 구견은 피식 웃었다.

비웃음이었다.

"죽기 싫다면 꺼져라."

싸늘한 목소리로 경고하는 그를 보며, 사내들은 미친놈이라 생각했는지 그대로 구견을 향해 쇄도해 왔다.

"노옴!"

검진을 펼친 것도 아니었다. 미치광이를 상대로 그들 전부가 달려들 필요는 없다고 생각했는지 한 사내만이 그를 향해 검을 찔러온다.

"개념을 상실했군."

어이없다는 표정으로 구견은 검을 튕겨냈다.

"네 녀석들을 상대하는데 쓰는 내공이 아깝다!"

몸을 뒤틀어 후속타를 피해낸 그는 고개를 숙이며 사내를 향해 몸을 날렸다.

푸슉―

기괴한 소리를 내며 구견의 손이 순식간에 사내의 심장으로 들어박혔다.

촤아악―!

그의 심장에서 핏줄기가 솟구쳐 나왔고, 구견은 그것을 굳이 피하지 않았다.

"그래, 이렇게 싸우는 게 제 맛이지."

그는 광기 어린 표정을 하고 눈을 번득였다. 그런 그를 보며 나머지 다섯의 사내는 경악스런 표정을 하고 있었다.

그리고 구견의 자세는 어느새 달라져 있었다.

생각이 바뀐 것이다.

"너희들은 실수한 것이다! 오늘 시산혈해가 어떤 것인지 보여주도록 하마. 크크큭!"

그 싸늘한 음성에 사내들은 몸을 부르르 떨었다. '공포' 라는 감정이 그들의 전신을 엄습하였다.

"매화검진을 펼쳐라!"

우두머리인 듯 보이는 사내가 가장 먼저 정신을 차리고 소리를 지르자 나머지 넷 또한 신속하게 움직인다.

"늦었다."

짧은 한마디만을 남긴 채 구견은 어느새 사라져 있었다.

쐐애애액—!!

소름이 돋을 만큼 날카로운 파공음이 허공에 울려 퍼진다.

촤아악—

세 갈래의 푸른 섬광이 허공을 가른다.

그리고 그와 동시에 우두머리로 보이는 사내의 목은 피분수를 뿜어내며 허공을 부양한다.

순식간에 신형을 돌려 쓰러지려는 사내의 신형을 밟은 구견은 방향을 틀어 허공으로 도약했다.

펄럭—

바람결과 함께 구견의 옷자락이 펄럭인다. 그것은 자연적인 바람이 아니었다. 구견의 몸을 중심으로 휘몰아치는 기의 돌풍이었다.

우드득—

어느새 한 사내의 뒤쪽으로 접근한 구견은 그의 목을 비틀어 버렸다. 정말 찰나의 순간이었다.

"크아악—!"

구견은 잔인했다. 한 번에 죽이지 않고 비명을 즐기는 듯 천천히 목을 꺾는 것이었다.

"으… 으!"

그 모습을 보던 화산의 무인들은 신음을 흘렸다. 그 잔인함에 치가 떨리는 것이다.

툭—

이내 사내의 숨이 끊어지자 구견은 천천히 고개를 돌렸다.

느린 동작.

검을 들면 바로 그의 심장을 찌를 수 있는 거리에 한 사내가 있었지만 그는 그렇게 하지 못하였다.

"후후……."

구견의 신형이 천천히 앞으로 움직였다. 그러나 아무도 그를 제지하지 못하였다.

"계획이 바뀌었다."

중얼거리듯 나직한 목소리로 그는 말을 이어갔다.

"화산을 지워 버릴 것이다. 그리고 기물은… 그 후에 찾아내면 되겠지."

작은 목소리였지만 어느새 그의 주위로 모인 수많은 화산 문하들의 귀에는 충분히 들릴 만한 소리였다.

"내 이놈을……!"

누군가의 입에서 노성이 터져 나왔지만, 그뿐이었다.

다음 순간 그 누구도 입을 열지 못하게 된 것이다.

쿠르르릉—

지축이 흔들린다. 지진이라도 일어나듯 땅이 진동하기 시작했다.

구견을 중심으로 기의 폭풍이 휘몰아치기 시작하였다. 그리고 그 경악스런 광경에 모두 넋을 잃었다.

"파천의 힘을 느껴보거라!"

쿠쿵—

구견이 가진 힘의 진체가 터져 나오고 있었다.

＊　　　＊　　　＊

"과연, 동창의 정보력이란……!"

독고진은 감탄사를 터뜨렸다. 무림맹의 모든 정보력을 돌리고, 발로 뛰어가며 그렇게 찾고자 해도 찾을 수 없었던 오대천의 본거지가 그의 눈앞에 버젓이 나타난 것이었다.

"허허……."

취운개는 헛웃음만을 흘렸다. 그의 표정은 독고진과 마찬가지로 놀랍다는 그것이었지만, 그 의미는 다른 것에 있었다. 백리명과 혜원에게 들어서 오대천의 힘을 어느 정도 예상하고 있었지만, 이는 생각보다도 대단한 것인 것이었다.

"일개 무인들에게서 느껴지는 기가 이 정도라니……."

"후후. 내 말하지 않았나, 일반적인 상식으로는 납득이 되지 않을 거라고."

백리명의 말에 취운개는 고개를 끄덕였다.

지금 중요한 것은 감탄하는 것이 아니다. 눈앞의 적들을 섬멸해야 하는 것이다.

대단하긴 하지만 이 정도로는 자신의 상대가 되지 않는다.

"그럼, 가세."

취운개가 먼저 걸음을 뗴었다. 그리고 그와 함께 뒤편에 있던 백리명과 혜원, 그리고 독고진 또한 발을 옮긴다.

"아미타불. 내 오늘 살계를 엶을 부처께서 이해해 주셔야 할 터인데……."

중얼거리듯 흘러나오는 혜원의 말만을 남기고, 네 사람의 신형은 점점 오대천의 본거지에 다가서고 있었다.

*　　　*　　　*

"후후, 드디어 나오시었나."

구견의 입에서 나온 작은 중얼거림. 그것은 그를 둘러싸고 있는 화산의 무인들에게는 더없이 공포스럽게 들렸다.

"노옴……! 이곳은 화산이니라!"

그리고 많은 무인들 사이에서 천천히 걸어나온 백발의 노인, 그를 보며 구견은 피식 웃었다.

"클클, 설마 혼자 나오신 게요? 원로원까지 모조리 나오지 않는다면, 내 상대가 될 수 없소. 노인장 정도는 내 십초지적도 되지 못하오."

그 말에 노인의 표정은 붉으락푸르락해졌지만, 이성을 지켰다. 그가 보기에도 구견의 무공은 감당해 내기 힘든 수준이었기 때문이다.

"고얀 녀석인지고. 네놈은 오늘 살아서 이곳을 벗어날 수 없을 것이다!!"

잠시 시간을 끌던 노인은 돌연 구견에게 덤벼들었다. 그리고 그와 동시에 원로원의 고수인 듯 보이는 노인 대여섯 역시 구견을 향해 도약하였다.

"그래그래, 이렇게 나와야 제 맛이지. 크하하핫!"

뭐가 그리 좋은지 구견은 광소를 터뜨렸다. 시간을 끌기 위해 사방으로 흩어졌던 열 명의 복면인은 이미 전부 싸늘한 시체로 변해 있었다. 이제 산문 쪽에서 마상평이 뚫고 올라오기 전까지는 그 혼자서 내원에 있는 이백여 명이 넘는 화산의 무인들을 상대해야 한다.

그럼에도 불구하고 구견의 표정에는 여유가 넘쳤다.

쩌어엉—!

검의 공명음이라고는 믿을 수 없을 만큼 커다란 굉음이 울려 퍼진다.

첫 검격을 막아낸 구견은 양손을 천천히 들었다. 그러자 그의 양손에서 시퍼런 날이 선 철조(鐵爪)가 튀어나온다. 족히 그 길이가 삼 척은 되어 보이는 사납게 생긴 철조였다.

"매화검진(梅華劍陣)을 펼쳐라!"

한 노인이 소리치자, 다섯의 노인이 순식간에 진세를 잡고 구견을 압박하기 시작하였다. 그것은 일반 무인들이 펼치던 매화검진과는 그 위력 면이나 정교함 면에서 차원이 다른 것이었다.

"그래도 아주 골이 빈 녀석들은 아니군."

구견이 비아냥거렸다. 사실 그는 이들이 자존심을 내세워 합공을 하지 않을 줄 알았었던 것이다. 한데 이들은 합공을 하지 않기는 커녕 검진까지 형성해 공격하고 있었다.

“노옴……!”

한 노인의 검이 붉은 빛으로 휘감긴다.

타탓―!

그의 신형이 땅을 박차고 구견을 향해 돌진했다.

그의 검에는 타는 듯한 붉은 빛의 강기가 어려 있었다.

“그래도 화산이라 이건가?”

하지만 역시 비웃음일 뿐이었다. 검강을 발출할 정도의 고수가 비어버린 화산에 이렇게나 많을 줄은 몰랐지만, 그뿐이었다. 그는 코웃음을 쳤다.

“푸훗!”

구견의 철조에서 은청빛의 강기가 피어오른다. 그리고 그는 씨익 웃었다.

콰아앙!!

분명 철검과 철조가 부딪쳤건만 째지는 듯한 쇳소리는 나지 않고 커다란 폭발음만이 들려온다.

쇳소리는 강기와 강기가 충돌하여 형성된 폭음에 묻혀 버린 것이었다.

‘크으음.’

구견은 속으로 신음을 흘렸다.

‘찰나의 시간만 더 있더라도 노인 하나쯤은 골로 보낼 수 있을 텐데. 제길.’

그의 뒤를 연신 위협하는 다른 노인들의 강기가 구견을 방해하는 것이었다.

쾅— 콰콰콰쾅—!

연이어 폭발음이 울려 퍼진다. 일순 다섯의 노인이 발출하는 강기의 가운데에 갇힌 구견은 인상을 있는 대로 찡그렸다. 하지만 불안하다거나, 공포스럽다거나 한 표정과는 거리가 있었다.

"제길!"

짜증스런 목소리로 욕을 씹어뱉은 구견이 허공으로 떠올랐다.

쐐애액—!

그런 그를 향해서 빠른 속도로 검기 다발이 날아든다.

허공에는 발을 디딜 수 있는 곳이 없다. 허공에 떠올랐을 때에는 어떠한 공격이 날아와도 막을 수밖에 없는 것이다.

구견의 위기라면 위기랄 수도 있는 상황이었다. 하지만 다음 순간 놀라운 광경이 펼쳐졌다.

파아앙—!

날아드는 검기 중 하나를 철조로 쳐내며, 그의 신형이 하늘로 또 한 번 떠오른 것이다.

"아니……!!"

위력적인 검기 다발에 구견이 격중당하는 생각을 하고 있던 화산의 무인들은 질겁했다. 정말 절묘한 동작이었기 때문이다.

쉐에엑—

허공에서 구견의 손이 아래로 내리그어지자 푸른 강기가 형성되어 한 노인에게로 쇄도했다.

"흐읍!"

그것을 본 노인은 허공으로 몸을 날렸다. 보기에도 강기의 위력이 대단했기 때문이다.

콰아앙―!

강기에 격중당한 애꿎은 땅덩어리만 움푹 파여 들어갔다. 마치 폭발물이라도 터진 듯한 모양이었다.

그 위력이란 가공할 만한 것이었다.

"쳇!"

그 모습을 보며 한숨 돌리던 구견은 아쉽다는 듯한 표정이었다. 처음부터 맞아줄 거라는 생각으로 날린 강기는 아니었지만, 맞았다면 즉사를 면할 수 없을 만큼 위력적인 강기였기 때문이다.

채채챙―

쇄도해 오는 검격들을 막아낸 구견의 표정에는 짜증이 어려 있었다. 분명 지금은 자신이 우위를 점하고 있지만 이런 식으로 가다 보면 혼자인 자신의 체력과 내공이 먼저 고갈될 것이기 때문이다.

'뭔가 수가 필요하다. 금방 상평이 녀석이 뚫고 오기는 하겠지만……'

구견은 주변을 둘러보았다. 이백여 명은 되어 보이던 화산의 무인이 어느새 반 정도로 줄어 있었다. 아마도 마상평을 막기 위해 빠져나갔으리라.

‘한 방이 필요하겠어.’

사실 방법은 두 가지였다. 자신의 내력 소모를 최소한으로 줄이며 방어적으로 버텨 나가는 것이었고, 나머지 하나는 그의 생각처럼 무지막지한 내력 소모를 감수하고 한 방으로 강력한 일격을 날리는 것이었다.

‘어쩔 수 없지.’

구견은 마음을 정했다. 분명 후자가 전자보다 위험한 방향이기는 하였지만, 그렇다고 해서 수하들이 올라오는 마당에 이렇게 쩔쩔매고 있는 모습을 보여주고 싶지는 않았다.

“흐아압!!”

생각은 길었지만 결정한 순간, 그는 최대한 신속히 행동했다. 시간을 더 끌어야 좋을 것은 없기 때문이다.

콰쾅―

갑자기 배 이상 공격적으로 변한 그를 보며 무인들은 당황하였다.

“파천의 힘을… 견뎌내어 보거라!”

쿠르르릉―

기의 폭풍이 구견을 중심으로 빨려 들어가듯 몰아쳤다. 그 주위에서 혈투를 벌이고 있던 무사들은 전투 중이었다는 사실조차 잊고 그 모양을 멍하니 바라보았다.

그리고 다섯의 노인은 긴장 어린 표정으로 구견을 응시했다.

느껴지는 기파가 무시무시했기 때문이다.

"파천귀혼(破天鬼魂)!!"

시퍼런, 이제는 투과되어 보이지도 않을 정도의 짙은 청색
의 강기가 마치 용의 형상을 보는 듯 꿈틀대며 뿜어져 나왔다.

*   *   *

"하압!"

독고진은 기합성을 내지르며 연신 검을 휘두르고 있었다.

챙— 채쟁—

최대한 절제된 동작. 그리고 독고진은 호흡만으로 한 명 한
명을 상대해 가고 있었다. 정신력의 소모를 최대한 줄이기 위
함이었다.

'불안하다. 본거지라는 곳에 있는 전력이 이렇게 부족할 리
가 없어.'

충분히 강력한 전력이었지만 이는 분명 삼황 중 이 인에, 취
운개까지 동원될 정도로 상대하기 힘든 것은 아니었다. 전투
상황은 말 그대로 학살에 가까웠기 때문이었다.

'최대한 힘을 아껴야 한다. 전투가 끝나자마자 바로 무림맹
으로 가보아야겠어.'

무림맹까지 최대한의 속력으로 뛰어갈(?) 생각이었다. 경공
도 한결 나아졌으니 부담이 덜하기는 하겠지만 그런 장거리
주행을 하려면 너무 무리하는 것은 좋지 않다.

독고진은 잠시 숨을 돌리고 나머지 세 사람을 살펴보았다.

하나같이 이 정도의 무사들에게 당할 정도의 실력은 절대로 아니었지만 혹시나 하는 마음에서였다.

콰아아앙—

권황과 검황의 신위는 단연 돋보였다.

검황의 검은 일검일살의 극쾌와 극강을 보여주는 것이었고, 권황의 권장(拳掌)은 무슨 대량 학살용 무공 같았다. 그 위력이 미치는 범위나 파괴력이나 일반적인 권장과는 차원이 다른 것이었다.

쾅—

취운개 또한 진영을 휩쓸고 다녔다. 그의 주특기인 경공을 이용해 기동력으로 승부수를 띄우는 것이다. 하지만 그렇다 해서 그의 타구봉이 약하다거나 한 것은 아니었다.

"크음……."

독고진은 자신을 향해 달려드는 흑의인들을 보며 신음을 흘렸다.

'얼른 마무리 짓고 돌아가 봐야 한다.'

왠지 모를 불안감이 자꾸 그의 뇌리를 엄습했다.

*   *   *

"정황은 어떠한가? 어떻게 되어가고 있어?"

단리철의 목소리는 다급했다. 사도련의 각 성의 지부 정도야 그렇게 무서운 것은 아니었지만, 지금은 무림맹의 주력 부대가 전부 사천에 몰려 있는 상황이다. 긴장될 수밖에 없는 것이었다.

"역시, 호북이나 하남 쪽이야 걱정할 것이 없지만, 남부무림 쪽이 많이 밀리고 있는 듯합니다."

"끄으응……."

단리철은 신음을 흘렸다. 그렇지 않아도 무림맹의 정예들을 뽑아 각지로 보내기는 하였지만 마음이 편치는 않았다.

"혹시 사도련 총단에서 움직일 기미는 보이지 않는가?"

그의 물음에 사내는 고개를 끄덕였다.

"아직까지는 그러한 조짐이 없습니다. 하지만 분타들을 움직인 이상 총단에서도 곧 병력을 움직이겠지요."

좋지 않다. 만약 현 상황이 평화롭던 본래의 무림이었다면 그다지 무서울 것이 없었을 것이나, 지금은 오대천이라는 거대 세력과 대치 중인 상태다. 이도 저도 할 수 없는 최악의 상황인 것이다.

"뒤만 깨끗하면 사도련의 총단 정도는 밟아버리는 건데……."

단리철이 이러한 생각을 할 수 있는 이유는 권황과 검황 덕이었다. 그 둘이 은거를 깨고 나온 이상, 과거보다 약세인 사도련을 쓸어버리는 것은 일도 아닌 것이다.

"역시 오대천이 문제인 겁니까?"

"그렇다네. 오대천은 내가 볼 때 그 병력이 많지는 않지만 소수정예야. 솔직히 말하자면 오대천의 최하위 무사인 듯 보

이는 흑의인들조차도 본 맹의 사대단체에 버금가는 수준이라
네.”

“…….”

잠시간 장내에는 침묵이 흘렀다. 도저히 방도가 떠오르지를
않았기 때문이다.

“그렇다면 결국에는 본 맹의 고수들을 위시하여 치고 빠지
기 식으로 사도련을 상대할 수밖에는 없는 겁니까?”

사내의 물음에 단리철은 고개를 끄덕였다. 그것이 그가 생
각했던 유일한 방법이자 조금의 가능성이라도 보이는 것이었
다.

“그렇겠지. 후…….”

단리철은 한숨을 내쉬었다. 그것은 많은 감정을 내포하고
있는 것이었다.

하지만 그는 몰랐다, 그의 계산과 중원의 세력 구도는 한참
멀어져 있다는 것을.

*　　　*　　　*

“으, 으하하핫!!”

온통 연기와 불길이 치솟는 광경.

바닥에는 잿더미들과 시체가 산을 이루었으며, 하늘은 붉게
그을린 듯 핏빛이 되어 있었다.

그 가운데 홀로 서 있는 중년인은 미치기라도 한 듯 광소를

터뜨렸다.

"크하하하하하!"

그리고 그 소리는 온 하늘에 쩌렁쩌렁 울려 퍼졌다.

"드디어… 신물을 얻을 수 있게 되었구나. 후후."

사내, 구견은 뒤를 살짝 돌아보았다. 그리고 그곳에는 마상평이 씁쓸한 얼굴로 서 있었다.

"천주님께서 이렇게 무리하실 줄은 몰랐습니다. 하아… 신물만 빼내고, 화산에 적당한 피해를 입힌 직후에 빠지자는 것이 계획이었는데, 멸(滅)이라니요."

하지만 구견은 싱글싱글 웃을 뿐이었다.

"하지만 어떤가? 결과만 좋으면 된 것을. 나 구견이 이 두 발 아래 화산을 두었다. 뭐가 더 필요한가? 크하하핫."

그는 정말인지 기분이 좋아 보였다. 이렇듯 미친 듯이 웃어 보는 것도 오랜만이지 싶었다.

"정말 오랜만에 원껏 싸워봤다."

하지만 아직까지도 마상평은 씁쓸한 표정이었다.

"광무대를 전부 잃었습니다. 본 채에 남아 있는 인원이 있기야 하겠지만, 그것조차 벌써 전멸했을 확률이 높습니다. 그들의 목숨이야 별 상관이 없지만, 그래놓고도 만약 천주께서 화산에 패퇴했더라면 그 뒤는 상상도 하기 싫습니다. 너무 무모한 짓을 하신 겁니다. 운이 좋았습니다."

"그만 하시게. 좋은 게 좋은 거지. 그리고 이렇게 신물도 찾지 않았는가? 큭큭."

구견의 말에 마상평의 두 눈이 살짝 커졌다. 아직 신물은 찾지 못한 줄 알았기 때문이었다.

"어디에……."

마상평의 말이 끝나기도 전에 구견은 손을 뻗었다.

쉬이익―

그와 함께 잿더미 안에서 붉은 검집이 씌워져 있는 기다란 장검이 튀어나온다.

착―

그리고 그것은 빨려 들어가듯 구견의 손으로 안착하였다. 완벽한 격공섭물(隔空攝物)의 수법이었다.

"후후……."

붉은 바탕에 은빛으로 매화 세 송이가 수놓아진 아름다운 검집. 그리고 그 검병에 쓰여 있는 매화지검(梅華之劍)이라는 문구로 보아 분명 신물임에 틀림이 없었다.

"허엇……!'

마상평은 감탄사를 터뜨렸고, 구견은 흡족한 미소를 지어 보였다.

스르릉―

구견은 매화검을 뽑아 보았다. 그리고 검신의 중앙에 자신의 왼손을 댔다.

우우웅―

커다란 검명(劍鳴)이 울려 퍼진다. 검명이라 생각할 수 없을 정도로 커다란 울림이 온 천지를 뒤덮었다.

“오오…….”

마상평의 입에서 경탄 섞인 신음성이 흘러나왔다. 매화지검
에서 흘러나온 영롱한 빛이 어두컴컴한 새벽녘을 마치 대낮처
럼 밝혀주었기 때문이다.

“이제 파천신맥만 끊어주면 되는 것인가? 후후.”

*   *   *

“푸헐, 파천주가 드디어 미쳤구만.”

노인은 웃음을 터뜨렸다. 그리고 그의 표정은 조금은 당황
스럽다는 듯한, 그것이었다.

잠시간 웃음을 흘리던 그는 헛기침을 한 번 하고는 그에게
서찰을 가져다준 사내를 보았다.

“그렇다면 파천주는 신물을 얻으신 게로군?”

재차 묻는 것이었다.

“그렇습니다, 혈천주님.”

“흐음…….”

잠시 무언가를 생각하던 노인은 중얼거렸다.

“후후… 나 또한 빨리 마정을 찾아야 할 텐데…….”

그런 그를 보며 사내는 조심스레 입을 열었다.

“그리고, 파천주님께선 마 어르신과 함께 그 길로 사천으로
가신다 하셨습니다. 신맥만을 끊어놓고 나오겠다 하셨습니
다.”

그에 노인의 표정이 살짝 상기된다. 하지만 그것은 금방 수그러들었다.

"뭐, 화산파에 정면으로 들이댄 것보다야… 훨씬 수월한 일이 되겠군."

그 말에 사내는 한마디를 더 덧붙였다.

"지금 검황과 권황이 모두 맹을 나와 있는 상황이니, 충분히 가능할 것이라 하셨습니다."

노인은 고개를 끄덕였다. 충분히 일리가 있는 말이라 생각하였다.

"그렇겠지. 무림맹에 누가 있어 신물까지 얻은 파천주의 기척을 알아챌 수 있다는 말인가. 노부가 검황과 권황이 지금 무림맹에 있지 않다는 것을 깜빡했구만. 검황과 권황만 아니라면 무림맹에 잠입하여 그런 아해 하나 정도 죽이는 것은 일도 아닐 테지."

주름진 손을 맞비비며 노인은 사내를 향해 말하였다.

"파천주에게 전하여라, 아마 곧 무림맹을 향한 총 공세가 있을 것이라고. 나는 물론, 역천주와 멸천주, 월천주까지 전부 중원으로 밀고 들어갈 것이다."

"존명!"

사내가 절도있게 고개를 숙여 보인 후 바깥으로 나가자 노인은 천천히 일어섰다.

"게 누구 있느냐?!"

그리고 그와 동시에 허공에서 한 사내의 목소리가 들려왔다.

“부르셨습니까.”

노인의 앞에 어느새 한 사내가 나타나 있었다, 한 치 흔들림 없는 부복한 자세로.

“그 담만우라는 늙은이는 어찌 되었는가?”

“아직 깨어나지 못했습니다.”

그 대답에 노인은 살짝 얼굴을 찌푸린다.

“이런, 계속 이렇게 되면 곤란하거늘… 이러다가 깨어나지 못하는 게 아닌가?”

그의 말에 사내는 고개를 저었다.

“그런 걱정은 하지 않으셔도 될 듯합니다. 본 교에서는 최고 의원의 호언장담이니 믿으셔도 될 겁니다.”

노인은 흡족한 듯한 표정이 되었다. 가장 원하던 대답을 들은 것이다.

“후후… 그렇겠지?”

무슨 생각을 하는 건지 잠시간 실없는 웃음을 흘리던 노인은 정색을 하고 다시 사내를 응시하였다.

“너는 이 길로 두 부교주에게로 가 출정 진언을 전하거라. 늦어도 내일 중으로 철저히 준비를 다 하고 사천으로 향할 수 있도록 말이야. 무림맹 녀석들이 사도련의 사천 지부를 막아 놓아서 오히려 출정하기에 더 편해졌어. 그 녀석들과 마찰이 생긴다면 좀 곤란했었는데 말이지.”

“존명!”

절도있게 대답한 후 다시 사라지는 사내를 보며 노인의 한쪽 입꼬리가 살짝 말려 올라간다.

"이제… 시작이다."

* * *

"가주님, 팽가의 가주님께서 들어 계십니다."

총관의 말에 모용환의 눈이 크게 뜨여진다.

"오오! 귀도(鬼刀) 어르신께서 본 가에 와 계신다는 말이더냐?!"

귀도(鬼刀) 팽극선(彭極選). 하북팽가의 가주이자, 하북일존(河北一尊)이라 불리는 절세의 도객을 칭하는 이름이었다.

당금 팽가는 무림세가 중의 하나라 할 수도 있지만, 또한 황실의 무장을 배출하기도 하는 무가(武家)이기도 하였다.

자금성이 자리 잡고 있는 북경 한복판에 위치하고 있으며, 황실의 여러 고위 급 관리들과도 친분을 많이 쌓고 있는 곳이 바로 이 팽가였다.

아무리 세가 대단하다 하여도 무림의 사대세가 중 하나밖에 되지 못하는 모용세가에 팽가의 가주가 직접 왔다는 것은 이례적인 일이었다. 모용세가의 가주인 모용환으로서는 이번 기회에 팽극선과 친분이라도 쌓을 수 있다면 엄청난 도움이 될 것이었다.

"조금 전에 오서서 가주님을 기다리고 계십니다."

"오오, 어서 들어가 보자꾸나."

또르륵—

맑은 소리와 함께 양쪽의 찻잔에 은은한 향기가 어려 있는 찻물이 가득 담겼다.

"오랜만이오, 모용가주."

팽극선은 나직한 어조로 먼저 인사를 건네었다. 그리고 그것은 자연스런 하대였다. 가문의 신분적 차이가 있기도 하였지만, 무림의 배분으로도 팽극선이 모용환보다 높기 때문이었다.

희끗희끗하여 이미 반백이 된 머리카락이 노년기에 드는 그의 나이를 짐작케 해준다.

"본 가에 이렇게 몸소 방문해 주시니 영광입니다."

격식을 차리는 것치고는 필요 이상의 아부가 섞여 있는 듯하자 팽극선은 피식 웃었다.

"그렇게 말해주니 고맙소."

팽극선은 찻잔을 들어 살짝 음미하였다.

입에 착착 감기는 맛과 그 향으로 보아 꽤나 고급 차인 듯하였다.

잠시간 아무런 말도 없던 두 사람.

먼저 입을 연 것은 모용환이었다.

"그런데 어쩐 일로 본 가를 다 찾으셨습니까?"

모용환은 그것이 가장 궁금하였다. 뭔가 좋은 제안이라도 하지 않을까 하는 막연한 기대감 같은 것도 분명히 있었지만,

무슨 안 좋은 말을 하러 온 것이지는 않을까 하는 은근한 불안
감도 있었다.

"흐음……."

뜸을 들이는 건지, 그는 낮게 신음을 흘리면서 차를 한 모금
홀짝인다.

"다른 것이 아니라 모용가에 제안을 하나 하고자 왔소이다."

그 말에 모용환의 안색은 눈에 띄게 밝아졌다.

"그것이 무엇입니까?"

팽극선은 모용환의 두 눈을 응시하였다. 그에 모용환은 침
을 꿀꺽 삼켰다. 그의 눈은 팽극선의 입만을 주시하고 있었다.

"본 가와 손을 잡지 않겠소?"

뜻밖의 제의. 그리고 모용환은 속으로 쾌재를 부를 수밖에
없었다.

드넓은 중원에서 제일가는 세를 자랑하는 세가라 하여도 손
색이 없을 팽가와 동맹을 맺는 것이 어찌 달갑지 않겠는가?

"그렇게만 해주시면 저희야 무척이나 감사합니다, 어르신."

기본적으로 팽가와 모용가는 정(正)을 지향하는 무림세가이
다.

직접적으로 백도무림맹에 속해 있는 세력은 아니었지만 같
은 편에 서 있는 만큼 동맹을 맺는다거나 하는 까다로운 절차
는 필요하지 않은 것이다.

하지만 '동맹' 이라는 단어의 의미는 매우 크다.

어찌 입으로 한 약속과 계약서에 도장까지 찍어낸 서류가

같을 수 있겠는가?

"허허… 그렇다면야……."

팽극선은 인자한 미소를 지어 보였다. 하지만 그것으로 끝은 아닌지 그는 입을 다시 열었다.

"하지만 그전에 가주께 한 가지 당부하고 싶은 말이 있소."

당부 같은 것은 무어가 되었든 상관없다.

모용환은 그렇게 생각하고 있었다.

"말씀해 보십시오."

하지만 그런 그의 생각은 잘못되어도 한참 잘못된 것이었다.

"모용가가 본 가와 손을 잡게 된다면 그 시간부로 백도무림맹과는 척을 지게 될 것이외다."

쿵—

모용환은 둔기에 뒤통수를 강하게 맞기라도 한 듯, 멍한 표정이 되어버렸다.

백도무림맹과 척을 진다니. 그것처럼 위험천만한 그리고 어처구니없는 발상이 또 있겠는가? 명문정파를 표방하던 그로서는 무슨 말을 해야 할는지 감조차 오지 않았다.

"그… 무슨 말씀이신지……."

그는 이제 말을 더듬기까지 한다.

그 모습을 응시하던 팽극선은 입꼬리를 살짝 말아 올렸다. 지금까지의 근엄하던 모습과는 사뭇 다른 분위기의 것이었다.

하지만 그렇다 해서 팽극선의 분위기가 가벼워졌다거나 하는 것은 절대로 아니었다. 오히려 그 표정이 더욱 싸늘하게 느

꺼지기까지 한다.

"말 그대로네. 무림맹과 척을 질 수 있겠는가?"

이건 무언가 잘못되었다.

모용환은 그렇게 생각하였다.

어느새 팽극선의 말투가 완전한 하대로 바뀌었지만, 그런 것은 귀에 거슬리지도 않았다.

그가 알기로 팽가 또한 정도를 표방하는 무가(武家)가 아니던가?

"무림맹과 척을 진다면, 사마외도가 되라는 말씀이십니까?"

덜덜 떨리는 목소리로 모용환이 묻자 팽극선의 표정은 싸늘하게 굳었다.

"갈(喝)! 이 노부를 일컬어 사마외도(邪魔外道)라니!"

순간 그의 몸에서 엄청난 기파가 폭사되었다. 그리고 모용환은 입조차도 뻥끗할 수 없었다. 그를 짓누르는 무형의 힘이 엄청났기 때문이다.

모용환은 무림 백대고수의 일인이다. 그 정도의 고수를 무형지기만으로 이렇게 옴짝달싹할 수 없게 만든다는 것은 팽극선의 무력이 최소 칠왕 이상의 것이라는 것을 의미했다.

"백도무림맹은 곧 중원에서 지워질 것이다. 오대천과 사도련, 그리고 혈교에서 동시에 무림맹을 공격할 계획을 세우고 있지. 아니, 이제 아마 움직이기 시작했을 것이다."

모용환은 오대천이 무엇인지는 알지 못했다. 하지만 사도련, 그리고 혈교, 게다가 하북팽가까지 합세한다면 무림맹의 몰락은 눈앞에 보이는 것이나 마찬가지라 생각하였다.

그의 신형은 부르르 떨렸다.

분노? 그런 것은 아니었다.

정파를 표방하고 있기는 하였지만, 그것은 허울좋은 껍데기일 뿐인 것이었다. 지금까지 이해타산에 따라 행동해 왔으며, 그렇게 가문을 이끌어왔다.

그렇게 해서 이 자리까지 올 수 있게 되었던 것이다.

모용환은 흔들리는 눈으로 팽극선을 바라보곤 입을 열었다.

"말씀에 따르겠습니다. 오늘부로 모용가는 무림맹을 적대시 할 것입니다."

그의 명쾌한 대답에 팽극선은 껄껄 웃었다.

"하하핫, 자네는 상황 판단이 빨라서 좋구만. 후후후."

그는 기분 좋게 웃어 보였다. 하지만 생각은 조금 다른 것이었다.

'이런 녀석은… 썩 맘에 들지는 않는군. 아마 내 생각만은 아닐 게야. 대업을 이루고 나면 여지없이 팽(烹)당하겠어. 후후.'

그리고 그는 모용환을 향해 다시 시선을 돌렸다. 그리고 멍한 표정으로 있는 모용환과 눈이 마주친 그는 돌연 모용환을 향해 좌수를 뻗었다.

쐐애애액—

섬뜩하리만치 날카로운 파공성이 모용환의 귓가를 스친다.

그리고…

서걱—

섬뜩한 소리와 함께 모용환은 뒤를 돌아보았다. 어느새 그의 뒤에는 커다란 칼자국이 새겨져 있었다. 하지만 그것은 칼자국이 아니었다. 다름 아닌 팽극선의 손에서 발출된 수강이었던 것이다. 그에 소스라치게 놀란 모용환은 정신을 차렸다.

"지금 이 자리에서 살인멸구(殺人滅口)를 하고 나 혼자서 모용가 전체를 쓸어버릴 수도 있다."

또 한 번 팽극선의 전신에서 무지막지한 기운이 폭사되었다. 그리고 모용환은 그의 장담이 진심이라는 것을 느낄 수 있었다.

"알겠… 습니다, 팽 가주님."

그런 그를 잠시간 바라보던 팽극선은 피식 웃었다. 그리고 그 이유는 팽 가주님이라는 호칭 때문이었다.

"자네, 내가 팽극선으로 보이나?"

뜬금없는 말. 모용환의 두 눈이 부릅떠졌다. 팽극선이 아니라니?

"그게 무슨 말씀… 이십니까?"

팽극선은 웃었다. 미친 듯이 웃어댔다.

"큭… 크하하핫! 팽극선은 이미 이 세상에 없다. 꽤 오래전에 죽었지. 이제는 더 이상 숨길 필요도 없으니 말해주는 것이다. 그 이유는 당연하겠지만, 머지않아 무림맹은 파멸당할 것이라는 것, 그것이다."

모용환은 경악에 휩싸였다. 그리고 그의 머리는 정신없이 돌아가고 있었다. 뭐가 어떻게 되어가는 것인지 최대한 빨리 파악해야 했다. 또한 어떻게든 득실을 따져야 했다.

자잘한 득실과는 차원이 다른 문제였다. 가문의 존폐가 걸린 상황인 것이다.

어지럽게 머리를 굴리고 있는 동안 팽극선의 탈을 쓴 '그'가 다시금 말을 이었다.

"그렇다 해서 걱정할 것은 없다. 팽가의 모든 전력은 내 휘하에 있으며 바로 내가 하북팽가의 가주이니까."

그의 입에서 낮은 소리의 웃음이 흘러나온다.

"후후……."

그는 천천히 자리에서 일어났다. 그리고 모용환 또한 천천히 따라 일어났다. 왠지 그래야만 할 듯했기 때문이다.

사내는 등짝에 매여 있던 커다란 도를 천천히 꺼내어 들었다.

딸깍—

이음새가 분리되는 소리가 나고,

턱—

묵직한 소리와 함께 도갑이 바닥에 떨어졌다.

아홉 마리의 용이 멋들어지게 승천하는 모습이 수놓아진 도신. 구룡칠정도(九龍七正刀)가 화려한 자태를 드러냈다.

"나는 오대천의 멸천회주(滅天會主)다. 기억해 두거라. 곧 오대천의 세상이 도래할 것이니……."

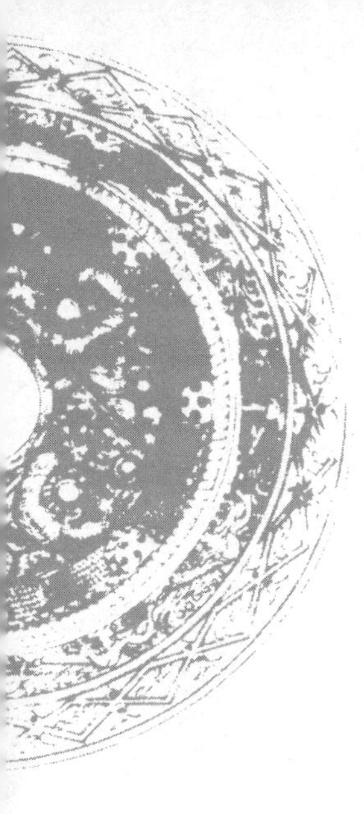

第四章
위기(危機)

죽은 자의 영혼과 사람의 심혼(心魂)을 다루는 흑마법사 무림에 환생하다!

마왕의 힘을 배워 9클래스의 마법 경지를 넘어서고, 절대의 무공 경지에 들다!

그를 기다리는 건 무림사에 더없을 멸겁의 종말, 새황 오대천의 살혼마신!

FOR
GOD

“뭐라?! 지금 자네 뭐라고 하였는가?!”

단리철은 벌떡 일어났다.

끼이익—

듣기 거북스러운 마찰음을 내며 단리철의 앞에 놓여 있던 탁자는 쭈욱 밀려 나갔다.

“화산이 폐허가 되었다 합니다. 다 타서 한 줌 재가 되어버렸답니다. 마치 당문처럼……”

쾅!

말이 끝나기도 전에 단리철은 주먹으로 탁자를 부서져라 내려쳤다.

“그, 그런 말도 안 되는……!”

누가 상상이나 했겠는가?

무려 '화산' 이다.

당문이 당했을 적에도 당황스러웠던 것은 마찬가지였지만, 이번 사건은 그 충격이 더욱 심했다.

당문의 세가 크다고는 하나, 결국 하나의 무림세가에 지나지 않는다.

하지만 화산은 어떤가? 백도맹의 주축이 되고 있는 구파일방. 초거대 문파들 중의 하나인 것이다.

"으아아!"

분통이 터지는 듯 단리철은 소리를 질렀다.

어지간해서는 의연한 모습으로 일관하는 그였지만, 이번 소식은 주체가 되지 않을 정도로 충격적이기 그지없는 것이기 때문이었다.

털썩―

단리철은 힘없이 주저앉았다.

"허허… 허허허…….''

공허한 웃음소리만이 그의 입에서 실없이 흘러나온다.

허를 찔린 것이다.

그것도 아주 깊숙이.

"그리고 또… 전할 말이… 있는가?"

단리철은 힘없는 음성으로 사내를 향해 물었다. 그냥 할 말이 아무것도 생각이 나지 않아 아무렇게나 한 말이었지만, 다음 순간 단리철은 좌절할 수밖에 없었다.

"한 가지… 안 좋은 소식이 더 있습니다."

단리철의 힘없는 대답이 이어진다.

"말씀해 보시게."

잠시 뜸을 들인 사내는 긴장이라도 되는지, 침을 한 차례 삼키고는 천천히 입을 뗐다.

그리고 그것은 날카로운 비수가 되어 단리철의 심장에 꽂혔다.

"청해성 방면에서 사천무림맹 쪽으로… 혈교가… 밀고 들어온다 합니다."

＊　　　＊　　　＊

파죽지세(破竹之勢).

다른 어떠한 말보다도 이것이 가장 잘 어울렸다.

사천 방향의 사도련 분타까지 뒤늦게 합세하자, 사천은 순식간에 쑥대밭으로 변하고 있었다.

과연 혈교의 이름은 헛된 것이 아니었던 것이다.

"이놈들! 내가 바로 교룡참편(蛟龍斬鞭) 여상추(呂象酋)이니라! 으하하핫!"

혈교의 부교주인 여상추는 신이 나 있었다. 십수 년간 교 내에서 갈고닦은 자신의 편법을 그 누구도 막아내지 못하였다. 살귀대 일 대를 동반한 그는 가히 살귀랄 만한 전투광이 되어 전장을 누비고 있었다.

좌라락—!

묵직한 철편이 한 방 작렬하면 여지없이 그는 피를 뿜고 쓰러졌다.

강기를 씌운 것도 아니었다. 단지 그 무게와 물리적 힘만으로도 일반 중소문파의 무인들이 막아낼 수 있는 한도는 벗어난 듯하였다.

아수라장이 따로 없었다.

혈교의 간판이랄 만한 최강의 무력 단체 살귀대는 그 이름값을 톡톡히 하고 있었다. 아직까지 변방의 중소문파들만을 상대해서 그런지는 몰라도 한 사람의 희생도 나지 않은 것이다.

"이대로 밀고 올라간다! 으하하하!"

후웅— 후웅—

묵직한 철편(鐵鞭)을 장난감 가지고 놀 듯 허공에서 휘저으며 광기 어린 웃음을 흘리는 그의 모습은 마치 야차를 보는 듯하였다.

붉게 물들어 핏물을 뚝뚝 흘리는 철편의 모습은 보는 이로 하여금 소름이 돋게 만드는 섬뜩한 것이었다.

*　　　*　　　*

타탓—

가벼운 발소리가 들린다.

"후우, 어떻게 됐을는지……."

독고진이었다. 사천무림맹에 도착한 독고진은 제일 먼저 소소부터 찾았다. 일단 단리철부터 찾아가 현재 상황부터 알아보아야 하는 것이 수순이지만, 보고 싶은 것은 어쩔 수 없었다.

"당 매, 나야."

문지방 안쪽에서 소소의 기척을 느낀 독고진은, 그저 바깥에서 기별을 넣고는 곧바로 문지방을 넘었다.

드르륵─

그리고 독고진의 눈에는 안쪽에서 달려나오는 소소가 보였다.

"가가!"

다른 말은 필요없었다. 소소는 그대로 독고진에게 안겨 그의 가슴에 얼굴을 묻었다.

얼굴을 본 지 오래된 것도 아니었다. 일주일이나 지났을까?

하지만 곁에 있어도 그립다는 신혼인데 그들에게 며칠은 결코 짧지 않은 시간이었다.

잠시 동안 그렇게 가만히 있던 소소는 살짝 얼굴을 들어 독고진을 올려다보았다.

뚫어져라 독고진을 응시하던 소소.

그리고 어느새 그녀의 두 눈엔 눈물이 그렁그렁 걸려 있었다.

"왜 또 울어?"

급하게 안기다 쓸려 올라간 머리카락을 가지런히 쓸어내려준 독고진은 울먹거리는 그녀를 보며 억지로 미소를 지었다. 소소가 너무 안쓰러운 것이다.

"흑……."

하고 싶은 말은 정말 많았지만 입에서 나오지를 않는다.

서러움에 투정이라도 부려보고 싶었지만, 독고진의 가슴이라도 투닥거리며 화내보고 싶었지만, 몸이 말을 듣지 않았다.

그녀가 할 수 있는 것은 그저 그의 품에 안겨서 서럽게 우는 것뿐이었다.

"많이 힘들었지……."

가문을, 십수 년을 함께 지내던 식솔들을, 나아가 하나뿐인 오라비를 잃었다. 말로 다 표현할 수 없는 아픔이라는 것을 모를 리 없었지만 독고진이 해줄 수 있는 것은 없었다.

곁에라도 있어서 보듬어주고, 슬픔을 나눠주는 것조차도 상황이 여의치 않았다.

이렇게 안고 있으니 그 아픔이 자신의 가슴까지 스며들어오는 듯하여 쓸쓸해진다.

"이렇게… 제 곁에 계시면 안 되나요? 영원히……."

물론 독고진도 그러고 싶다. 하지만 이대로 있다가는 모든 것을 잃어버릴지도 모른다.

"나도 그러고 싶어. 휴……."

안 된다는 것을 잘 안다. 하지만 그렇게 말이라도 해보아야 속에 쌓인 것이 풀리는지 소소는 울먹거리는 목소리로 말을 잇는다.

"산속에 숨어들어 가서 살면 안 돼요? 그냥 둘이 꼭꼭 숨어서 농사라도 지으면서 살아요, 가가."

독고진은 정말 그러고 싶었다. 본 가의 식솔들, 그들의 안위만 아니었다면 그가 먼저 소소를 끌고 산속으로 들어가 버렸을지도 모른다.

당가까지 그렇게 된 마당에, 복수가 아니라면 강호에 무슨 미련이 남아 있겠는가?

"정말……."

무슨 말을 하려는 것이었는지 독고진은 고개를 떨군다. 그리고 소소를 끌어안은 두 팔에 더욱 힘을 주었다.

그렇지 않으면 소소가 사라져 버리기라도 할 것처럼…….

*   *   *

혈교의 이대 부교주인 여상추와 구취.

여상추는 미친 듯이 싸우며 정면으로 돌파하고 있지만, 귀면살(鬼面殺) 구취(龜臭)는 몇몇의 살귀대를 대동하고는 은밀히 어디론가 향하고 있었다.

"부교주님, 서찰이 도착했습니다."

일행의 뒤쪽에서 나지막한 소리가 들려온다. 그에 구취는 일행을 잠시 멈추었다.

"전서구가 도착한 건가?"

중얼거린 그는 사내의 손에 들려 있던 서찰을 받아 들고는

천천히 펴기 시작하였다. 묶여 있는 매듭의 굵기를 보니 맞는
듯싶었다.

그것을 읽는 구취의 표정이 눈에 띠게 밝아졌다.

"호오, 이게 사실이라면 수고를 좀 덜 수 있겠어."

구취의 중얼거림에 그의 옆에 있던 살귀대원들 중 하나가
조심스레 물었다.

"무슨 내용입니까?"

그에 구취는 실소를 흘리며 대답하였다.

"흘흘, 우리가 찾아갈 필요가 없게 되었어. 역시 교주님의
정보력은 대단하군."

잠시 뜸을 들인 그는 말을 이어갔다.

"무림맹의 지원 부대가 곧 금천(金川)을 지날 것이라 한다.
아마 도강언(都江堰)을 지나 금천 쪽으로 방향을 잡고 북진하
고 있는 것이겠지."

도강언은 청성산의 북쪽 자락에 있는 사천의 도시들 중 하
나를 말하는 것이다. 그런데 이 도강언은 사천의 성도에서 북
쪽으로 가는 대부분의 길목을 연결하는 관문이 되고 있다. 그
러니까 이곳을 지나서 북서쪽에 있는 금천으로 향했다면, 어
느 근방을 지날 것인지 명약관화하게 알 수 있는 것이다.

"그렇다면 어찌해야 합니까? 이곳에 야영을 하며 죽 치고
기다리는 것이 좋겠습니까?"

그의 물음에 구취는 고개를 설레설레 저었다.

"그것은 아니다. 네가 생각하고 있는 것은 '이 근방에 야영

하고 있다가 척후병의 보고를 받고 대로로 들어가면 된다' 뭐 이런 것인 듯한데, 내 생각은 다르다."

다음 말을 기다리는 그를 응시하며 구취는 피식 웃었다.

"어떤 머저리가 지원 부대를 그런 대로로 버젓이 보내겠느냐? 그 숫자가 엄청나다면 또 모를까, 소수정예만을 파견하는데. 거리도 더 멀고 적의 눈에 띠기 쉬운 대로를 사용한다면 그것은 미친 짓이라 할 수 있지. 아마 그들은 산로(山路)를 택할 것이야."

듣고 보니 그러하였다. 사천의 북부에 위치하는 산은 대부분이 그 높이가 낮고 산세 또한 험준함과는 거리가 있었다. 남부 또한 별다를 바가 없었지만, 이런 장마철의 사천 남부의 숲은 그야말로 생지옥이나 다름없었다.

하지만 북은 다르다. 직접적으로 비가 오는 날만 아니라면 그냥 일반 길을 다니는 것이나 별 차이가 나지 않는 것이다(물론 말이 그렇다는 것이지만). 구취의 주장에 더욱 신빙성이 생긴다.

"그렇겠군요."

하지만 어둑어둑해진 하늘을 보며 구취는 눈살을 찌푸렸다. 어두워진 산속에서의 강행군은 썩 좋지 못한 판단인 듯싶었다.

"오늘은 여기서 야영한다. 무림맹의 지원 부대가 도강언(都江堰)에서 이곳까지 당도하려면 아무리 빠르더라도 내일 묘시는 넘어야 한다. 모두들 푹 쉬거라."

*　　　　*　　　　*

"그러니까 독고세가에 가 있으라는 말씀이신 거죠?"

소소는 독고진의 품에 안겨 편안한 표정으로 누워 있었다. 실오라기 하나 걸치지 않은 채 누워 있는 두 남녀의 모습으로 미루어 보아, 한밤중에 어떤 일이 있었는지(?) 대략적으로 짐작이 된다.

"그래, 내 생각이지만 이곳은 너무 위험해."

독고진은 진지한 어투로 말하였다.

"오히려 이곳이 더 안전하지 않을까요? 무림맹의 수많은 고수들이 대거 포진해 있는데. 얼마 전에는 등천각의 학도들도 대부분 도착했구요."

그 말에 독고진은 생각나는 사람이 있었다. 바로 자신의 동생 독고소령이었다.

"아, 그렇다면 소령이도 지금 이곳에 있겠군?"

소소는 고개를 끄덕인다. 그녀는 이미 어제 소령을 만났었다.

"그럼 더욱 잘 되었어. 내가 맹주께는 말씀드려 놓을 테니 소령이와 함께 본 가에 가 있어. 그쪽이 훨씬 안전할 거다."

단정 짓기에는 너무도 위험한 발언이었다.

그저 직감일 뿐인 것이다.

하지만 때로는 직감에 의존해야 할 때도 있는 법이다. 독고진은 자신의 직감을 믿었다.

"그럼 그렇게 할게요. 가가께서 맞다시면 맞는 것이겠지요."

소소는 빙긋 웃었다.

그런 그녀의 양 볼을 독고진은 조심스레 쓰다듬었다.

*   *   *

"준비는 되시었소?"

깔끔한 인상의 노인과 사나운 인상의 노인. 두 사람은 서로를 마주 보며 미소 지었다.

무언가 싸늘함이 풀풀 풍기는 그런 미소였다.

"물론이오. 이제 남은 것은 출정뿐이외다."

한 노인의 말에 나머지 한 노인의 미소는 더욱 진해진다.

"그나저나 가장 걱정되는 것은 하남의 소림과 호북의 무당이오. 검의 종가라는 무당과 천년소림이라 불리는 그들의 저력은 만만치 않을 것이외다."

하지만 두 노인의 표정에 긴장감이라고는 찾아볼 수가 없었다. 그들의 얼굴은 여유만만 그 자체였다.

"하지만 걱정하실 것 없소. 이번에 신물을 얻어 파천귀문조법을 극성까지 연마한 파천회주라면 별 부담 없이 남은 신맥들을 끊어놓을 수 있을 것이오. 어차피 월천회주까지 있으니 부담될 것은 하나도 없겠지. 그렇게 되면 회주들만으로도 본

천은 적수가 없어질 테지요. 후후……."

"게다가 이제 신물 또한 거의 다 모이지 않았소? 천주께서 대법을 완성시킨다면… 어차피 그로서 결단이 날 것 아니겠소?"

두 노인은 서로를 마주 보며 웃음을 흘렸다.

그리고 그들의 웃음은 점점 더 짙어졌다.

*   *   *

"청사… 신검?"

유월의 고운 아미가 살짝 찌푸려졌다.

"그것을 어디서 찾는담……."

그녀가 있는 곳은 다름 아닌 잿더미로 변해 버린 당가였다.

그곳을 산처럼 가득 메우던 시체들은 무림맹에서 어찌어찌 치웠지만, 상황이 상황인만큼 여력이 되지를 않았는지, 스러진 당가의 건축물들은 그대로 남아 있었다.

찾는 건지 마는 건지 몇 군데를 뒤적이던 유월은 짜증이 있는 대로 배어 있는 얼굴을 하고는 바위 위에 털썩 주저앉았다.

"차라리 역천주께서 직접 오서서 찾지. 그러면 순식간일 텐데 말이야."

연신 중얼거리던 유월은 결국 한숨으로 중얼거림을 끝맺는다.

"젠장, 그래도 해볼 수 있는 데까지는 해봐야지."

　　　　　*　　　　　*　　　　　*

　“후우… 말도 마시게나. 본인은 어지러워 죽겠다네. 무림맹의 전력은 이제 거의 무너져 가는 상태야.”

　독고진과 마주 앉은 단리철은 푸념을 있는 대로 늘어놓았다. 수많은 최악의 정황들은 이미 독고진에게 전부 말해놓은 상태였기 때문에 오히려 홀가분한 기분이 된 그였다.

　하지만 이제 심각해진 것은 독고진이었다.

　“그렇다면 곧 사천무림맹이 위험해지지 않겠습니까?”

　억지로 웃음을 찾아보려 했던 단리철은 결국엔 다시 착 가라앉은 표정이 되었다.

　“그거야… 휴우. 사실 잘 모르겠다네. 일단 혈교의 본대가 들이닥치는 방향 쪽으로 본대를 하나 보내놓기는 했지만, 지금 다급하기 그지없다네. 각 성으로 내려가신 맹의 어르신들께서 올라오시기만을 기다려야 하네. 아니면 내가 직접 나서야 할지도 모르고…….”

　걱정 어린 단리철의 말.

　하지만 독고진은 안심할 수 있었다. 단리철의 무력이 약하지 않다는 것을 깨달았기 때문이다.

　지금까지 단리철은 무림맹 내에서 지휘관의 역할만을 할 뿐, 직접적으로 싸움에 임한 적은 한 번도 없었다. 그것은 독고진이 단리철이 칠왕(七王)의 일인임을 망각하게 만든 것이었다.

"혈교는 천하제일의 방파라는 마교에 비한다면 그 세가 약하기는 하지만, 충분히 강한 힘을 지니고 있는 곳이라 알고 있습니다. 이대로 밀리다가는 결국 무림맹은 고립되고 말 것입니다. 그들이 이곳에 도달하기 전 선제 공격을 하는 것이 더 낫지 않겠습니까?"

단리철은 고개를 끄덕였다. 그 또한 충분히 생각하고 있던 부분이었기 때문이다.

오대천의 존재 때문에 함부로 움직이지 못하긴 했었지만, 이제는 그런 것을 따질 여유가 없었다. 오대천 이전에 혈교와 사도련 연합에 무너질 것 같았기 때문이다.

"그렇지 않아도 그 얘기를 하려 했었다네."

쓸쓸한 어조의 단리철의 말. 독고진은 거기까지만 듣고도 단리철이 무슨 말을 하고 싶어하는지 알 수 있었다.

"후— 제가 가겠습니다."

그리고 천천히 자리에서 일어서는 독고진. 단리철은 그저 독고진에게 미안할 따름이었다.

"자네가 빨리 와주어 그나마 다행이라네."

"어르신들께서도 곧 당도하실 겁니다. 제가 급한 일이 있어 무리하게 온 것일 뿐입니다."

단리철의 안색이 한결 밝아졌다. 지금으로서는 그가 의지할 만한 가장 막강한 우군이 바로 권왕과 검황, 그리고 취운개였기 때문이다.

"고맙네."

진심이 담긴 단리철의 말에 독고진은 씁쓸히 웃어 보였다.

"그럼 가보겠습니다."

그리고 발걸음을 돌리는 독고진을 단리철은 무언가 생각이 났다는 듯 불러 세웠다.

"아, 그리고."

"말씀하십시오."

잠시 뜸을 들인 단리철은 씨익 웃으며 말하였다.

"이번에는 흑비객이 독고진이라는 것을 의도적으로 알리며 싸우도록 하시게."

그 말에 독고진은 의아한 표정이 되었다.

"무슨 이유라도……?"

단리철은 고개를 끄덕였다.

"황실에 명분을 만들어줘야 하기 때문이네."

그제야 독고진은 이해가 되었다. 아무리 황실에서 백도에 우호적이라 하더라도, 암묵적으로 무림과 황실은 불가침이라는 인식이 많은 이들에게 박혀 있었다.

하지만 황실의 군부에 지대한 도움을 준 흑비객이 백도에 서 있다면 어떻겠는가?

그것도 충분한 명분이 되어주기에는 부족한 감이 있었지만, 명분이 없는 것보다는 훨씬 낫다는 것이 단리철의 생각이었다.

그리고 독고진 또한 충분히 그의 생각을 이해했다.

독고진은 썩 마음에 들지는 않았지만, 상황이 상황인 만큼 토를 달지 않았다.

"그렇게 하도록 하지요."

단리철의 입에서 또 한 번 같은 말이 나온다.

"고맙네."

*   *   *

"흐음, 이거 잘하다가는 등천각의 생도들까지 전부 최전방에 투입되겠는데요?"

등천각의 생도들은 섬서에서 사천까지 오면서도 꾸준히 수련도 하고 교두들로부터 가르침도 받았다. 그리고 그것은 사천에 도착하고 나서도 마찬가지였다.

모든 생도들은 자신들의 무공이 진일보(進一步)함을 느끼고 뿌듯해하였지만, 막상 실전이 닥칠 것을 생각하니 은근히 긴장되는 것은 어쩔 수 없었다.

"전 무림이 전쟁터입니다. 우리가 이렇게 지금까지 편하게 있었던 것만도 사치지요."

청운의 말이다.

그의 말대로 현 무림은 그야말로 전쟁터라 할 수 있었다. 만약 그들이 변방에 있는 중소문파의 자제들이었다면 지금쯤 이미 싸늘한 주검이 되어 날짐승들의 먹이가 되어 있을 것이다.

"그렇긴 합니다만… 당 소저와 함께 독고세가로 가버린 소령 소저가 부러운 건 저뿐인가요?"

능사운의 능청. 하지만 그 누구도 소리 내어 웃을 수는 없었다. 능사운의 말이 억지웃음을 만들어내고자 하는 말임을 잘 알고 있기 때문이었다.

화산이 망해 폐허가 되었다고 한다.

능사운으로서는 자신이 나고 자란 고향과도 같은 곳이 잿더미로 변한 것이었다.

그가 지금 농담할 기분이 아니라는 것은 누구든지 알 수 있었다.

능사운은 어떻게든 자신의 아픔을 이겨내 보려고 실없는 농담이라도 하려는 것이다.

"힘내세요, 소협."

남궁소령은 나직한 어조로 능사운을 위로했다.

짧지만 그녀의 진심이 담긴 말인지라 능사운은 잠시나마 웃을 수 있었다.

*　　　*　　　*

피이잉—!

귀를 기울이지 않는다면 듣기 힘들 만큼 작고 날카로운 파공음이 허공에서 울려 퍼졌다.

그리고,

"커억!"

산림을 통과하던 일행 중 한 사내가 그 자리에서 고꾸라진다.

즉사였다.

"기습, 기습이다! 전원 전투 태세로!!"

무림맹의 무사들은 일사불란하게 움직였다. 사방에서 나타난 적들의 규모는 충분히 당황스러울 만한 것이었지만, 무림맹이라는 이름이 헛것은 아니었다.

챙— 챙!

여기저기서 날카로운 금속음이 째지는 소리로 울려 퍼진다. 피가 난무하는 전장 속이어서 그런지 아름답던 검의 공명음도 섬뜩하게만 들릴뿐이었다.

"일, 이대는 후방으로! 삼, 사대는 이곳을 뚫는다!!"

지휘관인 듯 보이는 무사의 외침에 잠시간 우왕좌왕하던 무림맹의 군사들은 다시금 일사불란하게 움직이기 시작하였다.

"호오, 제법이군. 그래도 무림맹은 무림맹이라는 것인가?"

귀면살(鬼面殺) 구취(龜臭)의 입에 살소(殺笑)가 걸렸다.

스르릉—

검을 뽑아 든 그의 표정은 냉랭해졌다. 조금이나마 혈색이 있었던 얼굴은 핏기가 전부 빠져 완전히 새하얗게 변해 버렸으며, 그의 주위로는 은은한 살기가 맴돌았다.

귀면(鬼面)이라 할 만하였다.

"살귀대는 적들의 사이사이를 비집고 들어간다! 꼭 죽일 필요는 없다. 적들에 부상을 입히는 데 주력하라!"

　무림맹의 무사들에 비해 구취가 이끌고 있는 살귀대의 숫자
는 턱없이 부족했다. 그랬기에 그는 소모전을 피하는 것이었
다.

　어차피 적들의 전투력을 약화시키기 위한 기습이었다. 죽이
지 않고 최대한 많은 이들의 전투 능력을 상실시킬 수 있다면
그것이 더 좋은 것인 것이다. 게다가 부상자가 늘어난다면, 이
런 산림에서는 이동 속도가 눈에 띠게 지연될 것이었다.

　일석이조의 공격법인 것이다.

　타탓―

　구취의 두 발이 지면을 박찼다.

　수하들에게만 일임해 놓고 놀고 있을 생각은 없었다. 아니,
놀고 있는 것이라 해도 무방하다. 그에게 전투란 하나의 놀이
에 불과하니까.

*　　　*　　　*

　깎아지는 듯한 절벽의 앞.

　낭패라는 기색이 역력한 노인. 그리고 그 앞에는 또 다른 노
인이 서 있었다.

　그들의 뒤쪽으로는 수많은 무사들이 질서 정연하게 세워져
있었으며, 또한 절벽 반대편조차 무사들이 줄지어 서 있었다.

　"여기서 잠시 기다리시오."

　절벽의 바로 앞에 선 노인은 그 앞의 다른 노인에게 당부를

하였다.

"담만우 장군, 나는 그대에게 새로운 기회를 줄 수 있소. 명심하시오."

놀랍게도 절벽 앞에 선 노인은 담만우라고 불리고 있었다. 절벽으로 떨어진 담만우가 아직까지 살아 있었던 것이다. 기적에 가까운 일이었다.

"허튼수작 부리지 말라는 말이오."

담만우는 몸을 한차례 부르르 떨고는 고개를 끄덕여 보였다.

명 제국의 군부를 쥐락펴락했던 권력자였던 그가 이러한 대접을 언제 받아보았겠는가?

수치스러움에 얼굴이 붉어진 노인은 천천히 절벽을 타고 아래로 내려갔다.

잠시 절벽을 타고 내려가는 담만우를 지켜보던 노인은 뒤쪽에 있는 바위에 걸터앉았다.

하지만 그의 전신에 있는 모든 감각은 담만우의 일거수일투족을 감시하고 있었다.

잠시 후 담만우는 절벽을 기어올라 왔다. 그가 입고 있던 백의가 흙먼지로 적잖이 드러워진 것으로 보아, 꽤나 아래쪽까지 내려갔다 온 듯 보였다.

그런 그를 본 노인은 탐욕스러운 표정으로 물었다.

"어떻게 되었나? 마정은⋯ 찾았나?"

노인이 찾고 있던 것은 다름 아닌 마정. 그리고 그것을 찾고

 FOR GOD

있는 이는 현 무림에는 단 한 사람밖에 없었다.

바로 혈천회주.

마정은 바로 혈천의 힘이 담긴 신물이었던 것이다.

"아니, 찾지 못하였소. 아무래도 벌써 없어진 듯… 컥!!"

말을 하던 담만우가 단말마의 비명성을 내질렀다.

털썩―

그의 두 무릎이 구부러진다.

그는 복부를 부여잡고 어쩔 줄을 몰라 했다. 찰나지간에 복부를 강타당한 것이다.

"후후… 지금 장난하시는가?"

노인은 손을 뻗었다. 그리고 그의 손바닥에는 시뻘건 광채가 빛나기 시작했다.

"큭… 커어억!!"

그리고 그 빛이 점점 짙어질수록 담만우의 얼굴은 사색이 되어갔다.

"크아아아아악!!"

길고 긴 메아리가 계곡으로 울려 퍼진다.

푸아악―

그의 배에서 갑자기 피가 터져 나오면서, 그 사이로 새하얀 빛이 사이사이 흘러나오는 덩어리가 빠져나왔다.

그리고 담만우의 배에는 커다란 구멍이 뚫려 있었다.

또한 그곳에서는 쉴 새 없이 피가 흘러내렸지만 그것은 노인의 관심 밖의 일인 듯했다.

“후후……..”

노인은 그 덩어리를 움켜쥐었다. 그의 손도 피범벅이 되었지만 그런 것은 중요치 않았다.

“삼켜 버리고 나오면, 내 모를 줄 아셨나?”

비릿한 미소를 지으며, 노인은 빛나는 물체를 두 손으로 꾸욱 쥐었다.

번쩍—!

찰나지간 엄청난 광채가 노인의 손에서 흘러나온다.

구구구궁—

기의 폭풍이 몰아치기 시작한다.

쩌어억— 쩍!

지면이 갈라졌다. 그렇지 않아도 험준한 계곡이었기에 노인의 뒤에 있던 사내들은 우왕좌왕하였다.

“크하하핫! 내 드디어 혈천의 힘을 완성하는구나!”

쿵— 쿠쿵—

노인의 온몸이 붉은 광채로 물든다. 아니, 정확히 말하자면 붉고 흰 광채들이 뒤섞여 노인의 온몸을 감싸기 시작했다.

“완성된 혈마지존수(血魔至尊手)를 제대로 사용해 보지도 못했었거늘. 크큭! 내력이 넘쳐 나는구나! 크하핫!”

노인은 한쪽 발을 뒤로 뺐다.

무엇을 하려는 것일까? 노인의 주위로 몰려 있던 기운들이 빨려들듯 노인의 손에 응집되었다.

“하압!”

기합성을 내지른 노인이 오른손을 쭉 뻗어내자 무지막지한 장력이 발출되었다.

콰아아앙!

벽력탄이라도 터뜨린 듯 노인의 손을 떠난 장력은 반대편 계곡의 절벽에 폭발을 일으켰다.

쿠르르릉—

꽝음이 울려 퍼지며 순식간에 절벽의 한 귀퉁이가 무너져 내린다. 인간의 것이라고는 볼 수 없을 만한 위력의 장력이었다.

"하하핫!"

호쾌한 노인의 웃음이 울려 퍼졌다.

어느새 노인을 중심으로 휘몰아치던 기의 폭풍이 사그라지고 노인의 표정은 담담하게 변하였지만 다른 이들은 그렇지 않은 듯했다.

그들은 여전히 멍한 표정으로 무너진 절벽만을 응시하고 있었다.

"후후. 그냥 뽑아낸 장력이 이 정도라면, 혈마지존수의 수강의 위력 또한 대단하겠군."

노인은 뒤돌아 천천히 걸음을 옮겼다.

'혈마지존수의 혈강(血罡)은 전 무림의 그 누구도 쉬이 받아내지 못할 것이다.'

노인은 흡족한 표정으로 웃음을 터뜨렸다.

$$* \qquad * \qquad *$$

"예에? 소가주님께서 본 가로 돌아가 있으라 하셨다고요?"

나연은 놀란 표정이 되었다. 현 무림은 난세이다. 게다가 지금 가장 위험한 곳은 바로 이곳, 사천이었다.

본 가가 중요하다고는 하지만 이곳이 뚫리고 난 다음에는 더욱 대책이 없는 것이다.

나연은 이미 초절정의 경지를 밟은 지 오래되었다. 무림 백대고수의 수준에서도 거의 상위권에 준하는 성취인 것이다.

이 정도라면 충분히 강한 전력인데 왜 후방으로 가 있으라는 것인지 이해할 수가 없었다.

"응. 이것, 읽어봐. 가가께서 네게 전해주라 하셨어."

소소가 나연에게 건넨 것은 꼬깃꼬깃 접혀 있는 종이쪼가리였다. 나연은 그것을 펴 보고는 피식 웃을 수밖에 없었다.

소소를 부탁한다.

'시작부터 가모님 얘기라니… 어지간히 챙기시네.'

속으로 투덜거린 나연은 나머지를 읽기 시작하였다.

내 일비 소협께 따로 말씀을 드렸으니, 일비 소협과 함께 본가로 돌아가거라. 현 무림은 어디든 안심할 수가 없다.

내가 볼 때 무림맹의 존재와 화산, 종남의 존재 때문에 섬서는 조용하긴 하다만, 곧 섬서에서도 적지 않은 세력이 밀고 올라올 것이다. 세가를 지켜주기 바란다.

아, 그리고 묵비령과 막부동은 내 처소로 보내거라.

다 읽고 난 나연은 소소를 응시하며 빙긋 웃었다.

"그럼 얼른 채비해서 떠나지요."

사천에 남아 독고진과 함께 전장에 나가겠다고 고집을 부릴 줄 알았던 나연이 의외로 순순히 답하자, 소소는 조금 놀란 표정이 되었다.

"아쉽지 않아?"

다소 노골적인 소소의 질문에 나연은 피식 웃었다.

"어쩌겠어요, 소가주님 명이신데."

*   *   *

"왔느냐."

독고진은 자신의 앞에 부복을 하고 앉아 있는 두 사내에게로 빙긋 웃어 보였다.

"오랜만에 뵙습니다, 주군."

정말 반갑다는 듯이 이야기하는 막부동을 보며 독고진은 웃음을 지울 수가 없었다. 덩치에 맞지 않게 순진한 모습이었기 때문이다.

"그렇구나."

독고진은 자리에서 천천히 일어나 책장으로 향했다.

"으음……."

잠시 책장을 뒤적이던 독고진은 무언가를 꺼냈다. 그것은 얇은 책자 두 권이었다.

"받거라."

독고진은 두 사람에게 각각 한 권씩의 책자를 나눠주었다.

"이제 뭡니까?"

묵비령의 물음, 그에 독고진은 웃으며 말하였다.

"초절정의 극(極)에 달하면 그 벽을 넘는 데에 도움이 될 것이다."

그 말에 두 사람의 눈은 휘둥그레졌다.

초절정을 넘어서는데 필요한 심득을 글로 적어놓은 책자라니. 만일 그것이 사실이라면 이것은 무가지보(無價之寶)라 칭해도 손색이 없을 정도의 엄청난 값어치를 지닌 보물인 것이다.

"내 예상이 맞다면, 묵비령 자네의 성취는 이미 초절정의 극에 닿아 있을 것이야. 그렇지 않은가?"

독고진의 물음에 묵비령은 고개를 끄덕였다. 하지만 그의 두 눈은 이미 책자를 읽고 있었다.

"지금 그렇게 읽는다고 해서 깨달아질 만한 것이 아니다. 나중에 시간을 두고 읽어보거라. 그것을 읽는다 해서 곧바로 심득이 얻어지는 것은 아니겠지만, 적지 않은 도움이 될 것이다."

독고진이 적지 않은 도움이 된다라고 말한다면, 언제나 그 이상의 것을 얻을 수 있었다. 두 사내는 한껏 기대에 부풀어 있었다.

아직 막부동은 내공에 있어 부족함이 많기 때문에 초절정의 초입에 겨우 들어선 상태였다.

외공과 내공의 조화. 그것을 전부 따져 보자면 전투력만은 충분히 초절정에서도 상위의 능력을 가진 것이 그였지만, 깨달음은 전투력과는 별개라 할 수 있었다.

두 사람은 고개를 끄덕이며 책자를 덮었다. 독고진의 말이 맞는 것이기 때문이었다.

하지만 주체하기 힘들 정도로 떨리는 심장이야 어떻게 할 도리가 없었다.

"후후……."

독고진이 이러한 책자를 두 사람에게 건네줄 수 있는 것은 역시 그가 가진 능력 덕택이었다.

기의 흐름을 읽고 그에 맞춰 조화를 이룰 수 있는 천령의 능력. 그것은 사람이 체내에 가진 기를 운용함에 있어서도 별반 다를 것이 없었다.

독고진은 단지 자연에 있어서 기(氣)가 움직이는 이치를 글로 설명하여 두 사람에게 전해준 것뿐이었다.

초절정 이상의 단계에서는 그 누구의 도움없이 자신만의 무도(武道)를 만들어 나가야만 하지만, 그전까지의 단계에서는 분명 독고진이 전해준 기의 흐름과 그 이치에 대한 책자가 도움이 될 터였다.

"묵비령, 자네에게 부탁을 하나 해야겠네."

독고진의 말에 묵비령은 고개를 끄덕이며 대답했다.

"하명하십시오."

독고진은 품속을 뒤적였다. 또 무언가를 꺼내는 듯 보였다.

"이 서찰을 주혜명 공주에게 전해주게. 빠르면 빠를수록 좋네. 무림맹의 정보통에 의하면 믿기지 않지만, 하북팽가의 움직임이 심상치 않다는 소문이 있어. 팽가는 황실과 많이 연관이 되어 있는 가문이니, 주혜명 공주가 조금만 신경 써서 조사해 준다면 어느 정도 낌새가 있다라는 것을 눈치 챌 수 있을 것이야. 자네가 그래도 자금성에 들렀던 적이 있으니 하는 부탁일세."

묵비령은 고개를 끄덕였다.

"그리하겠습니다."

거리가 꽤나 멀기는 하지만 쉬지 않고 말을 달린다면, 수일내로 도착할 수 있을 것이다.

말을 하고 난 독고진은 실소를 흘렸다.

"후후, 공주와의 인연이 이런 식으로 사용되게 될 줄이야."

서찰을 건네주고 난 독고진은 막부동에게로 시선을 돌렸다.

"막부동 자네는 며칠 후부터 나와 함께 전장 한복판에서 싸워야 할 것이다. 마음 단단히 먹도록!"

독고진의 말에 어떻게 된 것인지 막부동은 신난다는 듯한 표정이었다.

“옛!”

그 모습을 보고 독고진은 피식 웃었다.

“전장은 생각보다 위험할 것이다. 하지만 실전만큼 무공의 증진에 도움이 되는 것도 없지. 네가 죽도록 내버려 두는 일은 없을 테니, 이 기회에 최대한 무공 수위를 높일 수 있도록 최선을 다하거라.”

막부동은 고개를 끄덕였다. 그리고 그의 표정은 전에 없이 화색이 돌고 있었다. 전투야말로 막부동이 바라 마지않던 것이었기 때문이다.

‘수련만 계속하다 보니 실력의 향상을 가늠해 볼 길이 없었는데… 정말 잘되었어.’

막부동은 그간 일취월장(日就月將)이라는 말이 무색할 정도로 빠른 성취를 보였다. 그리고 그는 그것을 피부로 느끼고 있었던 것이다.

그리고 그 성취를 두 눈으로 확인하고 싶은 것은 당연지사.

“잘 알겠습니다, 주군.”

*　　*　　*

달빛조차 희미한 어두컴컴하기 그지없는 밤.

새카만 어둠을 뚫고 한 인영이 빠르게 움직이고 있었다.

‘신물을 얻기 전이더라도 이 정도의 경계라면 뚫고도 남겠군. 허술하기 그지없어.’

구견은 사천무림맹의 한복판을 여유롭게 휘젓고 다니는 중이었다. 그는 무림맹이 자신의 안방이라도 되는 양 이곳저곳을 살피며 맹 내를 돌아다니고 있었다.

사실 그가 이렇듯 쉬이 사천무림맹 내부를 휘젓고 다닐 수 있는 것은 맹의 고수가 전부 다 빠져나간 상태이기 때문이었다. 현재 사천무림맹 내부에는 초절정 이상의 고수가 열 명, 극경에 다다른 고수는 단리철 한 사람뿐이었다.

"으음……."

한참을 방황(?)하던 그는 맹의 한쪽 구석에 다다라서 걸음을 멈췄다. 무엇이라도 찾은 듯한 표정이었다.

'혈주는 지금쯤 혈마지존수를 완성했을 테고… 나도 이제 신맥만 취한다면……. 후후.'

구견의 걸음이 한 걸음 한 걸음 안쪽을 향해 들어가고 있었다.

'느껴진다, 기운이. 바로 이거야. 후후.'

그는 희열을 느끼며 성큼성큼 건물의 내부로 들어갔다.

'신맥을 취한 후 혼자서 이곳을 전부 쓸어봐?'

구견은 신물을 취하면서 그 힘에 한껏 심취해 있었다. 그렇기 때문에 신맥까지 얻는다면 이런 허술한 무림맹쯤은 혼자서 쓸어버릴 수도 있겠다는 생각을 한 것이다.

하지만 그는 이내 고개를 저었다.

'조무래기들일지라도 숫자가 너무 많다. 게다가 검왕까지 있지 않은가. 일 대 일로야 내 상대가 될 수 없겠지만, 절정 이

상의 고수들까지 인해전술을 펼치면 힘들어진다. 천주들이 둘만 더 있더라도 해볼 만하겠거늘.'

혼자 상상의 나래를 펼치며 구견은 점점 깊숙이 들어갔다.

'젠장.'

문 앞에 선 그는 속으로 욕지거리를 내뱉었다. 미닫이문이 세 겹으로 닫혀 있었던 것이다. 그가 아무리 고수라도 별수없었다. 문 세 겹을 열고 나면 대부분의 무인들이 깨어나 버릴 것이었다.

'차라리 일수(一手)에 문을 전부 부숴 버리고 들어가 놈의 목숨만 취하고 빠져나오자.'

생각을 마친 그는 빠르게 움직였다.

타탓—

그의 두 발이 허공으로 도약한다.

"홋!"

구견은 손을 뻗어 한차례 대각선으로 내리그었다.

콰아아앙—!

구견의 손을 벗어난 강기가 문을 박살 냈다.

"적이다!"

잠에서 깬 누군가가 소리를 지르자 구견은 더욱 빠르게 안쪽을 향해 몸을 날렸다.

"으음! 뭐지?!"

잠에서 깬 소운은 소스라치듯 놀랐다. 그를 향해 푸른빛의 강기가 쇄도하고 있었기 때문이다.

그리고 소운의 얼굴은 사색이 되었다. 그것은 도저히 피해 낼 수 없을 만큼 빠른 속력으로 소운의 심장에 다가와 있었다.

소운은 두 눈을 질끈 감으며 몸을 날렸다.

퍼어어엉—!

굉음과 함께 엄청난 폭발이 일어난다. 그 폭발 속에서 그는 도저히 살아남을 수 없을 것처럼 보였다.

"소협!"

강기를 보고 일찌감치 멀찍이 몸을 날린 능사운은 그 모양을 보며 경악성을 질렀다.

단잠에 빠져 있는데 엄청난 위력의 강기가 잠자리에 작렬하다니, 그야말로 아닌 밤중에 날벼락 같은 것이었다.

푸스스스—

하지만 기파로 인한 뿌연 먼지가 걷히고 나자 능사운은 놀랄 수밖에 없었다. 소운은 멀쩡했기 때문이다.

하지만 더욱 놀란 것은 구견이었다. 거의 전력을 다하여 날린 강기가 자고 있던 애송이에게 상처 하나 입히지 못했다는 것은 진정 경악스러운 일이었다.

"이, 이런!"

자연스레 그의 입에서는 경악성이 터져 나왔고, 장내는 순식간에 아수라장이 되었다.

"적이 난입했다!!"

여기저기서 비명에 가까운 고함 소리가 장내를 뒤덮었다.

실전 경험이 전무한 등천관의 생도들이 머물던 처소이니 그럴
수밖에 없었다.

그리고 그사이 구견의 귓가로 한 사내의 음성이 들려왔다.

"후후… 놀랄 것 없다."

나직한 목소리였지만, 이 소란스러운 와중에도 구견의 귓가
로 또렷이 들려오는 음성. 그에 구견은 뒤를 돌아보았다. 그리
고 그는 누군가를 발견하고는 당황할 수밖에 없었다.

"너, 너는?!"

구견의 얼굴은 마치 똥이라도 씹은 듯한 표정이 되었다.

"오랜만이군."

독고진은 빙긋 웃었다.

*   *   *

챙— 채챙—

칼부림 소리가 온 천지를 뒤덮었다.

수많은 무인들은 서로 얽히고설킨 채 피를 뿌리며 죽어갔
다.

좌라락—!

우두머리인 듯 보이는 녹포인이 전장을 휘저으며 순식간에
수많은 무인들을 죽여 없앤다. 그리고 그에 힘입어 전세는 한
쪽으로 급격히 기울기 시작하였다.

"무림맹의 오합지졸들을 전부 죽여 버린다!"

사내의 고함 소리가 울려 퍼지자 하늘이 떠나가기라도 하라는 듯 녹의무인들이 함성을 질러댔다.

"와아아아!!"

녹의무인들은 그 기세를 몰아 폭풍처럼 상대편을 몰아붙였다. 그 모습은 가히 장관이라 할 만했다.

"혈교의 힘을 느껴보거라!"

사내는 소리치며 다시금 전장의 한복판으로 뛰어들었다.

그의 일 검 일 검에 한 사람의 목숨이 떨어져 나간다.

그때였다.

슈슉— 슉—

대기를 가르는 커다란 파공음과 함께 무엇인가가 사내의 가슴팍을 향해 날아왔다.

푸슉—

듣기 거북한 소리가 들리며 사내는 그대로 고꾸라졌다.

화살은 박힌 게 아니라 사내의 가슴에 커다란 구멍을 내며 뚫고 지나간 것이다.

경악할 만한 활 솜씨였다.

그에 이번에는 무림맹 쪽의 진영에서 함성이 들려온다. 적장이 고꾸라진 것을 확인한 때문이었다.

"와아아!!"

그리고 누군가의 입에서 놀란 듯한 목소리가 터져 나왔다.

"낭왕(浪王)이다! 낭왕 흑운(黑雲) 대협이시다!!"

다시금 무림맹 진영에서 엄청난 크기의 함성이 터져 나온다.

낭왕 흑운은 낭인 출신이기는 하지만 정도에 가까운 성향을 가진 인물로 알려져 있었다. 그렇기에 무림맹 무사들이 환호한 것이다.

그는 특유의 차림새 덕에 누구든지 처음 보아도 낭왕임을 알아챌 수가 있었다.

게다가 낭왕이 이끄는 흑룡대(黑龍隊)는 불패의 전적을 자랑하는 엄청난 전력이었다.

전세는 순식간에 역전될 터였다.

타탓―

뿌연 먼지 속에서 흑색 무복을 입은 수십의 무인들이 전장터를 향해 달려오고 있었다. 그리고 그 맨 앞에는 흑룡이 수놓아진 가면과 묵빛 망토, 그리고 흑색 일색의 흉갑을 착용한 사내가 무서운 속도로 달려오고 있었다.

촤악― 촤악― 촤악!

전장터에 뛰어든 사내는 발검함과 동시에 세 명의 녹의무인을 동강 내버렸다. 횡으로 두 명의 무인을 베어낸 후 회전력을 이용해 후방에서 공격해 오는 무인을 그어 올린 것이다. 검기가 난무하거나, 화려한 동작은 아니었지만 효율적이기 그지없는 동작이었다.

타고난 싸움꾼이라 할 수 있는 모습이었다.

까강― 깡!

흑룡대원 전부가 전장터에 뛰어들자 눈 깜짝할 새에 상황은 정리되어 가고 있었다.

그렇지 않아도 무림맹 무사들과 전투를 벌이느라 힘이 많이 빠져 있던 혈교의 무인들은 추풍낙엽처럼 나가떨어졌다. 그리고 무림맹 무사들의 환호성은 더욱 커졌다.

*　　　*　　　*

콰앙—! 쿠콰콰쾅!

연쇄 폭발이라도 일어난 듯 연이어 터져 나오는 커다란 폭발음과 함께 허공은 붉은 빛으로 수놓아졌다.

"퉤!"

구견은 핏물이 가득 담긴 침을 뱉어냈다.

그리고 그는 독고진을 노려보았다.

"네놈 덕에 소운 소협이 오대신맥 중 하나라는 것을 알게 되었군. 후후……."

사실 독고진은 구견이 무림맹을 휘젓고 다닐 적부터 그의 뒤를 미행하고 있었다.

그가 아는 구견은 칠왕, 아니, 삼황이나 사존에 버금갈 정도의 무력을 지닌 고수. 오대천에서도 분명 적지 않은 직위를 지니고 있을 만한 이가 이만한 위험을 감수하고 무림맹에 잠입했다면, 그 목적은 신맥을 취함에 있을 것이라 짐작한 것이다.

오대천의 힘이 깨어나는 데에, 신맥이 필요하다는 것은 독고진 또한 알고 있는 사실이었다.

“으으…….”

잠시 신음성을 흘리던 그는 주위를 두리번거렸다. 그리고 무슨 생각이 났는지 옆을 향해 일장을 방출했다.

콰아앙—!

그리고 그 방향의 벽면이 커다랗게 뚫리면서 그 자리에 있던 무인 하나가 장력에 격중당하여 쓰러졌다.

“이렇게 하면 되겠군.”

구견은 씨익 웃었다. 주변에 있는 등천관의 학도들을 공격하여 독고진의 시선을 분산시킨 후 어떻게든 소운을 죽여볼 심산인 것이었다.

“이런……!”

독고진은 둔기로 뒤통수를 한 방 맞은 듯한 표정이 되었다.

아무리 그라도 구견 정도의 고수가 다른 사람들을 공격하는 것까지 전부 다 막아줄 수는 없는 노릇이었다. 한두 명까지는 어떻게 되는지 몰라도 이렇게 많은 이들을 무작위로 공격한다면 그로서도 방도가 없었다.

파아앙—!

또다시 장력을 날린 구견은 음침한 미소를 지었다.

‘이런 식으로 녀석의 시선을 분산하다가 신맥의 피라도 채취해서 가야겠군. 파천지기를 흡수하는 데는 아예 죽여 버리는 것보다 조금 더 시간이 걸리겠지만, 어쩔 수 없지.’

조용히 생각을 정리한 그는 몸을 날렸다. 본격적으로 학살(?)

을 시작하려는 것이었다.

쾅— 콰쾅—!

독고진은 우왕좌왕했다. 어떻게 해야 할지 감이 잡히지를 않았기 때문이다.

소운을 보호하고 있자니 수많은 학도들이 싸늘한 시체로 변해 버릴 것 같았다.

벌써 열댓 명의 학도가 피를 뿌리며 이리저리 널브러져 버렸다. 아직 죽지는 않았지만 죽은 것이나 다름없는 위급한 상황이었다.

결국 독고진은 몸을 날렸다.

파아앙—!

다시금 방출된 구견의 장력과 독고진의 검기가 부딪쳤다.

"후후."

낮게 웃음을 흘린 구견은 허공을 향해 철조(鐵爪)를 휘둘렀다.

그리고 그의 철조에 맺혀 있던 푸른 강기가 허공을 가르고 날아가기 시작한다.

쐐애액—!

그 모습을 본 독고진은 다시금 그 방향으로 재빨리 신형을 날렸다. 하지만 독고진의 판단은 잘못된 것이었다.

타탓—

구견은 그 반탄력을 이용하여 소운을 향해 몸을 날린 것이었다.

‘죽일 수 있으면 죽여본다!’

사납게 눈을 빛낸 구견이 소운을 향해 있는 힘껏 철조를 휘둘렀다.

콰콰쾅—!

어느새 신형을 돌린 독고진이 날린 검기가 구견의 강기에 작렬했다.

“쿨럭!”

하지만 이번에는 소운 또한 적잖은 내상을 입었다. 독고진이 신형을 돌리는 그 찰나지간에 구견의 강기를 완전히 막아내지 못한 것이었다.

‘지금이다!’

구견은 품속에서 붉은 병을 꺼내어 들었다.

퐁—

그리고 병마개를 딴 그는 소운을 향해 병을 뻗었다.

그러자 소운의 주위에 고여 있던 핏물이 병의 입구를 향하여 빨려 들어간다. 소운이 적지 않은 출혈을 했기에 가능한 일이었다.

그 모양을 본 독고진은 급격히 당황하였다.

“이놈!”

독고진은 다시금 검을 휘둘렀다.

그가 쏘아낸 검기는 소운의 핏물이 빨려 들어간 병을 향하고 있었다.

쐐애애액—!

그것을 본 구견은 눈살을 찌푸린다.

'어쩔 수 없다……!'

그는 허공으로 도약하며, 독고진의 검기에 몸을 부딪쳤다.

콰아아앙!

"쿨럭……."

호신강기만으로 독고진의 검기에 맞선 것이다.

구견은 적지 않은 내상을 입었지만, 소운의 피가 담긴 붉은 병만큼은 지켜낼 수 있었다.

타탓―

순식간에 구견의 신형은 창문틀을 밟고, 허공으로 쏘아져 갔다. 그것을 보던 독고진은 속으로 갈등할 수밖에 없었다.

'저자는 지금 적지 않은 내상을 입었다. 지금 쫓아간다면 잡을 수 있을 터.'

하지만 독고진의 발목을 잡는 것이 있었다. 피를 뿌리며 쓰러져 있는 열댓 명의 학도와 소운이었다.

"제길."

이미 다른 학도들은 건물 바깥으로 빠져나가 버린 뒤였다. 지금 그가 구견을 쫓아가 버린다면, 저들 중 반수 이상은 죽음을 면치 못할 것이었다.

그리고 잠시간 그가 갈등하는 사이 구견은 이미 멀찍이 사라져 버렸다.

"이럴 줄 알았으면 미행하지 말고 녀석을 보자마자 추살(追殺)하는 거였는데. 이래서는 소운 소협이 신맥이라는 것을 알아낸 것의 의미가 없군.”
　독고진의 얼굴에는 아쉬운 기색이 맴돌았다. 이제 또 하나
의 신맥이 끊어진 것이나 다름없기 때문이었다.

第五章
조짐 (兆朕)

죽은 자의 영혼과 사람의 심혼(心魂)을 다루는 흑마법사 무림에 환생하다!

마왕의 힘을 배워 9클래스의 마법 경지를 넘어서고, 절대의 무공 경지에 들다!

그를 기다리는 건 무림사에 더없을 멸겁의 종말, 새황 오대천의 살혼마신!

"천주님, 파천주가 신맥을 얻는 데 성공했다 합니다."

어두침침한 장내. 자그맣게 뚫려 있는 창으로 새어 들어오는 햇빛을 봐서는 낮임이 분명한데 사내는 어두운 곳이 좋은지 굳이 창을 더 뚫지 않았다.

"머저리 같은 놈. 바로 옆에 역천신맥도 있었거늘, 파천신맥만 빼내어 오다니."

천주라 불린 사내의 입에서 싸늘한 음성이 새어 나왔다. 듣는 이로 하여금 소름을 돋게 하는, 예의 그 목소리였다.

"방해하는 이가 있었다고 합니다."

그 말에 사내는 눈살을 있는 대로 찌푸린다. 그런 변명 따위를 듣고 싶은 것이 아니었다.

“누가 그걸 모르나? 설마 무림맹의 한복판에서 사람을 죽이려는데 아무도 방해하지 않겠는가 말이야.”

그에 변명하던 이는, 뭐라 말을 더 하려다가 입을 다물었다. 더 이상 토를 달았다가는 사내의 화만 돋울 것 같았기 때문이었다.

“어쨌든… 후후, 이제 얼마 남지 않았군. 내… 이 힘을 사용할 수 있게 되는 날 말이야.”

*   *   *

주혜명은 뜻밖의 손님을 맞이하였다.

그리고 그 손님은 그녀가 기다리던 소식을 전해주었다.

“독고진 대협은 잘 계시나요?”

주혜명은 빙긋 웃으며 묵비령을 바라보았다. 그에 묵비령은 잠시 아찔해지는 것을 느꼈지만, 가까스로 정신을 차리고는 천천히 고개를 끄덕였다.

“주군이야 언제나처럼 잘 계십니다. 주군께서 공주마마의 안부를 여쭈라 하였는데, 이거 제가 늦어서 공주님께서 먼저 물으셨군요. 하하.”

독고진은 그런 말을 시킨 일이 없었지만 묵비령은 멋대로 지어내어 그럴듯하게 말했다. 하지만 사실 그 이야기가 틀린 것은 아니었다. 어차피 안부인사야 전하는 것이 예의가 아니던가?

하지만 독고진이 직접 그 이야기를 했다는 것과 그저 예의상 안부를 물었다는 것의 차이는 꽤나 컸다.

적어도 주혜명으로서는 그런가 보다.

"정말요?"

주혜명의 표정이 눈에 띠게 밝아졌다. 주변이 다 환해지는 듯하다.

"그렇습니다."

묵비령은 쓴웃음을 지었다. 전부터 예상은 하고 있었던 일이지만, 이 공주는 주군을 좋아하고 있는 듯하였다.

"그런데 그 일만으로 소협께서 직접 찾아오지는 않으셨을 터이고… 무슨 일이 있으신가요?"

주혜명의 물음에 묵비령은 멋쩍게 웃어 보인다. 사실 이야기를 꺼내야 하는데 어디서부터 시작하여야 할는지 막막했기 때문이다.

"예, 주군께서 공주님께 부탁을 하셔서 말입니다."

주혜명은 고개를 끄덕이며 대답하였다.

"말씀해 보세요. 독고 소협은 제게 구명지은(救命之恩)보다도 더 큰 은혜를 주신 분입니다. 어떠한 부탁이든 다 들어드릴 수 있으니 부담 갖지 마시고 말씀해 보세요."

묵비령은 독고진과 주혜명 사이에 있었던 일의 정확한 내막을 알지 못한다. 하지만 구명지은보다 더한 은혜를 입었다고 하니 궁금해진다.

하지만 궁금증을 꾹 누르고 그는 독고진에게서 전해 받은 이야기를 전하였다.

"주군께선 공주님께 팽가의 동태를 좀 살펴주십사 하였습니다. 무림맹에 들어온 정보를 조사한 결과, 팽가에서 뭔가 꾸미고 있다는 듯한 느낌을 강하게 받았다 하셨지요."

주혜명은 조금 놀란 표정으로 되물었다.

"팽가요? 하북팽가(河北彭家)를 말씀하시는 건가요?"

"예. 그렇습니다. 자세한 내용은……."

묵비령은 품속을 뒤적였다. 독고진에게서 받은 서찰이 있었기 때문이다.

"여기에 적혀 있습니다. 주군께서 직접 써주신 서찰입니다."

"으음, 줘보세요."

주혜명은 서찰을 받아 들고 빠르게 읽어 내려가기 시작하였다.

그리고 그것을 읽는 동안, 그녀의 표정은 시시각각 변하였다.

*　　　*　　　*

묵비령이 사천에서 북경의 자금성까지 먼 길을 가는 동안, 독고진은 막부동과 풍백단을 대동하고 안휘에 도착해 있었다.

복건과 강서성 부근에서 사도련의 총타가 들고일어난다는 소식을 들었기 때문이다.

본래 그는 청해성으로 가서 혈교의 공세를 막는 것을 도우려 했었지만, 낭왕(浪王)이 등장하였다는 뜻밖의 희소식을 듣고는 안휘로 이동 경로를 바꾼 것이었다.

"그나마 낭왕 덕에 무림맹은 피해를 최소화할 수 있게 되었군."

중얼거리듯 말하는 독고진에게 위지천은 빙긋 웃어 보이며 대답했다.

"그러게 말입니다. 이제 단주께서 사도련의 총단을 잘 막아 주신다면, 무림맹은 한시름 덜게 생겼습니다."

위지천의 말에 독고진은 빙긋 웃었다.

하지만 그 웃음 뒤에는 적지 않은 걱정 또한 쌓여 있었다. 무림맹의 정보단을 수시로 들락거리는 그로서는 현 상황이 도무지 이해할 수가 없었기 때문이다.

'사천무림맹을 그대로 집어삼킬 듯하던 오대천이 갑자기 어디론가 잠적해 버렸고, 그와 거의 동시에 혈교와 사도련이 움직이기 시작하였다라……'

솔직히 납득하기 힘든 상황이었다.

사도련이나 혈교나 무림맹이라는 공동의 적을 가지고 있다는 것은 맞는 이야기였지만, 그렇다 해서 두 세력이 친한 것은 절대 아니기 때문이었다.

독고진은 그들 사이에 오대천이라는 연결 고리가 있다고 생각했다.

그 결론 이외에 다른 것은 생각할 수가 없었다.

'게다가 팽가의 움직임은 어째 또 수상하다는 말인가. 무림 맹의 세작에 의하면 팽가주가 모용세가에 와서 난동을 부렸다 고 한다. 아니꼽기는 하지만, 모용세가도 백도맹의 일원이라 할 수 있는 가문. 그런 곳에 팽가주가 난입하여 난동을 부렸고, 모용세가의 가주는 그에 아무런 조치도 취하지 않았다.'

생각할수록 이상한 것투성이였다.

팽가가 천하제일가문이라 공공연히 인정이 되고 있는 상황 이라 하더라도 가주 앞에서 그 정도로 세가를 욕보였는데, 아 무런 조치도 취하지 않았다는 것은 이상할 수밖에 없었다.

'만약 하북에서 팽가가 군력이라도 이끌고 무림맹을 친다 면?'

그것은 생각만 해도 끔찍했다.

그렇기에 독고진은 주혜명에게 조사와 함께 다른 것도 부탁 하였다. 그건 팽가가 군대를 일으키는 즉시 황군을 동원해 달 라는 것이었다.

흑비객이 주혜명과 친분이 있다는 사실은 예전에 알려졌으 며, 그 때문에 주혜명의 황실 내의 입지는 꽤나 커졌다.

충분히 가능한 일이었다.

게다가 명분 또한 충분히 있었다.

이유가 어떤 것이든 간에 황제의 허락 없이 군대를 움직이 는 것은 반역이라 보아도 무방하기 때문이었다.

"불안해……."

독고진의 입으로 나지막한 목소리가 흘러나왔다.

그것은 목소리라기보다 거의 신음에 가까운 음성이었다.

"주군, 너무 심려치 마십시오. 다 잘될 겁니다."

막부동의 속 편한 말에 독고진은 피식 웃고 말았다. 때로는 모르는 게 약이라더니, 그것이 맞는 말인 듯싶었다.

"그래. 나중 일은 나중에 생각하고, 지금은 눈앞에 닥친 일들부터 해결해 나가는 것이 중요하겠지."

잠시 눈을 감은 독고진은 위지천을 향해 물었다.

"남궁가의 가주님은 언제 뵙기로 하였는가?"

"미시(未時)쯤 세가에서 뵙기로 하였습니다."

그에 독고진은 고개를 끄덕였다.

"그렇군."

독고진이 남궁세가에 가는 것은 풍백단과 남궁세가가 힘을 합쳐 복건성으로부터 밀고 올라오는 사도련의 총단을 막아내기 위함이었지만, 세가의 소가주인 남궁소운의 목숨을 구해준 데에 대한 감사의 표시를 하기 위해 남궁가의 가주인 남궁선(南宮宣)이 자리를 마련한 것이었다.

"슬슬 채비를 하시게, 시간이 많지 않으니."

*　　　*　　　*

"빙궁에서는 약속이라는 것을 그리 가볍게 여기나요?"

유월의 입에서 싸늘한 목소리가 흘러나왔다. 그녀의 검이 한 중년인의 목에 닿아 있었다. 비무를 하여 사내가 유월에게

패한 듯싶었다.

"저년이! 여기가 어디라고 그리 무례하게 구는 게냐!!"

한 노인의 입에서 노호성이 터져 나왔다. 비무대 위에서 중년인을 향해 검극을 겨누고 있는 유월을 수많은 무인들이 겹겹이 둘러싸고 있었다.

노인 또한 그 무인들 중에 하나.

하지만 그는 노성만을 터뜨릴 뿐 유월에게 다가가지 못하였다. 그 이유는 유월의 검극에 목젖이 닿아 있는 중년인 때문인 듯하였다.

"그렇지 않소. 하지만 그대의 말만은 들어줄 수가 없소."

중년인의 말이 끝나자마자 유월은 두 눈을 치켜떴다. 그리고 다음 순간,

촤아악!—

유월의 검이 빛살같이 움직이며, 중년인의 한쪽 팔을 베어 냈다.

"크으윽……."

중년인의 입에서 신음이 흘러나오자 그 광경을 보던 수많은 이들은 경악성을 터뜨렸다.

"아니… 저런!!"

중년인의 잘려 나간 어깨에서는 피가 분수처럼 쏟아져 나왔다. 하지만 중년인은 대충 혈을 눌러 지혈한 후 담담한 표정으로 유월을 바라보았다.

방금 팔이 통째로 잘려 나갔다고는 믿을 수 없을 만큼 침착

한 모습이었다.

"대단하군요. 인정해 주지요, 당신과 맹주의 우정."

하지만 다음 순간, 유월은 싸늘한 미소를 지으며 어디론가 쏘아져 갔다.

타탓— 콰아앙—!

그리고 자신을 향해 달려드는 이들에게 일장을 날리고는 그대로 한 여인의 목에 검을 들이밀었다.

"네 이년!!"

그에 지금까지 별다른 표정 변화가 없던 중년인의 입에서 커다란 호통이 터져 나왔다. 그녀를 쫓던 이들은 또다시 멈출 수밖에 없었다.

"후훗. 당신은 단리철과의 우정이 더 소중한가요, 아니면 당신의 딸이 더 소중한가요?"

"으으……!"

중년인은 분노로 인하여 전신이 부르르 떨렸다. 그리고 유월의 검에 목을 맡긴 여인 단목하는 애처로운 눈빛으로 자신의 아버지 단목유(端木流)를 바라보았다.

"으……."

중년인은 아무런 말도 하지 않았다. 아니, 하지 못하였다. 너무도 기가 막히고 어이가 없어서 무슨 말을 해야 할지 알 수 없었기 때문이다.

잠시간 이어지는 침묵. 그리고 중년인은 결국 입을 열었다.

"내가… 뭘 어찌해야 하겠느냐?"

중년인의 한쪽 눈가에서 눈물 한줄기가 흘러내렸다. 통한의 눈물이었다.

'미안… 하네.'

누구에게인지 모를 말을 속으로 중얼거린 그는, 유월을 바라보았다.

그녀의 답을 기다리는 것이었다.

"후훗, 잘 생각하셨어요."

잠시 뜸을 들인 그녀는 다시 말을 이었다.

"잘린 팔은 왼팔이니 글을 쓰는 데에는 아무런 지장이 없을 거예요. 좀 전에 말씀드렸다시피 내가 불러주는 대로 서찰을 적어서 내게 주기만 하면 돼요. 그다음은 마음대로 해도 상관없고요."

잠시 단목유의 표정을 살피던 유월은 피식 웃었다.

"뭐, 나보다 빨리 단리철에게 서신을 보낼 자신이 있다면 보내보시던가요. 후훗. 상관치 않겠어요."

잘못된 서찰이 전해지기 전에 단리철에게 서찰을 보내 불미스런 일을 막아보려던 생각을 가지고 있었던 단목유는 유월의 말에 좌절하였다. 그렇게 말했다는 것은 그만큼 자신있다는 것 아닌가.

유월은 단목유를 보며 미소를 지어 보였다.

꽃이 무색할 정도로 아름답기 그지없는 미소였지만, 단목유에게는 그저 싸늘한 웃음일 뿐이었다.

                    *   *   *

　"자, 한잔 받으시게."

　안휘의 패자. 남궁세가(南宮世家)의 가주인 남궁선(南宮宣)은 만면에 미소를 띤 채로 독고진에게 술을 따랐다.

　이는 무척이나 이례적인 일이었다.

　무림에 미치는 영향이 지대한 남궁선이 흑비객이라는 이름으로 알려지기는 했다고 하나 독고진 같은 청년에게 직접 술을 따라준다는 것은 보는 이들로 하여금 경탄케 하였다.

　"제가 어르신의 잔을 받아도 되겠습니까?"

　독고진은 사양했지만 남궁선은 웃으며 대꾸하였다.

　"어허, 이 사람아. 자네는 내 자식 놈의 은인일세. 그깟 술 한잔 못 따라주겠는가?"

　그에 독고진은 멋쩍은 표정을 지어 보이며 남궁선의 술잔을 받았다.

　"그래, 사도련의 악적들을 상대할 방도는 있는가?"

　독고진은 뒷머리를 긁적였다. 따로 생각해 둔 방도는 아직 없었기 때문이다.

　"차차 생각해 봐야지요. 지금 정황은 어떻습니까?"

　독고진의 말에 남궁선은 살짝 우울한 표정이 되었다.

　"사도련 총단을 본 가 혼자서 막아내려니 어지간히 벅찬 일이 아닐세. 제갈세가와 황보세가에서 돕고 있기는 하지만… 제갈세가는 거의 건성으로 돕고 있고, 황보세가는 지금 원군을 보내주고 있다네.”

독고진은 고개를 끄덕였다.

“그렇군요. 그런데 제갈세가에서는 왜 적극적으로 돕지 않는답니까?”

“그건 잘 모르겠네. 안휘성이 밀려도 무당파가 버티고 있는 호북은 괜찮으리라는 계산에서인지도.”

하지만 독고진은 생각이 달랐다. 제갈사하에 의해서 당한천이 죽었다는 소리를 들었을 때부터 제갈세가에 적지 않은 의심을 품고 있었기 때문이다.

“으음… 어찌 되었든, 일단 저와 풍백단이 내일 중으로 강서성의 경계를 넘어보겠습니다.”

독고진의 말에 남궁선의 표정은 눈에 띠게 밝아졌다.

“고맙네. 나는 절강성을 통해 복건으로 곧바로 들어가 사도련의 총단을 칠 터이니, 자네는 사도련의 무인들이 안휘로 진입하지 못하도록 잘 막아주시게나.”

*　　*　　*

“이런……?!”

간단한 몇 줄의 문장이 적혀 있는 서찰. 그것을 들고 있는 주혜명의 표정은 가관이었다.

“말도 안 되는 일이……!”

주혜명은 수도 없이 서찰을 처음부터 끝까지 읽어보았다.

"팽가의 식솔들이 싹 다 바뀌었다……?"

사실 처음 독고진이 팽가를 의심하여 서찰을 보냈을 때, 주혜명은 속으로 쓸데없는 의심을 한다 여겼었다. 팽가는 자신과 적지 않은 연관이 있어서였다. 그 이유는 바로 어머니인 팽화련(彭華憐) 때문.

그 이름에서도 알 수 있다시피 팽화련은 팽가의 사람이었다. 그렇기에 주혜명은 팽가의 현 가주인 귀도 팽극선과도 친분이 있는 것이다.

주혜명은 직속 호위무사가 하나 있었다. 어릴 적 팽가에서 보내온 여고수로 주혜령은 이번 일을 알아보기 위하여 팽가로 그녀를 보낸 것이었다.

그녀가 팽가를 방문한 지는 이제 겨우 이 년여가 지난 상태. 하지만 팽가의 대문을 지키는 위사들은 그녀를 문전박대하였다. 그녀가 일부러 주혜명이 보낸 서신을 가졌다는 말을 하지 않았기 때문이다.

팽가에서 그녀를 알아본 이가 한 사람도 없다는 소리.

요직에 있는 인물들은 아니더라도, 그녀는 팽가의 식솔들과 대부분 안면이 있었다 했다. 그런데 아무도 그녀를 알아보지 못했다는 것은 문제가 있는 것이었다.

"마지막으로 팽 외조부님께 서찰을 보내보아야겠어."

주혜명은 중얼거리며 붓을 들었다. 그녀의 뇌리로 불길한 기운이 엄습하고 있었다.

　　　　　*　　　　*　　　　*

　남궁세가를 나온 독고진은 풍백단을 이끌고 빠르게 움직였다.

　하지만 아무리 빨리라도 수십의 인원이 움직이는 속도에는 한계가 있는 법.

　삼 일여 동안 쉬지 않고 움직인 그들은 겨우 안휘와 강서성의 경계로 도착할 수 있었다.

　"정말 난전이군요."

　독고진은 눈앞에 벌어져 있는 처참한 광경을 보며 중얼거렸다.

　"그렇습니다, 소협. 며칠째 지원군이 오지 않아 곧 무너질 위기였는데, 소협께서 이렇게 와주셔서 얼마나 다행인지 모르겠습니다."

　독고진이 도착한 곳은 협곡이었다. 남궁세가의 무인들은 협곡을 목책으로 막고, 그 뒤에서 화탄과 화살을 뿌리며 사도련의 무인들을 겨우 막아내고 있던 것이다.

　수적으로는 엄청난 열세인 남궁세가.

　입구가 좁은 협곡임이 천만다행이라 할 수 있는 상황이었다.

　"이곳 외에 저들이 안휘로 넘어올 수 있는 길목은 없습니까?"

　독고진의 물음에 무사는 고개를 끄덕였다.

“아실는지는 모르겠지만, 안휘와 산서의 경계 중 남서쪽의 경계는 파양호(鄱陽湖)로 인하여 막혀 있습니다. 그래서 안휘로 진입할 수 있는 길목은 이곳, 만년곡(萬年谷)과 횡봉(橫峰)이 있는데, 횡봉 쪽에는 관아가 있어서 사도련주가 제정신이라면 그쪽을 뚫으려 하지는 않을 것입니다.”

“그렇군요. 그것 참 다행입니다.”

하지만 그는 걱정스런 표정을 지었다.

“이곳이야 어떻게든 막아내면 된다 생각을 하고 있지만 절강성 부분이 뚫려 버린다면 더 이상 어쩔 도리가 없습니다. 사도련에서 절강과 강서 두 곳으로 병력을 보냈거든요.”

그에 독고진은 빙긋 웃었다.

“남궁가의 가주님께서 직접 많은 무사들을 이끌고 절강으로 향하셨습니다. 그럴 일은 없을 테니 안심하십시오.”

그에 무사의 얼굴은 눈에 띠게 밝아졌다.

“아, 그렇다면야……..”

그런 그를 잠시 응시하던 독고진은 이내 전방으로 시선을 돌렸다. 시체 썩은 내가 나는 협곡. 하지만 독고진은 절망스럽다는 생각은 하지 않았다.

‘지형만 잘 이용하면 오히려 수월할 수도 있겠어.’

독고진은 마음을 다잡았다. 사실 그의 목표는 그저 밀려오는 적들을 막아내는 것만이 아니었다. 야음을 타 사도련의 본채를 기습할 계획인 것이다.

‘시간이 없어, 시간이… 빨리 이곳을 정리하고 다시 맹으로

돌아가 봐야 한다.'

불안해도 너무 불안했다.

'제기랄!'

다른 수식어도 필요없었다. 그저 이 한마디가 독고진의 현재 심리 상태를 전부 나타내 주고 있었다.

*　　　*　　　*

"오! 오셨습니까?"

맹주 집무실에 도착한 백리명, 혜원, 취운개를 본 단리철은 어찌나 반가운지 탄성을 질렀다.

"늦어서 미안하네. 성존을 만나고 오는 길일세."

백리명의 말에 단리철은 손사래를 쳤다.

"아닙니다, 어르신. 이렇게 도움 주시는 것만도 감사한걸요."

세 노인은 무림에서 은퇴한 이들이었다. 그런 그들이 이렇게 직접적인 도움을 주는 것만도 고마운데 너무 많은 것을 바랄 생각은 없었다.

"흐음……."

백리명은 헛웃음을 지어 보였다. 할 말이 없었기 때문이다.

"그나저나 성존 어르신을 만나셨다고요?"

이번에는 혜원이 대신 대답하였다.

"말 그대로일세. 우리는 지금 성존에게 지원을 요청하고 오는 길이라네."

단리철은 의아하다는 듯한 표정이 되었다. 행적이 묘연한 성존을 만났다는 것만도 대단히 도움되는 일일진데, 그에게서 지원을 요청하다니 기쁘기도 했지만, 뭔가 이상하다는 생각이 들었다.

"지원을 요청했다 하심은, 성존 어르신께서 무력을 빌려주겠다 하신 겁니까?"

그 말에 백리명은 작게 웃었다.

"조금 다른 의미일세. 물론 그 친구의 무력을 빌릴 수 있겠지만, 그가 이끌고 있는 최강의 무력 집단의 도움을 받는 것이 더 큰 목적일세."

단리철은 궁금한 표정이 되었다. 백리명이 최강이라는 말을 언급할 정도의 무력 단체가 현 무림에 과연 있던가?

그 모습을 본 맥리명은 피식 웃었다.

"바로 황군(皇軍)일세."

*   *   *

"적이다! 적이 몰려온다!!"

망루에서 망을 보던 무사가 크게 소리치자, 무인들은 부산하게 움직이기 시작하였다.

둥— 둥— 둥—

커다란 북소리가 울려 퍼지자 남궁세가의 무인들이 일사불란하게 움직였다. 그 모습을 본 독고진은 감탄해 마지않았다.

'정말 대단하구나. 남궁세가가 괜히 사대세가의 수좌 노릇을 하고 있는 것이 아니었어. 마치 잘 훈련된 황군을 보는 듯하구나.'

독고진은 속으로 중얼거리며 자신의 무구를 매만졌다.

'그건 그렇고, 최대한 모든 이들에게 강렬한 인상을 남겨야 한다. 내가 흑비객이라는, 그리고 그 흑비객이라는 별호가 유명해질 수 있게.'

독고진은 검을 빼 들었다.

스릉―

햇빛에 반사되어 푸른 검신이 눈부시게 빛난다.

"후후."

낮은 웃음을 흘린 독고진은 남궁세가 무인들의 우두머리인 듯 보이는 사내에게로 다가갔다.

"어떤 식으로 전투할 요량이십니까?"

한참 정신없이 움직이던 그는 독고진의 물음에 시선을 돌렸다.

"폭약과 화살이 다 떨어져갑니다. 이제는 전면전으로 갈 공산이 큽니다."

그 말을 듣자 독고진은 갑자기 궁금증이 일었다.

"그런데 소협, 폭약은 관아에서 법으로 금지해 놓지 않았습니까? 이렇게 사용해도 괜찮은 겁니까?"

그 물음에 사내는 피식 웃었다.

"물론 폭약은 법으로 금지되어 있습니다. 그렇다면 전쟁은 법으로 승인이 되어 있습니까? 이러한 대규모 전투가 국가 내에서 벌어진다는 것 자체도 불법입니다. 폭약을 쓰든 안 쓰든 달라질 건 없지요."

그 말에 독고진은 수긍한다는 듯 고개를 주억거렸다.

"소협, 지금 폭약이 얼마나 남았습니까?"

독고진의 물음에 잠시 의아하다는 듯한 표정을 지은 사내였지만, 곧 대답을 한다.

"얼마나 남았는지의 기준이 뭡니까?"

그 물음에 독고진은 잠시 생각을 하는 듯 눈을 감았다.

"저 협곡의 끝부분, 저 봉우리 부분을 무너뜨릴 수 있을 정도는 됩니까?"

사내는 독고진이 가리키는 곳을 바라보았다. 그것은 협곡의 왼편에 아슬아슬한 모양으로 솟아 있는 봉우리였다.

"으음… 저 봉우리를 무너뜨릴 정도는 될 듯합니다. 직각으로 뻗어 있는 봉우리라면 무리겠지만, 협곡 쪽으로 기울어져 있으니……."

그 말에 독고진은 흡족한 미소를 짓는다.

"그럼 되었습니다. 이번에는 적들을 향해 폭약을 사용하지 마십시오. 제가 저들을 막을 터이니, 소협께선 몇몇 분들과 함께 저 봉우리에 올라가 폭약을 매설해 주시면 감사하겠습니다. 폭약이 터졌을 때 최대한 많은 양의 돌무더기가 협곡으로 떨어질 수 있도록 말이지요."

그 말에 사내는 고개를 저었다.

"독고 소협께서는 협곡을 막아 시간을 버시겠다는 생각이신 듯하군요. 그것도 아니라면 낙석을 이용해 적들을 섬멸하신다거나. 하지만 그것은 현실적으로 불가능한 일입니다. 돌무더기로 이 협곡을 막아봤자, 조금의 시간만 더 투자하면 충분히 대부대가 넘어올 수 있을 것이며, 돌무더기로 적을 섬멸하려면 어느 정도 미끼를 던져서 협곡의 안쪽으로 끌고 들어가야 하는데, 그러자면 너무 위험부담이 큽니다. 적은 섬멸할 수 있더라도 본 가의 무사들 또한 무사하지 못할 겁니다. 적을 섬멸할 수 있을지조차 미지수구요."

이번에는 독고진이 고개를 설레설레 젓는다.

"그것이 아닙니다, 소협."

잠시 뜸을 들인 독고진은 말을 이었다.

"저들이 저기 첫 번째 목책을 뚫고 협곡 안으로 전부 다 들어오면, 폭약을 터뜨려 퇴로만 막아주시면 됩니다."

그 말에 사내는 어이없다는 듯 독고진을 바라보았다.

"그게 대체 무슨 말씀이십니까? 저들의 퇴로를 막다니요? 저들은 우리보다 숫자가 월등히 많습니다. 그냥 좁은 길목의 이점을 활용하여 막아내는 것도 충분히 힘들거늘, 저들을 전부 안쪽으로 끌어들여서 뭘 어쩌시려는 것입니까?"

그에 독고진은 입꼬리를 살짝 말아 올렸다. 그 표정이 어쩐지 싸늘해 보인다.

"섬멸할 겁니다."

　　　　　＊　　　　＊　　　　＊

유월은 무림맹을 내려다보았다. 휘영청 밝은 달밤에, 높은 곳에서 내려다보는 사천무림맹은 꽤나 운치가 있었다.

"후훗."

유월은 만족스럽게 웃어 보인다.

"노물들이 갑자기 맹에 돌아오는 바람에 잠입할 수가 없게 되었지만… 이 자리라면 서찰을 날리는 것 정도야 일도 아니겠어."

말을 하며 유월은 등에 매고 있던 철궁을 들어 올린다.

"으샤."

그리고 화살 하나를 꺼내 든 그녀는 품속에서 서찰을 꺼내 화살촉의 바로 뒤에 묶었다. 화살로 쏘아 보낼 심산인 듯 보였다.

화살을 시위에 올린 그녀는 천천히 그것을 당겼다.

끼이잉―

시위가 당겨지고, 철궁이 휘면서 듣기 거북한 소리가 흘러나온다. 허공을 향해 활을 조준하였다.

팽―

시위를 떠난 화살은 쏜살같이 허공을 향해 날아올랐다.

"흐음……."

잠시간 화살을 구경(?)하던 그녀는 살짝 웃어 보이고는 어둠 속으로 사라졌다.

*　　　*　　　*

"소협께서 맹의 위패까지 내보이시니 어쩔 수 없이 시행하기는 하지만……. 휴……."

사내는 독고진을 보며 한숨을 쉬었다. 그의 표정에는 독고진이 미덥지 못하다는 기색이 역력했다.

하지만 독고진은 넉살좋게 웃어 보인다.

"하핫, 걱정 마십시오. 자신이 있어서 하는 일입니다."

잠시 그를 보던 사내는 고개를 절레절레 흔든다.

'그래도 능력이 있으니 저 나이에 풍백단의 단주가 되었겠지.'

그것으로 위안을 삼고 사내는 서둘러 어디론가 사라졌다. 정확히 말하면 봉우리에 폭발물을 매설하기 위함일 것이었다.

"후후."

작게 웃은 독고진은 전방을 바라보았다.

"어림잡아도 수백은 되어 보이는군."

독고진의 중얼거림에 옆에 있던 위지천이 고개를 끄덕였다.

"그렇습니다, 단주님. 그런데 무슨 생각으로 적의 퇴로를 차단해 버리신 겁니까? 저들은 우리의 세 배는 되는 전력을 가지고 있습니다. 풍백단과 단주님께서 합세해 우리가 우세하다 하더라도 궁지에 몰린 쥐는 고양이라도 무는 법입니다. 오히려 역효과를 불러올 수도 있는 겁니다."

걱정스럽다는 듯 말하는 위지천에게 독고진은 씨익 웃어 보였다.

"우리가 우세 정도라면, 내가 퇴로를 막았겠나? 저들은 우리의 상대가 될 수 없네. 우리의 완승이 될 게야. 그리고 사실 저 봉우리가 협곡으로 무너져 내린다 하더라도 이만한 곡(谷)이 전부 막혀 버릴 일은 없네. 어느 정도의 퇴로는 남아 있을 거야. 궁지에 몰린 쥐새끼 따위가 두렵지도 않지만 말이야."

어디서 나오는 자신감인가?

위지천은 고개를 절레절레 흔들었다.

최근 이곳저곳 독고진과 함께 다니며 그의 능력을 봐왔다. 그리고 그 능력이 충분히 대단하다는 것도 안다.

하지만 이번 일은 조금 다른 경우였다. 그의 손에 수많은 무사들의 목숨이 달려 있고, 전투의 규모 또한 엄청나다 할 수 있었다. 독고진 개인의 능력으로 좌지우지될 수 있는 상황이 아닌 것이다.

사실이 어떻든 간에 위지천은 그렇다고 생각하였다.

"그런데 솔직히 말씀드리자면, 단주님의 계획은 위험천만하기 그지없습니다. 아무리 무림맹의 위패가 있다 하더라도, 남궁가에서 선뜻 허락한 것이 잘 이해가 되지를 않습니다."

그의 말에 독고진은 웃었다.

"자네는 지금 상황을 잘못 읽고 있군."

위지천은 의아하다는 듯한 표정을 지었다. 잘 이해가 되지 않았기 때문이다.

"그게 무슨 말씀이십니까?"

독고진은 빙긋 웃었다.

"지금 남궁세가에서는 급박한 상황이라네."

"급박하다니요?"

"진영을 돌아다니며 보지 못했나? 병사들은 대부분 공황 상태일세. 게다가 거의 유일한 버팀목이었던 화탄과 화살도 거의 다 떨어졌고. 이런 상황이 조금만 더 이어진다면 그대로 밀려 버릴 것일세. 그에 차라리 속는 셈치고 내 극단적인 방법이라도 믿어보려 한 것인 게야."

그에 위지천은 주위를 둘러보고는 천천히 고개를 끄덕였다.

"확실히 그렇기는 하군요."

협곡이라고는 하지만 그 넓이가 꽤나 넓다. 족히 이십 명 정도는 한 번에 통과할 수 있을 만한, 그러니까 대략 삼 장 정도의 폭으로 길게 늘어져 있는 것이다. 독고진은 그곳에서 나오는 적들을 천천히 살펴보았다.

"……!"

점점 적들이 협곡의 입구에 가까워지자, 독고진은 손을 번쩍 쳐들었다.

"활시위를 당겨라!"

협곡 입구를 향해 빙 둘러서 조준하고 있는 궁사들은 활시위를 있는 힘껏 당겼다.

그리고 다시 긴장감이 맴돈다. 독고진은 저들 중 반수 이상이 협곡에서 빠져나오면, 활을 쏘게 할 생각이었다.

감각을 돋우고 찾고자 하면 얼마든지 찾을 수 있는 위치에 숨어서 활을 조준하고 있는 그들이었지만, 그 정도만으로도 잠깐 동안은 충분한 적들의 방심을 이끌어낼 수 있었다.

끼이익—

독고진 또한 활시위를 천천히 당겼다.

그리고,

"쏴라!!"

독고진의 목소리가 협곡을 쩌렁쩌렁 울리자 식은땀을 흘리며 활시위를 당기고 있던 궁사들은 일제히 시위를 놓았다.

핑— 피핑—

하늘에서 새카맣게 비가 내리듯, 엄청난 양의 화살이 쏟아진다.

슉— 슈슉—

무서우리만치 많은 화살들이 작렬하자, 사도련의 무사들은 어쩔 줄을 몰라하였다.

"이깟 눈 없는 화살 따위에 당해서야 되겠느냐! 정신 차리거라! 화살 따위는 정신만 차린다면 전부 다 막아낼 수 있느니!"

사도련의 무사들을 이끄는 우두머리인 듯 보이는 이의 입에서 고함 소리가 터져 나왔다. 그리고 잠시 동안 우왕좌왕하며 화살세례를 맞던 무사들은 정신을 차리고 화살을 막아내기 시작하였다.

“으음…….”

그 모습을 지켜보던 독고진은 내려놓았던 철궁을 다시금 들어 올렸다. 그리고 시위에 화살을 걸었다. 그 무게만도 상당히 나가는 철시(鐵矢)였다.

기이잉─

강철이 휘는 소리가 들리며 천천히 시위는 당겨졌다.

“죽어라.”

나직한 목소리로 중얼거린 독고진은 말이 끝남과 동시에 활 시위를 놓았다.

피이잉─!

철시는 보통 화살과는 비교조차 할 수 없을 정도의 강렬한 파공음을 내며 누군가를 향해 날아갔다.

퍼억─

커다란 소리가 들리며, 독고진의 철시는 말 위에 올라 있던 적장의 가슴을 정확히 관통하였다.

“크아아악!”

어떻게 즉사는 피했는지 사내의 입에서는 일순 커다란 비명 성이 흘러나왔다.

툭─

하지만 곧 그의 고개가 떨구어지고 말았다. 심장이 뚫리지 않긴 했지만, 관통당한 흉부에서 걷잡을 수 없이 나오는 피분수와 뼈까지 으스러져 버린 데에 대한 고통을 이겨내지 못하고 혼절한 것이리라.

그것이 아니라면 심장에 미친 충격의 여파 때문에 죽어버린 것일 수도 있었다.

그 모습을 본 독고진은 다시 한 번 소리쳤다.

"적장이 죽었다! 다시 활시위를 당겨라!!"

그에 무사들은 미리 재어두었던 활시위를 다시금 당겼다.

"쏴라!!"

슝— 슈슉—

또다시 파란 하늘이 어둡게 물들여진다. 협곡의 바닥에는 커다란 그림자 같은 것이 생겼다.

"악!!"

"으아악!!"

여기저기서 비명성이 울려 퍼진다. 빛줄기마냥 수도 없이 쏟아져 내리는 화살세례를 전부 막아내는 것은 힘든 모양이었다.

독고진은 모든 화살을 퍼부을 작정이었다.

두 차례의 화살세례가 끝나자, 적들은 그대로 밀고 올라오기 시작했다. 인해전술이라도 펼칠 요량인 듯하였다.

지금까지는 화살을 이용하여 좁은 협곡만을 막았었는데, 이번에는 협곡을 빠져나와 넓은 장소가 되었으니 인해전술로 해볼 만하다 생각한 듯싶었다.

"침착하고, 화살을 최대한 많이 퍼부어라!!"

독고진은 한 번 더 소리쳤다. 그리고 궁수들이 있는 곳으로 기어올라 오는 적들을 향한 화살세례는 쉬임없이 이어졌다.

슉— 슈슉—

어지러울 정도로 화살이 난무했다. 그래도 한 일주일간은 아껴서 사용할 정도의 화살들이었는데, 이렇게 한 번에 다 사용되니 그 분량이 장난이 아니었다.

그 모양을 지켜보던 독고진은 슬쩍 고개를 돌려 위지천을 보았다. 그러자 위지천은 고개를 끄덕이며 입을 열었다.

"지금 쏘아 올릴까요?"

그에 독고진은 고개를 주억거린다.

"지금이다."

위지천은 화살에 불을 붙였다. 그리고 그것을 시위에 잰 후 허공을 향해 시위를 당겼다.

끼이이익—

시위를 있는 힘껏 당긴 그는 허공으로 그것을 날려보냈다.

"좋아."

독고진은 고개를 끄덕이고는 이번에는 왼편에 있는 막부동을 향해 시선을 돌렸다.

"신나게 싸워볼 준비, 되었나?"

그 말에 기다렸다는 듯 막부동은 고개를 끄덕이며 씨익 웃었다.

"물론입니다, 주군."

그리고 그는 다시 고개를 돌려 위지천을 바라보았다.

"풍백단원들에게 전하게. 신명나게 놀아보자고 말이야."

위지천은 고개를 숙여 보였다.

"존명!"

그때였다.

어디선가 커다란 폭발음이 들려왔다.

펑— 퍼퍼펑—

그에 한창 혈투를 벌이던 무사들은 전부 소리나는 쪽으로 고개를 돌렸다. 그리고 그들의 시야에 들어온 것은 커다란 먼지구름 속에 희미하게 보이는 봉우리였다.

그리고 그것은 천천히 무너져 내리고 있었다.

쿵— 쿠구구구궁—

요란한 소리를 내며 차츰차츰 봉우리가 붕괴되어 간다. 그리고 그 잔해는 협곡을 향해 떨어지고 있었다.

"이, 이 무슨!!"

사도련의 무사들은 경악성을 내질렀고, 앞다투어 도망치기 시작하였다.

"후후……."

그 모습을 본 독고진은 작게 웃음을 흘린다. 그의 예상대로 되어가는 것이다.

사도련의 무인들은 무림맹의 무인들보다 수가 월등하게 많다. 하지만 전방에서는 화살이 쏟아지고, 후방으로는 돌무더기가 떨어지니 우왕좌왕할 수밖에 없는 것이다. 그것은 심리전이었다. 퇴로가 막힐 것이라는 생각이 뇌리를 엄습하니, 자신들의 숫자가 월등히 많다는 것은 이미 망각해 버린 사도련의 무사들이었다.

쿠르르르룽—

독고진이 그 모양을 지켜보는 동안에도, 사도련의 무사들은 쉬임없이 죽어가고 있었다. 아직까지도 화살세례는 계속되고 있었고, 엎친 데 덮친 격으로 무사들은 이리저리 우왕좌왕하고 있었기 때문이었다.

잠시간 그 모양을 지켜보고만 있던 독고진이 양손을 번쩍 들었다.

"자! 지금이다!! 무림맹의 모든 무사들은 저 사파의 무리들을 도륙하라!!"

독고진이 검을 쳐들고 말하자, 무림맹의 진영에서는 엄청난 함성이 울려 퍼졌다.

이제 화살세례는 끝이 났지만, 그 함성 때문인지, 사도련의 무인들은 더욱 정신없이 우왕좌왕하고 있었다.

"와아아아!!"

커다란 함성을 지르며, 무사들은 일제히 사도련의 무인들을 향해 뛰어들었다. 분위기 때문인지는 몰라도 모든 무사들의 사기가 대단했다.

"한 놈도 남김 없이 싹 다 섬멸해야 한다!!"

독고진의 사자후가 온 협곡을 쩌렁쩌렁 울렸다. 그리고 그 효과는 충분히 지대했다.

"와아아!!"

아군의 함성은 더더욱 커졌으며 우습게도 숫자가 월등한 사도련의 무인들은 정신없이 공격을 막는 데에만 급급했던 것이다.

"단주님, 준비 다 되었습니다."

위지천의 말에 독고진은 고개를 끄덕였다.

"알겠네. 후후… 이제 저들을 한 놈도 남김없이 쓸어버리는 일만 남았군."

막부동은 그 말을 들으며 씨익 웃었다. 그는 자신의 거도를 만지작거리고 있었다. 몸이 근질거리는 모양이었다.

"가자!"

난전(亂戰).

말 그대로 난전이 따로 없었다.

좁은 협곡은 완전히 아비규환이 되었다. 무너진 봉우리에 의해 막혀 버린 후방을 어떻게든 기어올라 가려다가 무림맹 무사의 칼에 꿰어 죽는 이들도 적잖이 많았으며, 개중에는 이래 죽으나 저래 죽으나 같다 생각하였는지, 침착하게 검을 휘둘러가는 사도련의 무인들도 많았다.

하지만 한 번 뒤집어진 전세는 역전하기가 무척이나 어려운 법.

기세(氣勢)라는 것이 그런 것이다. 달리 말하면 군사들의 사기(士氣).

기세 싸움에서 밀린다면 본래 전력이 어떻든 간에 십중팔구는 무너지게 되어 있다. 게다가 사도련의 무사들에게는 현 상황을 인지할 능력이 없었다.

그저 눈앞에서 화살이 쏟아지고 뒤편에서는 돌무더기가 떨어져 내리니, 함정에 빠졌다는 생각뿐이 들지 않는 것이었다.

독고진은 좁은 협곡 덕에 시야가 좁은 그들의 불리 점을 이용한 것이었다.

"흐압!"

막부동은 신이 나서 거도를 휘두르고 있었다.

'몸이 날아갈 듯하군. 가벼워. 확실히 수련의 성과가 있군.'

막부동은 만족스러운 미소를 지었다. 자신의 무공이 제법 훌륭한 성과를 올리고 있기 때문이었다.

"광무진천도(廣茂辰天刀)!!"

막부동의 도에서 푸른 빛을 띤 도기(刀氣)가 일렁거린다. 아직 도강을 뿜어낼 정도의 실력은 되지 못하더라도, 이 정도의 도기라면 어지간한 무림의 고수들은 박살 낼 수 있을 만한 전력인 것이다.

촤아악!—

허공을 찢어발기며 막부동의 도가 울음을 토해냈다.

"크아악!"

그리고 막부동의 도기를 피하지 못한 여러 무인들은 그대로 넝마가 되어 싸늘한 시신으로 바닥에 누워버렸다.

"으아아!"

누군가의 입에서 절규에 가까운 비명이 흘러나온다.

"으으……"

그렇지 않아도 서서히 뒤집어지고 있었던 전세는 풍백단의 등장으로 완벽히 뒤집어져 버리고 말았다.

풍백단원들은 물 만난 고기마냥 사도련의 무인들 사이에서 무구를 휘둘러 대었다.

잘 훈련된, 그리고 상승의 무공을 섭렵해 온 풍백단원들에게 애초에 사도련의 잡졸들은 상대가 되지 않았지만 이렇게까지 완벽하게 밀어붙이는 것은 숫자, 그러니까 기본적인 전력상 불가능한 일이었다.

한풀 꺾인 그들의 사기와 그 위치가 그들의 승전이 가능하도록 만들어준 것이다. 아직 완전히 이겼다고는 말할 수 없는 상태였지만, 분위기로 보나 뭘로 보나 이미 칠 할 이상은 이겼다고 보아도 무방하였던 것이다.

전장에서 날뛰고 있는 풍백단원들 중 가장 눈에 띄는 이를 꼽자면 단연 독고진이었다. 독고진은 양손에 검을 한 자루씩 쥔 채 미친 듯이 사도련의 무인들을 도륙해 나가고 있었다.

"너희들은 오늘부로 죽을 때까지 흑비객이라는 이 별호를 기억해야 할 것이다!"

독고진의 목소리가 온 하늘에 울려 퍼졌다.

적(敵), 아(我) 할 것 없이 모두에게 자신을 각인이라도 시키려는 듯 독고진은 다시 광포하게 검을 휘두르기 시작하였다.

第六章
음모(陰謀)의 증첩(重疊)

죽은 자의 영혼과 사람의 심혼(心魂)을 다루는 흑마법사 무림에 환생하다!

마왕의 힘을 배워 9클래스의 마법 경지를 넘어서고, 절대의 무공 경지에 들다!

그를 기다리는 건 무림사에 더없을 멸겁의 종말, 새황 오대천의 살혼마신!

유행이 아닌 자유추구
BOOK Publishing ChungEoram

FOR
GOD

"음… 이런 어이없는 일이……!"

단리철은 빙궁으로부터 온 서찰을 받아 들고는 당황스러운 표정을 지어 보였다.

그 내용은 다른 것이 아니었다. 오대천으로 보이는 괴세력으로부터 침략을 받아 빙궁이 위기상황이라는 내용.

빙궁의 궁주와 그가 많은 친분이 있다는 것을 제하더라도, 빙궁이 무너지는 것을 두고 볼 수만은 없었다. 빙궁은 현재 몇 없는 무림맹의 우방 중 한 곳. 지금은 조금의 힘이라도 아쉬운 때였다.

"제길. 내가 직접 가야겠다."

단리철은 일어섰다, 그답지 않은 쌍 욕을 내뱉으면서.

“맹주님, 그것은 좀 곤란합니다. 맹주님께서 아니 계시면 맹의 일들이 돌아가지 않을 겁니다.”

무사의 말에 단리철은 잠시 멈칫한다. 확실히 자신이 없는 무림맹은 상상이 되지를 않았기 때문이다.

“크으음…….”

그가 갈등하는 모습을 보이자, 무사는 재빨리 말을 이었다.

“그러지 마시고 선사 분들께 부탁드려 보시는 것이 어떻겠습니까?”

확실히 그의 제안이 가장 이상적인 방법이었다. 다만 마음에 걸리는 것은, 무림맹 소속이라 할 수도 없는 노고수들에게 자꾸 이래라 저래라 하는 것 같아 마음이 편치 않다는 점이었다.

“후우… 어쩔 수 없나?”

단리철은 고개를 휘휘 저으며 천천히 걸어나갔다. 그에 무사는 그냥 직접 가려는 것인 줄로 착각했는지, 놀라서 묻는다.

“맹주님, 어디 가십니까?”

그 물음에 단리철은 힘없는 투로 말한다.

“백리 노사님을 만나뵈러 간다네.”

*　　　*　　　*

시산혈해(屍山血海).

사람의 시체가 산처럼 쌓이고 피가 바다를 이룬다.

독고진의 칼날 아래, 또한 풍백단과 남궁세가 무사들의 검날 아래 수많은 이들의 목숨이 처참히 찢어발겨졌다.

협곡은 정말이지 발 디딜 틈 하나 없었다. 시퍼렇게 식어 있는 시체들이 발밑에 수도 없이 깔려 있었기 때문이다.

시체를 밟고 싸우기 시작한 지도 벌써 한 시진이 지났다. 하지만 사도련의 무인들은 끝없이 협곡 안에서 몰려나왔다.

그도 그럴 것이 협곡의 위쪽에 독고진이 궁수들을 배치해 놨기 때문이다.

지형상 수많은 적들에게 많은 피해를 줄 수 있을 만큼 많은 궁수들이 올라가 있을 수는 없었지만, 단 이십여 발의 화살만으로도 돌무더기로 막혀 있는 협곡을 기어올라 가는 무인들 정도는 저지할 수 있는 것이기 때문이었다. 완전히는 힘들겠지만 말이다.

"잔인하다 해도, 눈살을 찌푸려도 어쩔 수 없다."

독고진은 피가 뚝뚝 흘러내리는 검을 늘어뜨리고는 중얼거렸다.

"어차피 힘이 곧 정의니까……."

맞는 말이었다.

칼밥을 먹고 살아가는 이 무림에서는 힘이란 곧 정의였다.

강자존(强者尊)이란 힘과 패도를 중시하는 마도에서만 통용되는 말이 아니었다. 겉으로는 의(義)와 협(俠)을 추구하는 정파도, 귀계가 난무하는 사도련에서도, 결국에는 강한 자의 말이 곧 법인 것이다.

꼭 무공이 강하라는 것은 아니다.

사회적 지위가 높으면 그것 또한 힘이 될 수 있고 머리가 좋다 해도 힘이 될 수 있는 것이다. 물론 금전적인 능력 또한 힘이 될 수 있다.

어떤 상황에서든, 어떤 방면으로든, 가장 강한 자가 곧 가장 지혜로운 자이며, 또 가장 권위있는 인물이 되는 것이 바로 이 강호라는 바닥이었다.

독고진은 강자였다.

이 협곡 안에서 독고진은 모두의 위에 군림하는 사신(死神)이었다.

촤악—!

또 한 번 허공에 혈선이 그어진다.

또 한 번 누군가의 영혼이 한 줌의 붉은 혈수와 함께 녹아내린다.

붉게 물들여진 바닥으로 모자라 이제는 푸른 하늘까지 검붉은 혈수로 채색하려는지 독고진의 검극은 끝없이 허공을 휘저었다.

누군가가 독고진이 싸우는 모습만을 본다면 독고진은 그의 눈에 그저 악귀로 보일 것이다.

인간 말종에, 인간 백정인 것이다.

하지만 독고진은 무림맹의 단주이며 그의 손에 죽어가는 이들은 사도련의 악적들이다.

또한 이 전투의 승자는 결국 무림맹이 될 수밖에 없을 것이다.

그리고 역사는 승자들의 기록일 뿐이었다.

"적의 숫자를 하나 줄이는 것이 아군 하나 살리는 것이다. 살기 위해… 죽여라."

독고진의 음성이 풍백단의 모든 인원의 귀로 전달되었다.

그리고 마치 귀신에라도 홀린 듯 풍백단원들의 몸놀림은 더욱 거세졌다. 하지만 풍백단원들은 독고진과 다르다.

분명 무림맹 최고의 정예들 중 하나였지만 그들이 독고진과 같을 수는 없는 것이다.

이곳저곳에 자잘한 상처들은 기본이요, 온몸에 피칠을 하고 있었으며, 어떤 이는 힘에 부쳐 쓰러지기 일보 직전에 있었다.

독고진은 동분서주하며 풍백단원들의 피해를 최소화시키기 위해 노력하였다. 그리고 그 노력 덕에 아직까지 풍백단은 단 한 명의 희생자도 나오지 않았다.

그야말로 엄청난 쾌거인 것이다.

'음……?

고개를 돌리는 순간 독고진의 눈에 쓰러진 풍백단원 하나가 보였다.

그리고 그의 목젖을 향해 사도련 무사의 검이 찔러가고 있었다.

타탓―

일순 독고진의 신형이 마치 섬전처럼 움직였다.

"하아압!"

독고진의 입에서 기합성이 울려 퍼졌고 그의 붉은 검은 사내의 검을 향해 날아갔다.

후웅— 후웅—

햇빛에 반사되어 희뿌연 섬광을 뿌리며 독고진의 검은 어느 덧 풍백단의 목을 겨누는 사내의 검극을 검신으로 막아냈다.

까아앙—!

위기 일발의 순간이었다.

'제기. 흑마법이라도 남발해 버려?

확실히 흑마법을 사용한다면 상황은 금새 종료될 듯 보였다. 아직 많은 무사들이 남아 있기는 했지만 대부분 기력이 쇄해서 금방이라도 쓰러질 듯한 이들이었다.

하위 흑마법이라도 한 번 발동되면 전부 주저앉을 듯한 모습들이었다.

하지만 그럴 수는 없는 노릇.

보는 눈이 너무도 많기 때문이다.

흑마법이어서 쓸 수 없는 것이 아니다. 마법이기 때문에 쓸 수 없는 것이다.

물론 무림에도 술법이라는 종류의 도술이 있기는 하다. 하지만 마법과는 그 규모부터가 달랐다.

기원이 도가인 만큼 술법은 좀 얌전한(?) 반면, 흑마법은 과격하다고 해야 할까?

쎄에엑—!

독고진의 검이 엄청난 속도로 허공을 가른다.

훅— 훅—

무슨 륜(輪)이라도 날아가듯, 무서운 속도로 회전하며 그 속력 그대로 독고진의 검이 세 명의 사도련 무인을 가르고 지나갔다.

풀썩—

그리고 잠시간 병장기 소리가 끊이지 않던 협곡은 그대로 정적이 맴돌았다.

허공에서 자유자재로 움직이는 독고진의 검 때문이었다.

"이, 이기어검(以氣御劍)……!"

누군가의 입에서 경악성이 흘러나왔다.

촤아악—! 촤악!

가죽이 찢어지는 듯 듣기 거북한 소리가 적막 속에 다시금 울려 퍼진다.

또다시 두셋의 사도련 무인이 죽은 것이다.

이기어검이 어떠한 경지던가?

검을 다루는 무인들이라면 누구나 꿈꾸는 지고한 경지가 바로 이기어검이다.

기로서[以氣] 검(劍)을 다룬다.

현 무림에 이기어검을 시전할 수 있는 검객은 손에 꼽을 정도이다.

무림맹 전체를 통틀어도 세간에 은거하였다 알려진 검황을 제외한다면 이기어검을 시전할 수 있는 검객은 맹주인 검왕 단리철 한 사람뿐이었다.

그 경지의 지고함을 알 수 있는 것이다.

게다가 독고진의 검에는 무지막지한 검기까지 씌워져 있었다.

무림맹의 무사들은 물론 사도련의 무인들까지도 넋을 잃고 그 광경을 쳐다보았다.

자신들의 동료가 그 검에 고혼이 되었음은 이 순간만큼은 중요치 않았다.

한 사람의 무인으로서 평생 볼 수 있을까 말까 한 장면이 지금 연출되고 있는 것이었다.

착—

독고진의 검이 다시금 그의 손으로 돌아와 안착했다.

겉으로 보기에는 격공장이나 허공으로 검기를 날리는 모양이 더 화려하고 강해 보일는지 모른다. 하지만 그것에는 한계가 있다. 그 거리가 멀어질수록 위력이 현저히 감소되며 경공만 뒷받침해 준다면 피해 버리면 그만인 것이다.

그러나 이기어검은 다르다.

검은 허공에 떠 있지만 시전자의 손에 있는 것이나 마찬가지이다. 손 대신 기를 이용하여 검을 움직이는 것이다.

한 번 피하더라도 계속 따라오는 검이란, 공포스럽기 그지없다.

"와아아아!!"

남궁세가의 진영에서 환호성이 들려온다.

믿지 못할 광경.

이로서 사도련의 패배는 더욱 확고해졌다.

무림맹의 무인들의 두 눈에는 더욱 활력이 돌기 시작했고, 그에 반해 사도련 무인들의 얼굴에는 절망의 빛이 어렸다.

완벽한 희비교차(喜悲交叉)인 것이다.

"후우."

독고진은 숨을 몰아쉬었다. 이제 다시 적들의 한복판으로 뛰어들 것이다.

"적들은 전의를 상실했다! 모두들 총력을 다해 적을 섬멸하라!"

위지천의 목소리였다. 이 기세를 몰아 완벽히 승기를 잡으려는 것이다.

그리고 그 외침을 시작으로 다시 전투는 시작되었다. 아니, 전투가 아니었다.

그것은 살육(殺戮)이었다.

*   *   *

"에잉, 다 늙어서 이게 무슨 꼴인지……."

취운개 담대천(擔臺天)은 뭐가 그리 못마땅한지 벌써 한 시진째 투덜거리고 있었다.

그 모습을 보다 못한 백리명이 한마디 했다.

"그래, 다 늙어서 뭘 그리 말이 많은 겐가. 그만 좀 구시렁대시게."

그 말에 혜원 또한 동의한다는 듯 고개를 끄덕이자 취운개는 눈살을 찌푸렸다.

"자네들은 뭐가 그리 좋아서 빙궁까지 가는가?"

취운개는 단리철의 처사에 불만이 많았다. 처사라기보다는 부탁이었지만, 그래도 빙궁에는 가기 싫었다.

빙궁이 멀다는 사실을 차치하고, 오래전부터 빙궁은 무림맹과 적대 관계였다.

적어도 취운개가 무림에서 활동한 당시까지만 해도 빙궁은 무림맹을 적대시했었다. 빙궁과의 전투에서 명을 달리한 개방 제자들도 상당수 되거니와 일단 빙궁이라 하면 새외의 오랑캐들이라는 생각부터 드니 원체 좋은 감정이 생길 수 없는 것이다.

그런 곳을 도와주러 늙은 몸을 이끌고 그 먼 곳까지 가라 하니 감정이 뒤틀릴 수밖에 없는 것이다.

"그러는 자네도 지금 가고 있지 않은가? 어차피 가는 거 그냥 기분 좋게 가세나."

"나야 자네들이 가니 어쩔 수 없이 따라가는 게지."

마음을 고쳐먹지 않는 그를 보며 백리명은 고개를 저었다.

"지금은 우군이 절실히 필요할 때야. 이런 난세에 과거의 케케묵은 감정을 일일이 따지다가 강력한 우군을 하나 잃는 것은 그리 현명치 못한 판단일세."

취운개도 안다. 하지만 기분이 썩 좋지 못한 것뿐이다.

"에잉……."

끝까지 구시렁대는 노인네의 모습에 혜원과 백리명은 웃을 수밖에 없었다.

"음……?"

가만히 걷던 백리명은 돌연 신음을 흘린다.

그에 혜원은 어리둥절한 표정을 지으며 그에게 물었다.

"왜 그러는가?"

"자네, 살기를 느끼지 못하였나?"

백리명의 말에 혜원과 취운개는 감각을 극대화시켰다.

그리고 그 순간, 그들은 자신들에게로 쏘아져 오는 미약한 살기를 확연히 느꼈다.

"이런……!"

쐐애애액ー!

취운개의 입에서 나온 탄성과 동시에 커다란 파공음이 그들의 귓전을 때렸다.

콰콰쾅ー!!

그리고 세 사람의 사이로 커다란 크기의 강기가 작렬하였다.

콰아앙!

순간 허공으로 도약하여 그 폭발을 피한 백리명은 허공을 향해 노성을 질렀다.

"누구냐!!"

그리고 뒤이어 취운개의 고함 소리 또한 이어졌다.

"어떤 녀석들이 감히 노부를 공격하는 게냐!"

취운개는 단단히 노한 듯싶었다. 그렇지 않아도 짜증나는

마당에, 어떤 시답지 않은 놈들이 공격한다 생각했기 때문이
다.

강기가 날아오기 직전까지 그들의 존재를 눈치 채지 못했었
다는 것은 생각지도 않는 그였다.

"후후……."

그리고 어디선가 낮은 웃음소리가 들려왔다. 그저 짧은 웃
음일 뿐인데도, 백리명은 거기서 묘한 음색을 느꼈다.

마치 비꼬는 듯하다.

"오대천이군."

백리명의 입에서 담담한 목소리가 흘러나온다.

그리고 그것은 정확한 추측이었다.

"잘도 알아채시었군."

또다시 비꼬는 목소리가 들려오며, 허공에서 천천히 인영(人
影)들이 나타났다.

"뻔한 것을……."

사실 백리명으로서는 못 알아채는 것이 이상했다.

당금 무림에서 검황과 권황, 게다가 개방의 태상방주까지
있는 일행의 이목을 이만큼이나 속일 수 있는 이들이 과연 어
디에 있을까?

답은 오대천뿐이다.

"후훗, 그렇다면 지금부터 뭘 해야 할는지도 잘 알고 있겠
군."

그것은 또 다른 목소리였다. 이번에는 좀 걸걸한 느낌이 드

는 목소리다.

"드잡이질을 벌여야겠지."

인영은 모두 셋이었다. 두 사내와 한 명의 여인.

한 사내는 반백의 중년인이었고, 다른 한 사내는 백발이 성성한 노인이었으며, 여인은 무척이나 아름다웠다.

"맞추셨어요."

그 고운 모습에 걸맞게 아름다운 목소리가 백리명의 귓전으로 스며들었다.

잠시 눈살을 찌푸리던 백리명은 가장 앞에 서 있는 중년인을 응시하며 말하였다.

"아이야, 너희 셋이서 지금 우리를 어찌할 수 있다 보는 게냐?"

백리명의 물음에 중년인은 빙긋 웃었다.

"짧고 긴 것은 대봐야 아는 것."

딸깍— 턱.

작은 쇳소리와 함께 중년인의 도갑이 떨어져 나가고, 금빛의 거도가 모습을 드러냈다.

스르릉—

그리고 그의 뒤에 서 있던 여인 또한 검을 빼 든다.

"어린것들이 겁을 상실했구나!"

백리명은 노성을 지르며 검을 빼 들었다.

쿠구구궁—

그리고 그의 주위로 엄청난 위력의 기파가 폭사되었다. 그는 처음부터 전력을 다할 생각인 듯하였다.

"놈들……!"

혜원 또한 근래 드물게 노한 표정이 되어 세 인영을 노려보았다.

혜원과 취운개 또한 무지막지한 양의 기를 폭사시켰다.

"크흠. 예상보다 대단하군. 하지만 별 상관없지."

중년인은 한차례 비아냥거린 후 자세를 바로잡았다.

말투와 달리 적잖이 긴장한 듯한 모습이었다.

하지만 그것만으로도 백리명은 속으로 놀라고 있는 중이었다. 이들 세 사람은 지금 자신들의 살기를 그다지 어렵지 않게 받아내고 있기 때문이었다.

"흐아압!!"

먼저 자세를 가다듬은 것은 백리명과 혜원, 취운개였지만, 선공은 중년인이 먼저 하였다.

카아앙—

날카로운 쇳소리가 허공에 울려 퍼진다.

"핫—!"

그리고 중년인의 뒤에 조용히 있던 노인이 돌연 앞으로 나와 일장을 내뻗었다. 장법이 주 무공인 모양이었다.

콰콰쾅—!

또다시 커다란 굉음이 울려 퍼진다. 붉은 빛의 커다란 장력이 세 사람에게 작렬한 것이다. 하지만 그것은 혜원의 주먹질 한 번에 무산되었다.

쿵―

권(拳)에 있어서는 전 무림의 최강이라는 권황이라는 별호에 걸맞는 무위였다. 붉은 빛의 무지막지한 장력이 발출되는 광경 또한 화려하고 위력적이었지만, 그 장력을 주먹질 한 번으로 파훼시키는 모습은 그보다 훨씬 인상적이었다.

"과연 권황이군."

노인의 입에서 진심 어린 감탄사가 흘러나왔다. 적아(敵我)를 떠나서 그 경지에 대해 찬사를 보내는 것이었다.

하지만 노인의 표정 그 어디에도 감탄 이상의 감정은 보이지 않았다.

두려움이 없다는 이야기.

"놈들!"

취운개가 중년인의 도를 향해 타구봉을 날리는 것을 시작으로 여섯 사람의 난전은 시작되었다.

"후훗, 제가 어린 여인이라서 무시하시는 건가요?"

취운개에게는 중년인보다 더 가까운 것이 그녀였는데, 굳이 중년인을 공격한 것에 대한 비아냥거림이었다.

"후회하실 거예요."

여인의 검이 취운개를 향해 쏘아진다. 하지만 그 검을 막아선 것은 백리명이었다.

"아이야, 분수는 알고 사는 것이 세상 살아가는 데 이롭단다."

백리명의 검에는 어느새 무지막지한 크기의 검강이 솟아 있었다. 과장되게 말하자면 일 장은 되어 보이는 듯한 길이었다.

"어디 한 번 해보시죠."

여인은 웃으며 백리명에 맞서갔다. 그 모습은 무척이나 자연스러운 것이었다.

쾅— 콰앙— 콰광!

백리명과 여인의 검이 부대낄 때마다 커다란 폭발음이 터져나왔다.

강기와 강기의 부딪침이기 때문일 것이다.

한편 혜원과 노인은 이미 수차례 강기를 주고받은 상태였는지 입고 있던 옷들이 벌써 까맣게 그슬려 있었다.

"놀랍구나. 백리가의 말을 들었을 때에도 이 정도이리라고는 생각지 않았건만……."

혜원은 중얼거렸다. 그가 이 정도로 호각을 이루며 싸울 만한 상대를 만난 것은 수십 년 만의 일이기 때문이었다.

"당신 또한 대단하오. 과연 권황이라는 위명이 허명은 아니었구려."

적이기는 하지만 두 사람은 서로를 무인으로서 보기 시작했다.

"허헛… 하지만 시주는 오늘 살아서 이곳을 나갈 수 없을 것이네."

혜원의 기세가 한층 두터워졌다. 본격적인 공격을 시작하려는 듯 보였다.

무림사(武林史)에 다시없을 대전투가 시작되고 있었다.

그 숫자가 많거나 한 것은 아니었지만, 그 규모만큼은 단연 최고라 하여도 어느 누구도 이의를 달 사람은 없을 듯하였다.

삼황 중 두 명과 그에 준하는 고수와 대등한 실력의 세 고수의 격돌.

고금을 통틀어 단 한 번도 이러한 전투는 없었기 때문이다.

*   *   *

단리철은 무림맹의 장원을 천천히 거닐고 있는 중이었다.

일에 절어 있던 갑갑한 일상 속에서 잠시나마 휴식을 취하는 중이었다.

하지만 그럼에도 그의 마음은 전혀 편안하지 않았다.

도저히 편안하게 있을 수가 없는 상태인 것이다.

"독고 단주를 보내놓았으니 사도련 총단 쪽은 어떻게든 되려나……?"

풍백단 한 개 단과 독고진을 보냈지만, 단리철이 믿는 것은 독고진이었다.

독고진 한 사람이 무얼 할 수 있겠느냐고 생각하는 것이 보통이겠지만 단리철은 달랐다.

독고진에 대한 그의 신뢰는 대단한 것이었다.

"후우, 그리고 청해성 쪽은……."

청해성은 혈교와의 전장을 말함이다.

낭왕 흑운의 시기적절한 등장으로 어느 정도 버티고는 있지만, 피해가 막심한 것은 사실이었다.

'사도련 지부 토벌을 가셨던 어른들께서 돌아오셔서 곧바로 청해성을 향해 떠나셨으니, 그 또한 어떻게든 되겠지.'

잠시 눈을 감고 생각에 잠겨 있던 단리철의 입에서 조용한 탄성이 흘러나온다.

"하아… 그나마 낭왕이라는 이가 때맞춰 등장해 주었으니 다행이지 그가 아니었다면 정말 곤란할 뻔했다."

사실이 그러했다.

만일 낭왕 흑운이 등장하지 않았더라면 지금쯤 혈교의 무사들은 사천무림맹의 코앞까지 밀려들어 왔을는지도 모를 일이었다.

생각만 해도 아찔한 경우였다.

'이제 문제는 오대천이구나. 후우… 불안하구나, 불안해. 무소식이 희소식이라는데 꼭 그런 것 같지만도 않군. 차라리 속 시원하게 나타나기라도 한다면 대책을 강구하겠는데……'

알 수 없는 적을 상대한다는 것만큼 머리 아픈 일이 없다.

대책이 서지를 않는데 대체 뭘 어찌하겠는가?

"후우, 오대천이라… 오대천……"

단리철의 입에서 다시 한 번 신음이 흘러나왔다.

그리고 다시 눈을 감는 단리철.

하지만 곧 단리철은 돌연 눈을 다시 떴다. 그리고 사방을 두리번거렸다.

“뭐지……?”

순간 미약하지만 살기를 감지한 것이었다.

확실치는 않았지만, 단리철은 자동으로 손을 검병에 가져갔다.

“크큭, 용케도 알아차렸군.”

허공에서 누군가의 목소리가 흘러나왔다.

그것은 살기가 뚝뚝 묻어 나오는 소리였다.

“누구냐. 모습을 보이거라!”

단리철은 극도로 긴장한 상태였다.

아무리 자신이 무방비 상태였다고는 하나, 이렇게 확연히 살기가 느껴질 정도로 가까운 곳까지 자신의 이목을 속이고 상대가 접근했다는 것은 자신보다 상대가 고수라는 소리였기 때문이다.

게다가 기척을 느꼈음에도 불구하고 그가 어디에 있는지 감조차 오지 않았다.

“뭐, 원한다면야…….”

예의 그 목소리가 다시 단리철의 귓가에 울려 퍼졌고, 그의 눈앞에 한 사람이 나타났다.

흑의 무복을 입고 있는 중년의 사내였다.

“그대는 누구인가?”

단리철은 긴장한 목소리로 물었다. 하지만 중년인이 그 물음에 대답해 줄 리는 없었다.

“내가 그 질문에 대답해 줘야 할 의무는 없다고 보는데?”

말을 하며 중년인은 천천히 양손을 들어 올렸다. 그의 손에
는 커다란 철조가 씌워져 있었다.

"그렇지, 말이 필요없지."

단리철은 검병을 굳게 잡았다. 그리고 다음 순간 그의 신형
은 빛살과도 같이 쏘아졌다.

"하아압!"

스르릉—

전광석화(電光石火)와 같은 발검(發劍)과 함께 폭발이라도
하듯 무지막지한 위력의 검기가 중년인을 향해 쏘아져 갔다.
하지만 그뿐.

"후후."

중년인의 신형이 마치 신기루라도 되는 듯, 허공에서 푹 꺼
져 버렸다.

"제기!"

그리고 욕지거리를 내뱉으며, 단리철은 신형을 한 바퀴 돌
렸다. 대충 중년인의 움직임이 잡혔기 때문이다.

'나보다 그다지 강하지 않다.'

단리철은 속으로 생각했다, 한 번 해볼 만하다고.

강한 상대와 싸워보는 것도 오랜만이었다. 때문에 무인의
피가 끓는 그다.

"나의 검은 약하지 않다."

자신에게 되뇌기라도 하듯 중얼거리며 단리철은 검을 휘둘
렀다.

까아앙—!

허공에 휘두르는 듯하였으나 쉿소리가 울려 퍼진다. 은신한 중년인의 위치를 정확히 파악한 것은 감각이었다.

오래도록 실전을 하지 않아 몸이 녹슬어 있어서 그랬는지, 수세에 몰리던 처음과 달리 시간이 지날수록 단리철의 검은 맹렬해지고, 또 정교해졌다.

"크흐음……."

그 모습에 중년인은 신음을 흘렸다. 하지만 그렇다 해서 자신이 없는 것은 아니었다.

"제법이군, 검황도 아닌 검왕이 내 철조를 이 정도나 받아낼 수 있을 줄이야."

명백한 비아냥거림. 하지만 어느 정도는 진심이 담긴 듯도 하였다.

하지만 오히려 진심이 담겨 있다는 것에 단리철은 더 화가 났다.

그는 진정 자신을 무시하고 있었기 때문이다.

"놈! 언제까지 그 입을 놀릴 수 있을지 보겠다!"

단리철은 기운을 폭사시키며 다시금 검을 찔러갔다. 하지만 사내의 몸놀림은 그에 맞춰 더욱 빨라졌다.

깡— 까아앙—

중년인의 철조와 단리철의 검이 부딪치며 연신 쉿소리를 만들어낸다.

까강—

아래위로 빗겨 나가기도 하며, 아슬아슬하게 목젖을 스쳐 지나가기도 하는 것이 무척이나 위태위태하였다.

하지만 분명한 것은 두 사람은 어느 한 쪽도 밀리지 않고 대등하게 싸우고 있다는 것이다.

"놈! 네놈은 필히 이 자리에서 죽어야겠구나!"

중년인이 노성을 터뜨렸다. 자신의 마음대로 잘 되지를 않으니 분통이 터지는 모양이었다.

"할 수 있다면 해보거라!"

단리철의 기세가 또 한 번 달라졌다.

그의 또 다른 별호이기도 한 창천검(蒼天劍). 그 초식을 펼치려 하는 것이었다.

우우웅—

푸른 용의 형상.

정확히는 기다란 기의 파동이 푸르게 뻗어가는 모양이었지만 용의 형상이든 아니든 위력적이기는 마찬가지였다.

단리철은 혼신의 힘을 다해 검을 펼쳤다.

"크하앗!"

용이 꿈틀거린다.

푸른 하늘이 뒤틀린다.

콰아아아—!

가히 장관이라 할 만한 모습.

하지만 중년인 또한 만만치 않았다.

"과연 대단한 무공이구나. 하지만 상대를 잘못 만났다."

자신을 향해 쏘아져 오는 푸른빛의 줄기를 보며 태연자약한 표정으로 중년인은 철조를 치켜들었다.

"파천의 힘 또한 만만치 않음을 보여주마!"

파천(破天).

중년인의 철조는 단리철의 창천을 깨어 부수려는 듯, 하늘을 쪼개려는 듯 커다란 크기의 붉은 광룡(狂龍)을 만들어냈다.

콰콰쾅―!!

창룡(蒼龍)과 광룡(狂龍)이 허공에서 뒤엉켰다.

비록 완벽한 용의 형상은 아닐지라도 그 기세만큼은 용(龍)이라 하기에 부족함이 없었다.

"나의 하늘은 깨지지 않는다."

쿵― 쿠쿵― 쿵―

허공에서 뒤엉킨 두 기세가 점차 서로 맞부딪쳐 가면서 두 사람의 신형도 점점 가까워져 가고 있었다.

"큭… 크윽!"

두 사내 모두의 입에서 신음이 흘러나온다.

"제길……!"

이 음색은 중년인의 것이었다.

"어쩔 수 없지."

그는 몸을 한 바퀴 뒤틀었다. 그러자 그의 철조에서 뿜어져 나오던 기운이 더욱 맹렬해졌다. 신기한 것은 귓전을 두들기던 커다란, 하지만 답답했던 폭발음이 뭔가 뻥 뚫리는 듯한 느낌으로 변한 것이다.

그리고 단리철은 곧 그 이유를 깨달을 수 있었다. 그들의 주위로 넓게 펼쳐져 있던 기막이 깨어진 것이다.

지금까지 무지막지하게 커다란 소음이 울려 퍼졌음에도 불구하고 주변이 조용했던 이유가 있었던 것이다.

"제길!"

중년인의 입에서 다시금 신음이 흘러나온다.

이제 곧 무림맹의 무사들이 몰려올 것이다.

그전까지 어떻게든 단리철을 잡아야 했다.

콰아앙!

기막을 형성하는 데 사용하던 집중력을 단리철과의 전투에 집중시키자 다시 중년인의 무위는 급속도로 상승하기 시작하였다.

"크억!"

대등한 힘으로 호각을 유지하던 두 사람 사이의 기세가 점차 중년인 쪽으로 기울어지고, 단리철은 조금씩 밀리기 시작하였다.

"으윽—"

단리철의 입에서 핏물이 흘러나온다.

무리를 하다 보니 내상을 입은 것이다.

퍼엉—

결국 내력이 달리는지 단리철은 붉은 강기를 온몸으로 받아내고 말았다.

"크으윽—!"

하지만 중년인 또한 멀쩡하지는 못하였다. 단리철과의 기 싸움에서 내력을 많이 소모한 상태. 자신이 쏘아보낸 강기의 반탄력을 이겨내지 못한 것이었다.

"으으……."

하지만 단리철의 상세는 더욱 심했다.

"카악— 퉤!"

그의 입에서는 한 움큼의 핏덩어리가 다시금 토해져 나왔다. 그의 온몸은 얕게 떨리고 있었으며 가만히 서 있는 것조차 힘들어 보였다.

하지만 그때, 어디선가 푸른 검기가 날아와 중년인을 향해 작렬한다.

쐐애애액— 쾅!

단리철을 향해 마지막으로 강기를 쏘아보내려던 그의 손이, 그것으로 인해 저지되었다.

"제길!"

중년인은 무복을 찢어 어깨를 감쌌다. 출혈을 대충 막고 맹을 빠져나가려는 것이었다.

그의 내상은 적지 않았다. 수많은 무림맹의 무사들에게 둘러싸이면 죽음을 면치 못할 것이다.

단리철을 죽여야 하지만, 자신이 사는 것이 더 중요하였다.

'저 자식 하나 잡자고 대업을 그르칠 수는 없지.'

중년인은 호신강기로 신형을 보호하며 순식간에 허공으로 도약하였다.

"잡아라!!"

그의 뒤쪽에서 요란한 소리가 들려온다. 하지만 잡혀줄 리 만무하다.

"흐읍!"

중년인은 허공에서 한 바퀴 회전하며 철조로 허공을 내리그었다.

쐐애애액—

반월 모양의 강기가 다시 허공을 가른다. 그리고 그것은 단리철을 향했다.

"맹주님!"

누군가의 입에서 비명성에 가까운 커다란 소리가 터져 나온다.

평소의 몸 상태였다면 이러한 강기 정도는 가뿐히 피했을 터이지만, 지금 단리철은 손 하나 까딱하기도 힘든 상태였다. 때문에 자신에게로 쇄도해 오는 강기 덩어리를 멍하니 보고만 있을 수밖에 없었다.

콰아앙—!

폭음이 울려 퍼진다.

단리철의 주위로 커다란 폭발이 일어났다.

무림맹의 무사들은 중년인을 따라가야 한다는 것도 잊은 채 멍하니 그것을 바라보았다.

스스스스—

불어오는 바람이 먼지를 걷어가자 그 가운데 단리철이 피를 토하고 쓰러져 있었다.

죽었다 해도 이상할 것이 없을, 그런 모습이었다.

"쿨럭, 쿨럭!"

그때 단리철의 입에서 거친 기침 소리가 흘러나온다.

"맹주님!"

그 모양을 본 무사 하나가 얼른 단리철에게로 다가갔다.

"으……."

하지만 단리철은 신음을 흘리더니 그대로 혼절해 버렸다.

그에 무사는 얼른 단리철의 코에 손을 가져다댄다. 그러고는 안심하였다. 아직까지 숨이 끊어지지는 않은 것이다.

"얼른 내원으로 모셔라!"

정신을 잃은 것이었다.

다행히도 어떻게든 치료를 하면 될 듯 보였다.

"후우, 어떠십니까?"

한 무사의 물음에 단리철의 바로 앞에 앉아 있던 무사가 대답한다.

"아직 잘 모르겠네."

단리철은 순식간에 들것에 들려 갔고, 그 옆에 서 있던 무사는 한숨을 쉬었다.

"무림맹 한복판에서 이런 일이 벌어질 줄이야. 게다가 맹주님께서 당하시다니……."

모두는 할 말을 잃었다. 너무나도 어처구니없는 일이기 때문이었다.

"일단 이곳부터 정리하세."

*　　　*　　　*

천지를 진동케 하는 무위.

그야말로 천지개벽이라 하여도 이상하지 않을 만한 경악스러운 광경.

과연 사람이 낼 수 있는 힘인지를 의심케 하는 광경이 펼쳐지고 있었다.

여섯 무인 사이에서 벌어지고 있는 난전은 마치 무신들의 전투를 보는 듯하였고 그 주위는 마치 자연재해라도 일어난 듯 이곳저곳 움푹 꺼지고, 파이고 난리도 아니었다.

"크음……."

백리명은 낮게 신음을 흘렸다. 사실 처음 세 사람이 나타났을 때에는 이리도 고전하리라 생각지 못했다.

오대천의 수좌들이라는 것도 알았으며, 그만큼 강하리라는 예상 또한 했지만 벌써 수십, 아니, 백 년이 다 되어가는 세월 동안 무공을 연마해 온 그들이었기에, 그들은 자신들의 능력을 믿었던 것이다.

'허허… 약간 우세라고는 하지만, 이대로라면 언제 전투가 끝날지 모르는 일.'

백리명의 안색이 찌푸려졌다.

사실 취운개의 무위가 두 사람 정도만 되었으면, 이미 끝났을 전투였다.

같은 배분의 고수라 할지라도, 역시 한 분야에서 황제의 칭호를 얻은 이들과는 많은 격차가 있었던 것이다.

처음부터 권황과 검왕은 각각 맡은 사람을 거의 완벽하게 압도하고 있었다. 하나 도객은 그들 중 가장 강했으며, 취운개가 상대하기 버거운 실력이었던 것이다.

그리하여 두 사람이 번갈아 가며 취운개를 도우며 나머지 두 사람을 상대하려니, 균형이 맞춰져 버린 것이었다.

그렇다 하더라도 백리명이 조금 우세했지만 전투는 좀처럼 끝날 줄을 몰랐다.

'오대천의 힘이 생각보다 강대하다. 오대천의 수좌들 중 셋을 권황과 취운개까지 가세하여도 못 감당하다니. 나머지 둘이 합세한다면 더욱 힘들어지겠구나.'

백리명은 여전히 검을 놀리며 생각을 이어갔다.

'오대천의 각 수좌들이야 맹의 몇몇 아해들과 은거한 노인네들을 전부 불러내면 어찌할 수 있겠지만, 문제는 헌원광(軒轅狂)이다.'

오대천의 실질적 주인.

바로 그가 문제인 것이었다.

'오대천의 힘이 전부 깨어나기 전에 어떻게든 저지해야 한다.'

각 천의 수좌들과도 겨우 대등한 싸움을 벌이는 마당에, 헌원광이 가세하면 어떻게 될지 생각만 해도 끔찍했다.

까아앙—!

커다란 쇳소리에 백리명은 잡념을 지우고 다시 전투에 몰입하기 시작하였다.

콰— 쿠르르릉—!

그때 갑자기 커다란 굉음이 울린다.

그에 소리가 난 방향을 힐끗 바라본 백리명은 당황하였다. 갑작스레 취운개 쪽으로 세 명의 적이 달려든 것이다.

생각지도 못한 돌발상황.

백리명은 젖 먹던 힘까지 짜내어 신형을 날렸다.

타탓—

그리고 세 방향에서 동시에 쇄도하는 강기 다발.

콰콰쾅—

엄청난 폭음과 함께 그것들은 취운개에게로 작렬한다.

그에 혜원과 백리명은 전력을 다하여 강기들을 최대한 걷어내어 주었다.

펑— 퍼엉—!

폭발음은 끊이지를 안았다. 강기가 어찌나 많은지 마치 비라도 쏟아지듯 밀려 내려왔다.

“흐읍!”

백리명은 검을 뽑었다.

차차차창—

그리고 그 순간 쇳소리가 연계되어 울려 퍼졌다.

콰아앙—!

　백리명이 펼친 것은 검막. 적의 공격을 막아내는 강기 무공 중 하나로, 그 경지가 절대 간단한 종류의 것이 아니었다. 검으로서 수비를 하는 데에는 거의 완벽한 형태의 모습이라 할 수 있는 것이 바로 검막이다.

　퍼어엉—

　하지만 세 사람의 합공이 만들어낸 여파는 그리 쉬이 막아낼 수 있는 것이 아니었다.

　백리명이 전력을 다해 검막을 시전하였고, 혜원 또한 권강으로 최대한 막아냈지만 그 여파는 엄청났다.

　쿠르르릉—

　지진이라도 일어난 듯 땅이 흔들린다.

　“쿨럭!”

　취운개는 한차례 핏덩어리를 토해냈다.

　백리명이 검막을 쳐주었다 하더라도, 가장 많은 힘을 감수한 사람은 역시 그인 것이다.

　그는 내상이 적지 않아 보였다.

　“괜찮으신가?”

　백리명은 검을 전방으로 향하며 타구봉으로 몸을 겨우 지탱하고 있는 취운개를 응시했다.

　“쿨럭… 괜찮네…….”

　커다란 먼지구름 속에 오대천의 세 인영이 사라졌다. 그냥 모습만 감춘 것이 아니라 기척 또한 완전히 감춘 것이었다.

　그에 백리명은 긴장하였다. 눈앞에 보이지 않는 것이 더 불안한 것은 당연한 것이다.

"크음……."

정말 기감을 완벽히 열어도 한 올의 기조차 잡히지를 않는
다.

'있을 수 없는 일이다.'

백리명은 당황하였다. 자신의 감각을 이토록 완벽하게 속일
수 있으리라는 생각은 정말 하지 못했다.

지금까지의 전투 경과만 보더라도 저들은 자신을 넘지 못하
였다. 그런데 이렇듯 완벽한 은신이라니. 당황스러울 따름이
었다.

'혹시… 도주한 건가?'

생각해 보니 그럴 듯도 했다. 사실 도주한 것이 아니라면 이
렇게까지 위치가 잡히지 않을 리가 없었다.

"크흠……."

백리명은 신음성을 흘렸다.

거세게 휘몰아치던 기의 폭풍이 잦아들고 먼지구름이 전부
걷혔는데도 그 어디에서도 세 사람의 행방은 찾을 수가 없었
던 것이다.

"도주했군."

혜원은 침음성을 흘렸다.

그들이 도주한 이유를 알 수 없었기 때문이다.

"도통 이해가 되지를 않는군. 아니, 처음부터 도주할 생각이
었다면 왜 우리를 기습한 것인가?"

누구에게 묻는 것인지 모를 백리명의 말.

하지만 그 물음에는 취운개가 퉁명스런 어조로 대답하였다.

"뭐, 우리를 잡으러 왔다가 생각보다 전력이 강하니 그냥 도주한 것이겠지."

일단 표면적인 이유만 따져 보자면 취운개의 말이 틀린 것은 아니었다. 오히려 맞다 해야 할 만한 것이다.

하지만 그것이 이유라기에는 무언가 꺼림칙했다. 사건의 배후에 무언가가 깔려 있을 것만 같았다.

눈을 감고 운기를 하던 혜원이 돌연 입을 열었다.

"혹시, 우리를 친 것은 연막이 아닐까? 우리의 시야를 가리고 그동안 무언가 일을 저지르려고 했을 공산도 충분히 있네."

막연하기 그지없는 추측일 뿐이지만 백리명은 제법 그럴듯하다고 생각하였다.

"으음, 충분히 가능성이 있는 이야기야. 그럼 그들이 과연 우리의 이목을 속이고 할 수 있는 일이 무엇이 있겠는가?"

세 노인의 얼굴에 한가득 수심이 어렸다. 저들이 무슨 생각을 하고 있는지 알 수가 없으니 더더욱 불안할 따름이었다.

"대체 무슨 꿍꿍이속인지……."

취운개는 입 주변에 묻은 핏물을 옷소매로 닦아내며 중얼거렸다.

한참을 생각에 잠겨 있던 혜원이 다시금 입을 열었다.

"혹시… 빙궁으로 가는 것 자체가 함정인 건 아닐는지 모르겠네. 생각해 보시게. 저들이 우리를 찾아온 것 자체가 너무도 공교로운 일이야. 우리가 이곳에 있는 것을 어찌 알고 찾아왔다는 말인가? 게다가 우리는 빠르게 빙궁으로 가기 위해 산길을 가로질러 왔다네. 게다가 우리는 맹을 나온 지 얼마 되지도 않았어. 저들의 정보망에 걸릴 단계는 아니었단 말일세. 저들이 천리안을 가진 것도 아니고… 뭔가 이상해."

듣고 보니 그러했다. 수상한 구석이 한두 군데가 아닌 것이다.

"그렇다면… 흠. 조금 비약해서 말하자면 누군가가 우리를 끌어내기 위해 이 일을 꾸몄다는 말이 성립할 수도 있는 건가?"

취운개의 말. 현 상황에 근접한 말이었다.

"자네의 말이 맞다면 지금쯤 맹에 무슨 일이 생겼겠군?"

말을 하며 백리명은 자리에서 천천히 일어섰다. 그 모습에 의아하다는 듯한 얼굴로 취운개가 묻는다.

"어딜 가시우?"

"맹으로 돌아가려 하네."

"북해빙궁은?"

"일단 맹에 돌아가 무슨 일인지 확인하고, 다시 빙궁으로 가도 늦지 않아."

그 말에 취운개 또한 자리를 털고 일어났다. 처음부터 빙궁으로 가는 것이 마음에 들지 않았던 그였기에 망설임이 없었다.

"잘 생각하시었소."

그리고 지금까지 아무 말 없이 그 모양을 바라보던 혜원이 취운개에게 물었다.

"몸은 괜찮으시오? 운신하시는데 지장이 없겠소?"

그 말에 취운개는 피식 웃었다.

"나, 취운개요. 내상이 조금 있기는 하지만, 경공 정도는 어렵잖게 펼칠 수 있으니 심려 놓으시오."

第七章
파죽지세(破竹之勢)

죽은 자의 영혼과 사람의 심혼(心魂)을 다루는 흑마법사 무림에 환생하다!

마왕의 힘을 배워 9클래스의 마법 경지를 넘어서고, 절대의 무공 경지에 들다!

그를 기다리는 건 무림사에 더없을 멸겁의 종말, 새황 오대천의 살혼마신!

유행이 아닌 자유추구
BOOK Publishing ChungEoram

FOR
GOD

독고진이 양손을 번쩍 치켜들자 그의 양손에 들려 있던 두 검이 맑은 햇빛을 받아 화려하게 빛났다.

붉은 핏자국으로 여기저기 얼룩져 있는 검신(劍身).

핏자국 사이사이로 조금씩 드러나 있는 검신이 은백색으로 빛나고 있어 색다른 분위기를 연출하고 있었다.

"제군들은 들으라!"

조금 전 까지만 하더라도 병장기 소리로 가득 메워져 있던 협곡은 이제 숨소리 하나 들리지 않을 정도로 조용해져 있었다. 독고진의 커다란 목소리만이 메아리를 타고 울려 퍼진다.

"우리는 이겼다! 세 배, 다섯 배가 넘는 적들을 전부 우리의 발아래 굴복시켰다!"

잠시 뜸을 들인 그는 숙연한 표정으로 그를 바라보고 있는 무인들을 향해 다시금 입을 열었다.

"우리는 충분히 어려운 싸움에서 최상의 성과를 거두며 이겼지만 시작일 뿐이다. 앞으로는 이보다 더욱 어려운 싸움도 많을 것이며, 절망적인 상황이 도래할는지도 모른다."

무슨 말을 하려는 것인지 독고진은 힘주어 말하였다.

"하지만 이것 하나만을 기억한다면 우리는 마지막까지 당당하게 서 있을 수 있을 것이다!"

모두의 시선이 독고진에게로 집중되었다. 처음부터 집중되어 있었지만, 지금 이 순간만큼은 그 누구도 독고진의 입에서 시선을 떼지 않았다.

"우리는… 강하다!"

분명 독고진은 자신의 휘하에 있는 오십여 명의 풍백단원을 향해 한 말일 것이다.

하지만 그 말을 들은 수백의 모든 무인들은 가슴속에서 피가 끓는 것을 느꼈다.

"와아아아!!"

하늘이 떠나가기라도 할 듯 커다란 함성이 울려 퍼졌다.

이 순간 만큼은 코를 찌르는 피비린내도, 전사한 동료에 대한 슬픔도 이 함성에 묻혀 날아가 버리는 것만 같았다.

독고진은 빙긋 웃었다.

푸근한 듯한 웃음이었지만, 그 속에는 강인한 의지가 담겨 있었다.

　　　　　*　　　　*　　　　*

팔랑―

사색에 잠겨 있던 나연은 눈앞에 나풀거리며 떨어지는 나뭇잎 한 장을 보고는 상념에서 깨어났다.

"흐음."

그녀는 고개를 살짝 숙여 나뭇잎을 주워 들었다.

"낙엽이… 지는 건가?"

그녀의 손에 들려 있는 낙엽은 거의 누렇게 되어가는 그런 잎새였다.

그녀는 고개를 들어 나무를 바라보았다. 울긋불긋 물들어 있는 나뭇잎들이 참으로 곱다고 생각하였다.

"어느새 더위가 가시나 싶더니 이제는 낙엽이 지는 가을이라……."

나연은 미소 지었다. 그것은 쓸쓸함이 느껴지는, 아니, 여러 감정이 뒤엉켜 있는 그런 미소였다.

"시간, 참 빨리 가네."

최근 나연이 하는 일은 수련밖에 없었다. 얼마 전 독고진에게 함께 다니며 경험을 쌓으면 안 되겠느냐고 물어보았지만, 독고진은 한마디로 거절하였다.

그녀가 위험에 처할까 걱정되는 마음도 물론 있었겠지만, 더 큰 것은 자신의 모습을 보여주기 싫어서였을 것이다.

　온몸에 피칠을 한 악귀 같은 그런 모습은 나연에게 보여주고 싶지 않음이 당연했다.

　나연도 그런 독고진의 마음을 어느 정도는 짐작한다. 하지만 서운한 마음이 드는 것은 어쩔 수 없다.

　악귀 같은 모습으로 전장을 누비더라도, 잔인하게 적들을 사살하더라도 그녀에게 독고진은 독고진일 뿐이기 때문이다.

　그녀에게 독고진은 자상한 오라버니일 뿐이었다.

　"그래도 덕분에 묵월신검(墨越迅劍)의 극의에 다다른 실마리를 잡았지만. 후훗."

　묵월신검(墨越迅劍)의 극의(極意)라…….

　만약 이 말을 독고진이 들었다면, 놀라 자빠졌을지도 모를 일이었다.

　무공을 창안했던 독고진조차도, 묵월신검을 극의까지 끌어올리는 데에는 꽤나 많은 시간이 걸렸기 때문이다. 그래 봤자 나연과 비슷한 정도의 시간이지만 그 정도만으로도 나연의 무재는 엄청난 것이라 할 수 있는 것이다.

　하지만 그것은 천령인 독고진의 능력을 감안했을 때의 이야기다. 더 생각해 보면 나연은 묵월신검 하나만을 파다시피 익혔고, 독고진은 백월린검과 묵월신검을 병행하여 수련하며 또 그것은 창안하는 과정이었다. 이렇게 생각하면 또 비교할 거리가 되지 않는 것이다.

　"이제 묵월신검이 극의에 다다르면, 파월검(破月劍)을 익힐 수 있으려나?"

파월검은 패월쌍무의 두 갈래인 백월린검과 묵월신검이 둘
다 극의에 다다라야 구조상 완전히 익힐 수 있게 되는 무공이
었다. 하지만 일반적인 사람은 양손이 따로따로 다른 무공을
시전해야 하는 패월쌍무를 익히는 것은 불가능하다 보아야 했
고, 독고진 또한 그 점은 충분히 인지하고 있었다.

익히더라도 수박 겉 핥기 식이 될 것이 뻔한 것이다.

그에 독고진은 나연에게 편법을 제공하였다. 파월검을 반쪽
짜리로 만들어 정리해 준 것이다.

반쪽짜리라고는 하지만 파월검은 패월쌍무의 정수가 담겨
있는, 최후초식이랄 만한 것이었다. 묵월신검에 맞게 개조시
켰으니 그 또한 묵월신검의 완성이 될 수 있을 것이었다.

"그리고 파월검만 익히면 소가주님께 갈 수 있겠지."

말을 하며 나연은 빙긋 웃었다. 독고진의 약속이 기억난 것
이다.

독고진이야 그냥 지나가는 말로 한 이야기였지만, 그것을
나연은 흘려듣지 않았다.

'파월검을 익힐 정도의 경지에 다다른다면 자신을 따라 전
장에 나서도 좋다' 라는 말.

당연 그것은 그럴 일이 없을 것이라 생각한 독고진의 무리
한 조건이었지만 말이다.

하지만 그냥 그 조건이 터무니없는 것만도 아니었다.

나연이 그 정도의 경지에 다다른다면 전장에서 어지간해서
는 위험할 만한 일도 없을 것이다.

그리고 나연은 파월검의 경지에 다다라 있었다.

*   *   *

"이제… 때가 된 건가?"

팽극선은 씨익 미소 지어 보였다. 그의 옆에는 유월과 한 적포노인, 그리고 금포의 멋들어진 관복을 입고 있는 노인이 앉아 있었다.

"대략, 그런 것 같소."

적포노인의 말에 팽극선은 낮게 웃음을 흘렸다.

"후후… 그렇군. 이쯤이면 다 되었어. 사도련이나 혈교나 나름 제 역할을 잘해주고 있어."

중얼거림에 가까운 그의 말.

적포노인은 씁쓸한 표정으로 그의 말을 받았다.

"그래도 열심히 키운 녀석들이 미끼에 지나지 않는다니… 조금 씁쓸하기는 하구려."

"뭐 어쩌겠소? 대업을 위해 희생한 것이니 어쩔 수 없는 일인 게지."

적포노인은 고개를 끄덕였다. 그 또한 안쓰러움은 있지만 후회라던가 하는 종류의 감정은 조금도 들지 않았기 때문이다.

"그럼 이제 제갈가의 전력도 슬슬 움직이기 시작해야 하는 거요?"

적포노인의 입에서 나온 말은 놀랍기 그지없었다. 제갈가의 전력을 움직이다니, 그들이 실혼인이라도 된다는 말인가 아니면 제갈가에 그들의 전력을 숨겨놓기라도 했다는 것인가?

"아니오, 제갈가의 전력은 최후에 그들의 뒤통수를 칠 적에 사용되게 될 것이오. 잘 간수해 두시오."

그에 적포노인은 고개를 끄덕였다. 이번에는 유월의 입이 떨어졌다.

"저는 월천의 전력을 이끌고 혈교를 도와 청해성을 공략하겠어요. 낭왕인가 뭔가 하는 노인 때문에 그쪽에서 끌어줘야 할 만큼 시간을 끌지 못할 것 같아서 말이죠. 가능하다면 그쪽에 있는 무림맹의 전력까지 전부 눌러보겠어요."

그 말에 나머지 세 사람은 흡족한 미소를 지어 보였다.

"그렇게 해주시구려."

"그러지요. 그러면 이제 노야께선 팽가의 전력을 움직이실 건가요?"

유월의 물음에 팽극선은 고개를 끄덕인다.

"그렇소. 내 뒤를 역천주께서 밀어주실 게요. 그리고 파천주가 완전히 성공하지는 못하였지만, 세작의 말을 들으니 맹주 단리철은 운신하지 못할 정도로 내상을 입었다고 하오. 괴물 같은 노인네들 몇을 빼면, 무림맹은 그야말로 오합지졸일 것이외다."

말을 마친 그는 다시 적포노인 쪽으로 고개를 돌렸다.

"혈천주는 파천주와 함께 사도련 총단으로 합류해 주시오.

아마 지금쯤 난전이 벌어지고 있을 것이니……."

"알겠소이다."

"아, 그리고 마지막 남은 신맥이 그 방향으로 움직이고 있다고 하더이다. 그 아해는 필히 죽여주셔야 하오."

적포노인은 고개를 끄덕이며 천천히 일어섰다. 그러자 그를 따라 나머지 세 사람도 자리에서 일어난다.

"모두들 무운을 비오."

적포노인의 말에 모두는 고개를 끄덕였다.

"이제 남은 것은 신맥 하나, 그리고 신물 하나요. 이제 곧 천주께서 힘을 얻으실 것이외다. 그렇게 되면 모든 것은 끝나는 것이오."

*   *   *

등천각의 학도들은 여러 패로 나뉘어서 각각 전장터로 향하고 있었다. 그것은 직접적인 전쟁을 위해 가는 것이 아니었다. 군수물자를 전하기 위해 가는 것이다.

벌써 사천무림맹은 두 번의 습격을 당하였다. 한 번은 학도들, 또 한 번은 맹주 단리철.

게다가 두 번 다 한 사람에 의해서 이뤄진 것이었다.

이는 무림맹이 안전하지만은 않다는 사실을 보여주고 있었다. 그에 단리철은 깨어나자마자 학도들을 전장터로 보내기로 결심한 것이었다.

어디 있으나 위험한 것이 매한가지라면, 어느 방향이든 맹에 도움이라도 되는 것이 낫다는 생각을 한 것이다.

청운과 청연지, 그리고 독고소령은 등천관의 학도들의 사이에 섞여 절강성으로 향하고 있었다. 사도련의 총단과 혈전을 벌이고 있는 남궁가, 그리고 황보세가로 군수물자를 보내기 위함이었다.

"결국은 우리도 움직이게 되는군요."

소령의 말에 청운은 고개를 끄덕였다.

"그렇군요. 하지만 되레 잘된 일일는지도 모릅니다."

그 말에 이번에는 청연지가 물었다.

"어째서죠?"

청운은 빙긋 미소 지으며 대답했다.

"어차피 현 중원은 그 어디도 안전한 구석이 한 군데도 없어. 비약하자면 무림맹 안에 갇혀 있으나 최전방에 있으나 그게 그거라는 말이지. 그럴 바에야 차라리 맹에 도움이라도 되는 것이 낫지 않겠어? 그런 생각에 맹주님께서도 우릴 전장으로 보내신 것일 거고."

그 말에 두 여인은 고개를 끄덕였다. 충분히 일리가 있는 말이었고 또 이해도 되었기 때문이다.

"이제 도착하려면 얼마나 남은 거죠?"

소령은 은근히 속으로 애를 태우고 있는 중이었다. 그녀의 오라비가 최전방에서 사도련의 무인들과 싸우고 있다는 것을 알고 있기 때문이다. 오랜만에 오라비를 볼 생각을 하니 적잖이 기대가 되는 모양이었다.

"한 이삼 일만 더 가면 도착이라 알고 있소."

청운의 말에 소령은 고개를 끄덕였다.

"그렇군요……."

그녀는 독고진이 걱정되는 듯싶었다. 독고진이 강하다는 것은 알지만, 또 그를 믿지만, 무림맹 한복판에 있던 단리철도 습격을 받는 것이 현 무림의 형국이다. 최전방에 있는 독고진이 걱정이 되지 않을 수 없다.

*   *   *

"어허… 어쩌다 이 지경이 되시었다는 말이오."

백리명은 참담한 표정이 되었다. 저들에게 완벽히 속은 것이다.

단리철이 병상에 누운 후 하나의 서찰이 더 왔다고 한다. 그것은 북해빙궁에서 온 것이었다. 첫 번째 서찰이 가짜라는 내용이었다.

"으, 으윽."

침상에 누워 있던 단리철은 백리명을 보고는 일어나려 했으나 통증이 이는지 허리를 굽히지 못하였다.

"아아, 그냥 누워 계시게. 아픈 몸으로 일어날 필요 없어."

백리명이 제지하자 단리철은 고개만을 살짝 숙여 보였다.

"송구합니다, 어르신… 큭……."

그 모양을 보던 혜원은 고개를 절레절레 흔들었다. 상황이 정말 좋지 못했기 때문이다.

"그게 어찌 자네 잘못이겠는가. 휴… 그래도 무사하니 다행 일세."

무사하다고 하기에는 몸이 많이(?) 상하였지만 그래도 일단 숨이 붙어 있다는 것이 중요했다.

"이제 저까지 이리 되었으니, 오대천에서 공세를 펴올 겁니 다. 혈교와 사도련 때문에 무림맹의 병력이 전부 분산되어 있 는 마당에… 휴, 어찌해야 될는지 암담하기만 하군요."

지금 최선의 방편은 어떻게든 혈교와 사도련의 병력을 빠르 게 상대하고, 다시금 병력을 응집시켜 오대천을 상대하는 것 이다. 무모하다 싶을 정도로 어이없는 전략이었지만 지금은 그만큼 대책이 없는 상황이었다.

"지금 더 문제가 되는 것은 오대천의 전력이 정확하게 파악 되지가 않는다는 것일세. 막연한 우리의 상상보다도 어쩌면 그들의 전력이 더욱 강할 수도 있네."

이래저래 참담하기만 한 상황.

"그렇다면 이대로 지켜만 보고 있어야 하는 겁니까?"

단리철의 물음에 백리명은 쓸쓸히 웃었다.

"지켜만 보고 있는 것은 아닌 게지. 사도련과 혈교와의 전투 는 그럭저럭 잘 이끌어가고 있지를 않나?"

"하지만 불안합니다. 오대천… 그들이 대체 무슨 꿍꿍이속 인지 알 길이 없으니 이도 저도 할 수 없습니다. 현 상황을 제대로 파악해야 병력을 정확하게 돌릴 수 있을 텐데 말이죠. 암중에 있는 오대천의 존재 때문에 사도련과 혈교와의 전투도 더욱 힘든 양상이 되어가는 겁니다.”

잠시간 장내는 침묵에 잠겼다.

아무도 입을 열지 않는다.

“후우……..”

단리철은 한숨을 내쉬었다. 상처에서 느껴지는 시큰거림도, 그의 머릿속을 가득 채우고 있는 번뇌보다는 훨씬 가벼운 것이었다.

“조금만 더 기다려 보시게나. 최근 오대천의 움직임으로 보아서는 곧 뭐가 되었든 사단이 날 것 같네. 일단 계획은… 그들이 발호하기 전까지는 보류하는 수밖에는 없을 것이야.”

단리철은 미미하게 고개를 끄덕였다. 목뼈가 심하게 다쳤는지 그것조차 힘겨워 보였다.

“후우… 이렇게 그들의 공격을 기다리기만 해야 한다니…….”

그는 차라리 그들이 빨리 공격해 왔으면 좋겠다는 생각을 하고 있었다.

시간이 조금 더 주어진다 해서 딱히 대비할 만한 뾰족한 수가 생기는 것도 아니었고, 이렇게 긴장된 상태로 대기하는 것이 오히려 피 말리는 시간이었기 때문이다.

잠시 아무 말 없이 생각하던 백리명은 다시금 천천히 입을 열었다.

"정찰조를 최대한 많이 풀어 중원 전역에서 수상한 움직임을 감시하시게. 일단 지금 할 수 있는 것은 그뿐인 듯하이."

*   *   *

독고진은 하루 정도 푹 쉰 후 곧바로 강서성(江西省)을 빠져나왔다. 횡봉(橫峰)을 지키고 있던 남궁가의 이삼백여 명의 무사는 천천히 뒤쫓아오도록 조치하고 풍백단과 함께 빠르게 복건성(福建省)으로 움직였다. 물론 막부동을 대동한 채였다.

막부동은 협곡의 전투에서 무척이나 선전을 하였다. 패도적인 도법으로 적들의 기선을 제압한 것은 물론이요, 활약상 또한 대단했던 것이다. 그것은 독고진이 보기에도 괄목상대(刮目相對)라 할 만한 성취였다.

"단주님, 이대로는 위험하지 않겠습니까?"

위지천은 걱정스런 표정이었다.

그도 그럴 것이 독고진이 지금 향하고 있는 곳은 복건성에 위치한 사도련의 총단이었기 때문이다. 사도련이 전력을 움직인 덕분에 총단의 위치는 확실히 노출되어 있기 때문이다.

하지만 아무리 병력이 빠져나가 텅 비어버린 사도련이라 하더라도, 오십여 명의 적은 숫자로 쳐들어가는 것은 무모하기 그지없는 짓이다.

"무얼 걱정하는 겐가?"

독고진이 너무도 태연한 목소리로 되묻자, 잠시 무슨 말을 해야 할지 몰라 머뭇거리던 그는 다시금 말을 이었다.

"사도련의 총단에는 아마 련주인 남악진(藍惡眞)을 비롯하여 고수들이 대거 포진해 있을 겁니다. 이 인원으로 무작정 들어가기에는 너무도 위험 부담이 큽니다."

"흐음……."

독고진은 신음성을 흘렸다. 하지만 그의 표정은 전혀 걱정과는 거리가 먼 그런 표정이었다.

"걱정 마시게. 내 다 생각이 있어 이리 하는 것이니."

씨익 웃으며 말하는 독고진의 모습에 위지천은 아무런 말 못하고 고개를 푹 숙이고 말았다. 그리고 옆에서 두 사람의 얘기를 듣고 있던 막부동 또한 웃으며 독고진을 거들었다.

"부대주님은 너무 걱정 마십쇼. 주군께서 생각이 있으시다질 않습니까."

싱글싱글 웃으며 말하는 막부동을 보며 위지천은 이제 될대로 되라는 듯한 표정이 되어버렸다.

*　　　*　　　*

주혜명의 표정에는 다급한 기색이 어려 있었다. 무언가 안절부절못하는 모습이라 해야 할까? 그녀는 누군가를 기다리고 있는 듯하였다.

"이건 심각해. 말도 안 된다고. 팽가가 실혼인의 소굴이 되어버리고, 게다가 대장군까지 수상한 조짐을 보이다니……."

그녀는 이리저리 움직였다. 가만히 있지를 못하는 것이다.

그녀의 가슴은 쿵쾅쿵쾅 뛰고 있었다.

"어서 독고진 소협과 무림맹에 알려야 해."

처음에 의심을 하여 팽가를 조사해 보라 한 것은 독고진이었지만 그저 수상하다는 낌새만을 감지했을 뿐이지 팽가에서 어떠한 일이 벌어지고 있는 줄은 알지 못한다.

게다가 주혜명이 팽가를 조사하면서 알게 된 것들은 놀랍기 그지없는 것이었다. 담만우가 죽고 없는 지금, 중앙 황군의 반 가까이를 휘하에 두고 있다 보아도 무방한 동창의 수좌에 앉아 있는 노인이 그와 한통속이라는 사실을 알게 된 것이었다.

대체 뭐가 아쉬워 그 정도의 권력을 쥐고 있는 이가 무림을 도모하려는 것인지 이해할 수는 없지만, 사실은 사실인 것이었다. 일단 대책을 세워야 했다.

그녀가 안절부절하지 못하고 있을 때, 바깥에서 어떤 여인의 목소리가 들려온다.

"공주님, 소녀이옵니다."

그 목소리에 주혜명은 반색을 하며 곧바로 입을 열었다.

"오! 어서 들어와."

드르륵―

문이 열리고, 적홍의 호문포를 입은 한 여인이 들어와 그녀의 앞에 부복하였다.

그에 주혜명은 다급히 물었다.

"어떻게 되었느냐?"

"전서구를 띄웠습니다. 머지않아 무림맹에 도착할 겁니다. 하지만 독고진 소협이라는 분은 어디 계시는 줄을 몰라 알려드리기가 어렵습니다."

그녀의 말에 잠시 눈살을 찌푸리던 주혜명은 갑자기 뭔가가 생각났다는 듯 손뼉을 탁 치며 말하였다.

"아, 지금 독고 소협께선 아마 강서성 부근에 계실 확률이 농후한데……."

머리가 아픈지 관자놀이를 지그시 눌러 보이던 주혜명은 천천히 입을 떼었다. 그다지 밝지 못한 표정이었다.

"네가 한 번 강서성까지 가보거라. 독고 소협께서 남궁세가라는 곳과 합세하여 사도련을 공격하신다 했으니 그쪽으로 가서 남궁가의 무인들을 만나면 독고 소협이 어디 계신 줄 알 수 있을 거야."

그 말에 홍의여인은 잠시 생각하는 듯하더니, 조심스레 물었다.

"공주님, 남궁세가는 안휘성에 있습니다. 강서성에서 전투가 벌어지고 있다고는 하나, 제가 어딘지 정확히 모르는 이상 찾아가기가 힘들 것이고, 차라리 안휘로 가서 남궁가의 사람들을 만나보는 게 낫지 않겠습니까?"

그 말에 주혜명의 얼굴은 환해진다. 사실 그녀 또한 너무도 막연한 명령일지도 모른다는 점이 염려가 되었기 때문이다.

"오, 그럼 최대한 빨리 가보거라. 여기서 안휘까지는 꽤나 먼 길이 될 것이니 한시도 지체하여서는 안 된다."

홍의여인은 고개를 푹 숙여 보였다.

“예! 공주마마.”

*   *   *

“다 왔군요.”

멀찍이 보이는 남궁세가의 깃발을 보며, 독고소령이 중얼거리듯 말한다.

그리고 그 말을 들은 청운은 고개를 끄덕이며 대답했다.

“그런 듯합니다. 저기 남궁가의 무사들이 이 방향으로 오는군요.”

그들은 등천관 일행의 가장 전방에 있었기에, 남궁가의 무인들이 마중 오는 것을 바로 알아볼 수 있었다.

다그닥— 다그닥—

다섯 필 정도의 말이 달려와 그들의 앞에 섰다.

“워워—”

히이잉—

먼지바람을 일으키며 정지한 말은 투레질 소리를 내며 옆으로 돌아섰다.

“웃차!”

다섯의 무인이 동시에 말 위에서 뛰어내린다. 감탄사가 나올 만큼 절제된 동작이었다.

“무림맹에서 오셨습니까?”

가장 앞에 있던 무인이 청운에게로 다가와 고개를 숙여 보이며 말한다. 일행의 가장 앞줄에 있으며, 또 무당의 도복을 입고 있어 일행의 수장으로 생각한 듯했다, 사실 청운을 책임자라고 보아도 무방하지만.

"그렇습니다."

청운 또한 말을 하며 마주 고개를 숙여 보였다.

"등천각의 학도 분들이시겠군요. 어서 오십시오. 본 가의 가주님께서 안쪽에서 기다리고 계십니다."

무인은 말을 하고는 천천히 말고삐를 잡았다. 끌고 가려는 것이다. 많은 이들이 걷고 있는데, 자신들만 말에 오르는 것은 예의가 아니었기 때문이다.

청운은 천천히 그들을 따라갔고, 그의 뒤로 등천각의 생도들이 줄지어 나선다.

"그래, 자네가 무당검룡(武堂劍龍)이라는 청운 소협이신가?"

껄껄 웃으며 말하는 남궁선에게 청운은 고개를 숙여 보이며 대답하였다.

"무당검룡이라는 말은 제게 과분한 칭호입니다."

그의 겸손한 어투에 남궁선은 미소 지어 보였다.

"그런데 소운이는 일행에 오지 않았나 보지?"

그로서는 등천관의 학도들이 당도했으니, 자신의 아들 또한 왔으리라 생각한 것이 당연한 것이다. 그에 청운은 멋쩍게 웃어 보였다.

"남궁 소협께선 아마 청해성 쪽으로 가시었을 겁니다."

남궁선은 고개를 끄덕였다. 그리고 눈앞의 청년을 다시금 바라보았다. 그 올곧은 눈빛에서 무당의 기상이 느껴지는 듯하였다.

"자네를 보니 무당의 밝은 앞날이 보이는 듯하구만."

청운은 더욱 멋쩍은 표정이 되어 대답하였다.

"과찬이십니다. 저는 그만한 그릇이 되지 못합니다."

"아닐세, 아니야. 과한 겸손은 안 하느니만 못하다 하였네. 자네만 하면 충분히 그 정도의 그릇이 되네."

그들은 일 다경 정도 담화를 나누었다. 대부분이 등천각에 관한 이야기였으며, 소운에 관한 이야기도 간혹 들어 있었다.

"그런데 어르신, 지금 이곳 전황은 어떻습니까?"

청운의 말에 남궁선은 빙긋 웃는다.

"글쎄… 이곳은 아직 제대로 된 전면전이 벌어지지 않아 모르겠네만, 강서성 쪽에서는 대승이라는 전보가 왔네. 아직도 믿을 수가 없어. 하핫."

그의 말에 청운은 적잖이 궁금해 졌다.

남궁선의 밝은 표정으로 보아 적잖은 성과를 올린 듯싶었기 때문이다.

"커다란 성과를 올리셨나 봅니다?"

청운의 말에 남궁선은 고개를 끄덕였다.

"그렇다네. 정말 믿기지 않을 정도이지. 삼백여 명의 본 가의 무인들로 이천여 명이 다 된다 알고 있는 사도련의 악적들을 전멸시켰으니 말일세."

청운은 더욱 놀란 표정이 되었다. 남궁가의 무사들이 아무리 정예라 하더라도 여섯 배가 넘어가는 숫자의 차이를 극복하고 전멸시켰다니 믿을 수가 없는 것이었다.

"정말 대단하군요."

청운의 감탄사에 남궁선은 멋쩍은 표정이 되었다.

"하하, 한데 사실 그건 본 가만의 힘이 아닐세."

청운은 고개를 끄덕였다. 그가 무슨 말을 하려는지 대충 짐작이 되었기 때문이다.

"저도 그 얘기는 들었습니다. 독고진 단주께서 그쪽으로 풍백단을 이끌고 가셨다는 이야기 말입니다."

"허허, 그런가? 그런데 그쪽에 있던 본 가의 무사가 보내온 서찰을 읽어보니, 사도련의 악적들을 전부 섬멸한 것은 거의가 독고 단주의 공이라 하더군. 그리고 그 정황을 들어보니 충분히 그런 평이 나올 만하고."

청운은 어떻게 된 일인지 더욱 궁금해졌다.

일전부터 그는 독고진에게 묘한 경쟁의식을 가지고 있었다, 독고진은 그러한 생각을 한 번도 해본 일이 없지만.

실력 차이가 많이 나는 지금도 청운은 독고진의 이야기만 나오면 표한 기분이 든다

"대체 어떻게 전투가 치러졌는지 궁금하군요."

그의 말투에서 어느 정도 청운의 감정을 느낀 남궁선은 웃

으며 대답하였다.

"서찰에 써 있는 대로 말해주도록 하지. 흠… 어디 보자."

그는 품속에서 서찰을 꺼내어 들어 다시 한 번 쭉 훑어보더니, 이내 청운을 응시하였다.

"자네, 그쪽의 전투가 협곡에서 이뤄졌다는 것은 알고 있나?"

청운은 고개를 주억거리며 대답하였다.

"알고 있습니다. 아마 파양호의 동남쪽에 위치한 횡봉(橫峰)의 협곡에서 이뤄졌다지요?"

"그렇다네."

잠시 뜸을 들인 남궁선은 다시 말을 이었다.

"독고 단주는 사도련의 무인들을 협곡으로 끌어들인 후 한쪽 봉우리에 폭약을 설치하여 퇴로를 막아버린 모양이야. 그리고 협곡의 위쪽에 미리 궁수들을 대기시켰다가 있는 화살을 모두 퍼붓도록 지시했다더군."

그 이야기에서 청운은 의아함을 느낄 수밖에 없었다.

만일 협곡 안에 갇힌 무인들이 무공을 익히지 않은 평범한 병사 정도였다면 충분히 적을 섬멸하고도 남을 만한 상황이었다. 하지만 상대는 무공을 어느 정도 수준 이상 익힌 사도련의 정예 부대였다. 그 정도 가지고는 이천여 명의 무인을 제압한다는 것이 말이 되지 않는 것이다.

"음… 그런데 제가 보기는 오히려 무덤을 판 것 같군요. 퇴로가 막혔더라도 월등히 숫자가 많은 사도련의 무인들이 그대로 협곡으로 밀고 들어오면 어찌할 방도가 없지 않겠습니까?
최소 절정 이상의 수준은 되는 자들일 터인데, 화살 따위에 전
멸당한다는 건 있을 수 없는 일이겠지요. 처음에야 당황하여
우왕좌왕하다가 희생되는 숫자가 있었겠지만 말입니다."

　그의 주장을 들은 남궁선은 고개를 끄덕였다. 충분히 일리
가 있는 말이었기 때문이다.

　"자네의 말이 맞네. 그런데 내가 말한 것에서 조금 더 추가
할 것이 있어."

　청운은 그의 다음 말을 기다렸다.

　"독고 단주는 화살을 전부 퍼붓게 한 후 자신이 직접 그 협
곡 안으로 뛰어든 모양이야. 풍백단원들과 함께 말이지. 아무
리 숫자가 많은 사도련의 무사들이라 하더라도 일단 자신들의
뒤쪽으로 돌덩이들이 굴러 떨어져 퇴로가 막혀 버리면 우왕좌
왕할 수밖에 없겠지. 게다가 화살이 비 오듯 쏟아질 테니 한동
안은 당황스럽기 그지없을 게야. 그 틈을 타 독고 단주가 그곳
에 난입한 거지. 내 맹주께 듣기로 독고 단주의 성취는 초절정
을 넘어선 지 오래라 하네. 그 이야기를 들은 것도 꽤나 된 일
이니, 지금은 어느 정도인지 짐작도 가지 않네만… 어쩌면 구
파의 장로 분들 이상의 성취를 이뤘을지도 모르고. 어쨌든 그
렇게 난잡한 상황에서 독고 단주 정도의 고수가 난입하여 검
을 휘두르고 다니면 상황은 어찌 되겠는가? 아마 그들은 자신
들의 능력을 절반조차 발휘하지 못하고 죽어나갔을 것이네.
게다가 숫자가 많은 것이 그 협곡 안에서는 더 불리하게 작용

했을 수도 있고 말일세. 그리고 화살을 전부 다 퍼부은 본 가의 무사들도 죽기 살기로 그 전장에 뛰어들었을 테고 말이야.”

그 이야기를 듣던 청운은 속으로 적잖이 감탄하고 있었다. 얼핏 들어보면 무모하기 그지없지만, 또 그만큼 효율적인 전술도 없다는 생각이 들었기 때문이다.

“음, 조금 무모하긴 하지만 그래도 적절한 전술이군요.”

“그렇다네. 그리고 당시 상황에서는 정말 최선을 전략이었네. 폭약과 화살이 거의 다 떨어져, 사도련의 무인들에게 협곡을 내어주기 직전인 상황이었으니 말일세.”

청운은 고개를 끄덕였다. 신묘한 전략은 아닌 듯싶었지만, 그래도 그 성과만큼은 뛰어났기 때문이었다.

사실 가장 뛰어난 성과를 낼 수 있는 전술이 가장 뛰어난 전술이라는 점을 생각한다면 이 말은 모순이 되겠지만 말이다.

“그렇다 하더라도 이천 대 사백의 싸움이라면… 무척이나 어려웠을 텐데 잘 되었다니 다행입니다.”

“그러게 말일세. 독고진 그 친구는 예전부터 무모한 구석이 있던 것 같아. 황궁에 홀로 난입했었다는 것만 봐도 알 수 있지 않은가. 그 무모한 점만 조금 고치면 더 좋을 것 같은데 말이야…….”

남궁선의 걱정 어린 어투.

하지만 사실 그의 말은 틀린 것이었다. 독고진은 단 한 번도 무모한 전투를 한 일이 없는 것이다.

독고진은 단 일 할이라도 실패할 확률이 있는 전투는 한 적이 없었다.

*　　　*　　　*

"가주님, 소녀 나연입니다."

나연은 독고명이 머물고 있는 문 앞에서 기별을 넣었다. 그리고 곧바로 안쪽에서 독고명의 목소리가 들려온다.

"들어오너라."

나연은 문을 열고 천천히 방 안으로 들어갔다.

"가주님을 뵙습니다."

나연이 고개를 숙여 보이자 독고명은 푸근한 미소를 지으며 껄껄 웃었다.

"허허. 그래, 일단 앉아보거라."

나연이 천천히 앞에 앉고는 조심스레 입을 떼었다.

"어인 일로 절 부르셨습니까?"

독고명은 빙긋 웃으며 그에 대답하였다.

"여느 때처럼 네게 부탁할 일이 있어 불렀단다."

나연은 사실 세가의 총관으로 키워진 아이였다. 하지만 무공의 성취가 독고진을 제외한 세가의 그 누구보다 빠르게 향상되어, 이제는 세가의 무인들을 통솔하는 자리라 할 수 있는 추모선의 뒷자리를 이을 후계자로 지목되고 있었다.

그녀는 충분히 그만한 역량을 가지고 있었다.

"부탁이라니요, 당치 않습니다. 명해주십시오."

언제나처럼 딱 부러지는 말투. 귀여운 어린아이 시절의 나연과 자꾸 대조되는 듯하여 독고명은 씁쓸한 미소를 지었다.

"그래. 후후."

대답을 하고는 살짝 차를 홀짝인 그는 다시 말을 이었다

"무림맹에서 본 가에 서찰을 보내왔단다."

그의 말에 나연은 궁금하다는 듯한 표정을 하고는 그의 다음 말을 기다렸다.

"다름이 아니라, 섬서성의 경계를 철저히 해달라는 내용이다. 언제 어떠한 식으로 적이 발호할는지 모르니, 텅 빈 무림맹을 잘 지켜달라는 이야기인 듯하다."

살짝 나연의 표정을 살핀 그는 말을 이었다.

"전 무림이 전투에 휘말려 있는 현 상황에 본 가만 편하게 지내는 것 같아 내심 마음이 편치 않았는데, 잘 되었다고 생각한단다. 너는 어떻게 생각하느냐?"

그에 나연은 잠시의 망설임도 없이 대답하였다.

"저도 그리 생각합니다."

독고명은 고개를 끄덕이며 나연에게 물었다.

"네가 본 가의 무사들을 이끌고 본 가와 무림맹 부근의 경계를 좀 철저히 해주거라. 그래줄 수 있겠지?"

나연은 살포시 웃으며 대답하였다. 정말 명령이 아닌 부탁을 하는 듯한 독고명의 말투에 기분이 좋았기 때문이었다.

"그리하겠습니다, 가주님."

*　　　*　　　*

"이제 드디어……!"

건장한 체격의 노인.

뭔가 표현이 어울리지 않는 듯도 하지만, 정말 건장하다고 밖에는 설명할 수 없는 체격 좋은 노인. 그의 입에는 커다란 미소가 걸려 있었다.

"멸천주, 그리 서두를 필요가 없소이다. 후후… 이제 슬슬 밀고 내려가면 되는 것이오."

그의 옆에 있던 백의노인이 핀잔을 줬지만 그의 얼굴에서는 웃음이 떠날 줄을 몰랐다.

"이날을 기다려 왔소. 크흐흐."

어울리지 않게, 듣기 거북한 음색의 웃음을 흘린 그는 천천히 일어났다.

"자, 이제 나가십시다. 역천주의 말처럼 서두를 필요는 없더라도, 어기적거릴 이유도 없지 않겠소?"

*　　　*　　　*

쉴 새 없이 움직인 풍백단은 어느새 복주(福州)까지 도달하였다.

지면이 대부분 산지로 되어 있는 복건성의 특성상, 복건의 성도인 복주 또한 산지가 대부분이었고, 독고진은 하늘이 보

이지 않을 정도로 빽빽이 삼림이 우거진 숲 속에 들어와 있었
다.

"이제 어찌할 생각이십니까?"

위지천은 독고진이 어찌할지 무척이나 궁금한 표정이었다.

그들이 지금 들어와 있는 삼림은 사도련의 총단이 있는 바
로 뒤쪽이라 할 수 있었다. 그래도 정면으로 총단에 뛰어들어
가지 않아(?) 다행이라 생각하고 있는 그였다.

"후후. 이제 보면 알게 될 것일세."

말을 한 독고진은 주변 지형을 살피더니 다시 위지천을 향
해 시선을 돌렸다.

"지금부터 자네들은 사도련의 무인들의 눈에 띄지 않게 이
근방의 지형을 조사해 오시게. 그동안 나는 해놓을 일이 있
어."

위지천은 더욱 의아하다는 듯한 표정이 되었다. 지형을 조
사해서 무엇을 하려 하는지 궁금했기 때문이다.

"어떻게 하시려는 건지 알려주실 수 없겠습니까?"

정말 궁금하다는 듯한 표정을 하고 있는 위지천, 그리고 막
부동 또한 그런 눈빛을 보내기에 독고진은 피식 웃을 수밖에
없었다.

그리고 그는 자신이 하려는 일을 짧게 일축해서 말하였다.

"진법일세."

*   *   *

며칠 동안 제법 상태가 호전되었는지 침상에 앉아 있는 단리철은 무언가를 읽고 있었다.

하지만 그의 표정은 썩 좋아 보이지 않았다.

그리고 서찰을 쥔 단리철의 손은 부르르 떨리고 있었다.

"이런……! 정말 말도 안 되는 일이!!"

그것은 주혜명의 서찰이었다.

또한 서찰에 적혀 있는 내용은 충격 그 자체라 할 수 있었다.

"허허… 허허…….."

그의 입에서는 헛웃음만이 흘러나올 뿐이었다.

"얼마 전 강서성에서의 승전보를 듣고 상황이 조금씩 나아지나 싶었는데… 이제는 하북팽가에 황군? 이거 대체 어찌하라는 것인지."

그리고 그의 눈에는 자꾸 서찰 마지막에 쓰여 있는 한 문장이 거슬리고 있었다.

그들 중 팽가의 인물들은 가주를 제외하고 전부 다 실혼인이에요. 그들이 어느 정도의 능력을 갖춘 실혼인인지 알 수 없으니, 조심하세요.

"밖에 누구 있느냐?!"

단리철의 말이 끝나자마자, 바깥에서 한 무인이 문을 열고 들어온다.

"부르셨습니까?"

단리철은 고개를 끄덕이며 천천히 몸을 일으켰다. 그 모양이 힘겨운 것이 아직은 내, 외상 모두 심각한 수준인 듯 보였다.

"나를 좀 부축해 주시게. 검황 어르신께서 거하시는 곳으로 가보아야겠네."

그리고 부축하러 다가오는 무사에게 그는 한마디를 더 하였다.

"아! 그리고 나를 부축해 준 뒤 섬서, 산서, 하남, 하북 이 네 지역에 있는 모든 무림 문파들에게 오대천의 발호에 대비하라는 서찰을 보내주시게."

사내는 힘있는 목소리로 대답하였다.

"그리하겠습니다, 맹주님."

*　　　*　　　*

"후후, 이번에는 필히 무당파의 아해를 잡을 수 있겠구려."

구견은 비릿한 미소를 지어 보였다.

그의 시선은 아래를 내려다보고 있었으며, 그곳에는 꽤나 많은 무인들이 자리하고 있었다.

다름 아닌 남궁가의 진영이었다.

"다른 변수가 생기기 전에 최대한 빠르게 녀석을 처리하는

게 좋지 않겠습니까?”

마상평이 조금 걱정 어린 어투로 묻자 구견이 어리둥절한 표정으로 대꾸한다.

“아니, 변수라니? 나와 자네, 그리고 여기에 혈천주까지 오셨는데 저 애송이 하나 잡지 못할지도 모른다는 말이더냐?”

하지만 마상평은 고개를 절레절레 흔든다. 그는 지금 과거에 겪었던 악몽(?) 을 생각하는 중이었다.

“일전에 광무대를 단신으로 전부 도륙내고, 저와 회주님까지 곤란에 빠뜨렸던 녀석이 기억나지 않으십니까? 물론 그런 괴물 같은 녀석이 또 있다고는 믿지 않지만, 만일 그런 녀석이 이곳에 나타나기라도 한다면 곤란해집니다.”

그에 구견의 표정이 살짝 찌푸려진다. 그리고 당시를 생각하며 그의 표정은 더욱 일그러졌다.

“후. 그랬지. 그 씹어먹어도 시원치 않을 녀석만 생각하면 아직도…….”

구견은 이빨을 뿌드득 갈았다. 지금까지 했던 일들 중 잘 안된 일은 전부 그의 개입이 있어 그렇게 된 것만 같았다.

한편, 두 사람의 대화를 듣고만 있던 혈포노인은 무슨 이야기를 하는 것인지 궁금해진 모양이었다.

“마 대주, 그것이 무슨 말인가? 언제 두 사람이 곤란에 처한 일이 있었던가?”

그 말에 마상평은 멋쩍은 표정이 되었고, 구견의 얼굴은 이제 똥 씹은 표정이 되었다.

"일전에 괴물 같은 녀석을 한 번 만난 일이 있습니다. 희한한 도술을 쓰는데 그 위력이 정말 상상을 초월하더군요."

마상평의 말에 혈포노인은 흥미롭다는 듯한 표정이 되었다.

"호오, 어떤 녀석인지 한번 만나보고 싶은데?"

그의 말에 마상평은 기겁을 하며 말하였다.

"그런 불길한 소리는 하지도 마십시오."

*   *   *

"어떻게 되어 가십니까, 단주님?"

위지천은 독고진이 하는 양을 계속 지켜보았다.

무공을 제외한 거의 모든 분야에 문외한이라 할 수 있는 그였기에 독고진이 진법을 어떤 식으로 설치하고 있는 것인지 전혀 감조차 잡히지 않았다.

"그럭저럭 잘된 듯싶네."

독고진은 씨익 웃어 보였다.

사실 그는 진법을 설치하는 것이 아니었다. 진법이라 하더라도 무림에서는 틀린 말은 아니겠지만, 그가 하려는 것은 진법을 표방한 흑마법이었다.

그리고 당연히 그가 그리고 있는 것은 마법진이었다.

흑마법 중에서도 자연물을 이용하는 것이 있다. 그리고 그것은 타 마법에 비해 훨씬 어두운 기운이 덜 느껴졌으며, 또한 자연친화적이었다.

"그런데 이렇게 넓은 곳에 진을 설치해도 그 위력이 발휘가
됩니까?"

막부동은 의문스러운 표정으로 독고진에게 묻는다.

기관진식에 관한 한 완벽한 문외한이랄 수 있는 그였지만
그런 그에게도 이러한 독고진의 행동은 조금 이상하다는 생각
이 들었다.

그도 그럴 것이 독고진은 진식을 설치한답시고 숲 전체를
돌며 무언가를 끄적이고 있었기 때문이다. 또 이렇게 대규모
의 진식이 있다는 것은 난생처음 들어보는 일이었다.

"후후, 걱정할 것 없다. 이제 날이 밝으면, 내가 지시하는 대
로만 다들 정확하게 움직여 주면 돼."

확신에 찬 독고진의 그 말에 막부동은 고개를 주억거렸다.
독고진이 그렇다면 그런 것이었다.

"알겠습니다, 주군."

*   *   *

척— 척— 척—

정말 규칙적인 간격으로 살짝살짝 스치는 쇳소리가 울려 퍼
진다.

착— 착—

백오륙십 정도는 되어 보이는 강철 비늘 갑주를 걸친 무사
들이 똑같은 움직임으로 전진하고 있었다.

무슨 태엽이라도 감아놓은 인형 같달까?

한 치의 오차도 없는 같은 움직임의 수많은 무사들이 이동하고 있는 모양은 장관이라 할 만했다.

다리가 움직이며 비늘 갑주가 스쳐서 나는 소리마저 마치 한 사람이 내는 것마냥 한 치의 오차도 없이 들려온다.

"후후……."

무사들의 뒤를 조용히 따르고 있는 노인의 입에서 낮은 웃음소리가 흘러나온다.

"슬슬 시작해 볼까?"

그의 두 눈은 멀찍이 보이는 커다란 목책을 향하고 있었다.

하북(河北) 안평(安平).

그곳은 바로 진주언가(晋州彦家)였다.

잠시간 목책을 응시하던 노인은 천천히 손을 들었다. 그러자 움직이던 모든 무사들이 일시에 제자리에 멈추었다.

"모두… 쓸어버려라."

나지막한 그의 목소리. 조금만 멀리 떨어져 있어도 전혀 들릴 것 같지 않은 낮은 목소리였건만,

타탓— 타타탓—

말이 떨어지기가 무섭게 백오십여 명의 무사가 일제히 지면을 박차고 신형을 날렸다.

"후후……."

그 모양새를 보던 노인은 흐뭇한 미소를 지어 보였다.

"언가(彦家)쯤은 순식간이겠군."

　순식간에 저만치 멀어진 무사들을 보며 노인은 거도를 빼
들었다.
　딸깍―
　도갑을 풀어낸 그는 전방을 바라보며 씨익 웃어 보였다.
　"어디 한 번 시작해 볼까."

第八章
마지막 신맥(神脈)?

죽은 자의 영혼과 사람의 심혼(心魂)을 다루는 흑마법사 무림에 환생하다!

마왕의 힘을 배워 9클래스의 마법 경지를 넘어서고, 절대의 무공 경지에 들다!

그를 기다리는 건 무림사에 더없을 멸겁의 종말, 새황 오대천의 살혼마신!

유행이 아닌 자유추구
BOOK Publishing ChungEoram

FOR
GOD

콰쾅—

잔월효성(殘月曉星)이 아직 희미하게 빛을 발하고 있는 새벽녘.

고요함과 적막이 깔려 있는 가운데 때 아닌 폭음이 들려왔다.

"무슨 일이냐!"

수많은 이들이 단잠에 빠져 있는 남궁세가의 진영 한복판에서 터진 폭음에 순식간에 아수라장이 되어버렸다.

"기습이다! 기습!!"

상황을 파악한 어떤 사내의 목소리가 커다랗게 울려 퍼졌다.

“이게 어떻게 된 일이죠?”

소령은 막 잠에서 깼는지 조금은 멍한 표정으로 청연지에게 묻는다.

“저도 막 깨서 잘 모르겠지만… 기습인 듯한데요.”

“기습요?”

기습이라는 말에, 소령의 안색이 살짝 바뀌었다.

퍼엉—

멀찍이서 또다시 폭음이 들려온다.

“소령 소저, 무구를 챙기세요. 한번 나가봐야겠어요.”

다급한 그녀의 말에 소령은 머리맡에 놓아두었던 검을 챙긴다.

“어딜 가시려는 거죠?”

문지방까지 나가던 연지는 소령을 돌아보며 대답했다.

“우선 운 사형이 계신 곳으로 가봐야죠.”

잠시간. 정말 찰나의 시간이다.

순식간에 수많은 남궁가의 무인들이 피를 뿌리며 땅바닥에 쓰러졌다, 단 한 사람에 의해서.

“후후, 그래도 남궁세가라 이건가? 피라미들도 그리 만만찮군.”

사내는 어처구니없는 소리를 중얼거리면서 한 걸음 한 걸음 앞으로 옮겨갔다.

한 초식 또는 두 초식만에 한 사람씩 도륙해 버린 이가 만만

찮다는 말을 하니 뭔가 모순이 느껴지는 듯도 하였다.

"노옴!"

그가 몇 걸음 걸어 앞으로 나아가자 대여섯 명의 사내가 또다시 그를 향해 달려들었다.

그 모양에 사내, 마상평은 눈살을 살짝 찌푸린다.

"내 앞을 가로막지 말라고 했거늘!"

그의 전신에서 붉은 기류가 폭사되어 나온다. 그리고 그 기운은 곧 그의 검에 맺혀 타는 듯이 붉은 강기를 형성하였다.

"초식이고 나발이고, 내 일 수(一手)도 제대로 버텨내지 못하는 것들이!"

그리고 그는 허공으로 검을 찔러갔다. 육안으로는 잘 보이지조차 않는 빠른 속도에 허공에는 붉은 잔영만이 남을 뿐이었다.

푸욱—

순식간에 마상평의 검에서 쏘아진 강기가 한 사람의 왼쪽 가슴을 정확히 뚫고 지나간다.

"이런……!!"

누군가의 입에서 경악성이 터져 나왔다.

그만큼 마상평의 검이 빠르고 강했기 때문이었다.

"지체할 시간이 없군. 빨리 움직여야겠어."

마상평은 자신의 무력을 신뢰하기는 하지만 그것이 절대적이지는 못하다는 것을 잘 알고 있었다. 아무리 자신의 무력이 이들보다 월등하다고는 하더라도 남궁가의 원로 급 고수들이 여럿 몰려오면 당해내기 힘들다는 것을 잘 알고 있었다.

그리고 그 점은 당가와의 전투에서 느꼈던 것이다.

'당시 당가의 원로들을 얕보다가 변을 당할 뻔했지.'

겉으로는 태연했었지만 당가 원로원을 상대하며 그는 마지막 순간에 고비를 넘겼었던 것이다.

'얼른 신맥을 찾아서 끊어버리고 이곳을 떠야겠어.'

생각을 정리한 그는 그의 바로 앞을 가로막고 있던 무인 하나를 베어버렸다.

촤아악!

'빠르게 움직인다.'

그의 신형이 순식간에 신기루라도 되는 듯 무시무시한 속도로 움직이기 시작하였다.

그는 품속에서 무언가를 꺼냈다. 그리고 그것은 푸르게 빛나는 청옥(靑玉) 같은 것이었다.

"이 방향이 맞군."

그는 중얼거리며 허공으로 도약했다.

"흐읍!"

한걸음에 이 장여를 도약한 그는 허공으로 검을 내리그었다.

쐐애액!!

그리고 그의 검에서 쏟아져 나온 강기는 격렬한 파공음을 내며 막사 중 한곳으로 작렬하였다.

퍼어엉―!

강력한 폭발음.

하지만 그것으로 끝이 아니었다.

마상평은 그 주위에 있는 모든 막사를 향해 강기를 날렸다.

'무지막지한 방법이지만 이만큼 빠른 방법도 없지.'

그의 의도대로 순식간에 그의 주위로 수많은 남궁가의 무인들이 달려나왔고, 그는 손에 쥐고 있던 청옥을 다시 확인하였다.

과연 옥은 더욱 푸르게 빛나고 있었다.

"과연… 후후. 이중에 있다는 소리구나."

마상평은 검을 고쳐 잡았다.

'이 푸른 불빛이 꺼질 때까지인가?

푸른 빛이 꺼진다면 신맥이 끊겼다는 소리. 신맥이 끊길 때까지 모두를 도륙하겠다는 소리였다.

표정을 살짝 굳힌 그는 자신을 둘러싼 무인들을 향해 소리쳤다.

"자, 오너라!"

청운은 자신의 바로 옆에서 터져 나오는 굉음에 놀라, 반사적으로 막사 바깥으로 나왔다. 그리고 그는 눈앞에서 어이없는 광경을 목격했다.

적색의 마의를 걸친 무인 하나가 남궁가의 한복판에서 깽판(?)을 치고 있는 것이었다.

그리고 잠시 후 그 어이없음은 놀라움으로 바뀌었다.

사내의 무위가 정말 대단했기 때문이다.

'본 산의 원로원에 계신 어르신들… 보다도 강할는지도 모르겠다. 잘은 모르겠지만…….'

청운은 투기를 일으켰다. 상대가 되지 않는다는 것 정도는 몸으로 확연히 느끼고 있었지만 그는 마상평을 보며 묘한 호승심을 느끼고 있었다.

스르릉—

그는 허리춤에 매여 있던 검을 뽑아 들었다.

"그래, 수많은 남궁가의 무인들이 저자의 검에 맞서고 있는데, 목숨이 아까워 숨어 있는다는 것은 수치겠지."

중얼거린 그는 신형을 날려 마상평이 있는 곳으로 쏘아져 갔다. 그리고 그의 검에는 희미하지만 희뿌연 기운의 형체가 어려 있었다.

놀랍게도 그것은 강기였다.

청운의 나이를 생각해 본다면 정말 대단한 성취가 아닐 수 없었다.

까아앙— 깡!

마상평에게 가까이 다가가자 어지러울 정도로 많은 병장기 소리가 들려왔다. 검을 막아내는 데 필요한 기본적인 내력만을 사용하며 남궁가의 무인들이 날리는 검들을 모조리 막아내는 듯 보였는데 그 모습이 신기에 가까웠다.

그때,

콰아앙!!

커다란 폭발음이 들리면서 그의 주위를 둘러싸고 있던 남궁 가의 무인들이 널브러졌다. 혼자서 수많은 검을 막아내는 데 한계를 느낀 마상평이 기를 폭사시켜 버린 것이었다.

"흐읍!"

잠시 심호흡을 한 청운은 마상평을 응시했다. 그를 빼곡이 둘러싸고 있던 무인들이 빠져나갔으니, 이제 자신이 검을 맞 대어볼 차례라 여겼다.

타탓―

청운은 다시금 신형을 날렸고, 그 모습을 발견한 마상평은 눈에 이채를 띠었다.

청운의 나이가 어린 데 비해 그 기세가 대단했기 때문이다.

'이 녀석이다! 이 녀석이 신맥이다!'

직감이었다.

마상평은 청운이 마지막 남은 신맥이라는 것을 확신했다.

까아앙!

두 사내는 검을 맞부딪쳤다.

마상평은 청운의 두 눈을 응시했다. 맑고 깊어 현기마저 느 껴지는 눈동자가 도저히 약관 정도로 보이는 청년의 것이라고 는 믿기 힘들었다.

챙― 채앵―

마상평은 마음만 먹으면 그를 일검에 베어버리고 빠르게 자 리를 뜰 수 있었다.

하지만 어쩐 일인지 그는 그러고 싶지가 않았다.

그와 검을 섞어보고 싶은 마음이 생긴 것이었다.

동등한 내력을 가진 입장에서 말 그대로 검술(劍術)을 겨뤄보고 싶어진 것이다.

차차장—

두 사내의 검이 허공에서 부대낀다.

'최대한 빨리 내 모든 것을 퍼부어야 한다.'

청운은 몰아쳐 오는 마상평의 검세를 막아내며 그렇게 생각했다.

그 또한 마상평이 자신을 봐주고 있다는 것을 알고 있었다.

누가 본다면 마상평이 청운을 가지고 논다고 생각할는지도 모르지만, 청운은 그렇게 생각하지 않았다. 무인으로서 그의 진심이 느껴진 것이다.

'유능제강 약능승강(柔能制剛 弱能勝剛)이라 하였다. 저자가 내공을 남발하지만 않는다면 내게도 승산이 있다.'

부드러운 것이 능히 단단한 것을 이기고 약한 것이 능히 강한 것을 이긴다.

이는 《황석공소서》라는 병법서에 나와 있는 말이었지만, 병법뿐 아니라 세상 모든 것에 적용되는 이치라 할 수 있었다.

세상에 부드럽고 약하기로는 물보다 더한 것이 없다. 더구나 견고하고 강한 것을 공격하는 데는 능히 이보다 나은 것이 없다. 사람도 태어날 때에는 부드럽고 약하나 그 죽음에 이르러서는 굳고 강해진다. 풀과 나무도 생겨날 때에는 부드럽고 연하지만 그 죽음에 이르러서는 마르고 굳어진다. 그러므로 굳고 강한 것은 죽음의 무리이고 부드럽고 약한 것은 삶의 무리이다.

위의 말은 노자의 말로서 그 이치를 적절히 설명하고 있다.

그리고 무당의 무공이란 바로 이 유능제강의 이치를 가장 훌륭하게 소화해 낸 무공들이라 할 수 있었다.

'천하의 모든 검법을 통틀어도 아직 본 파의 태극혜검(太極慧劍)만큼이나 강(剛)함과 유(柔)함의 조화를 잘 표현한 검법도 없다 하였다.'

청운의 검이 일변한다.

때로는 유려하게, 때로는 강렬하게.

마상평의 검과 그의 검이 허공에서 부딪쳤다.

'호오.'

마상평은 적잖이 놀라고 있었다. 겨우 약관 정도밖에는 되어 보이지 않는 애송이가 강기의 경지에 발을 디뎠다는 것도 놀라운 일인데, 이처럼 유능제강의 묘리를 훌륭하게 검법에 조화시킬 줄 안다는 것은 충격에 가까운 것이었다.

차차창—

하지만 마상평은 당황하지 않았다. 아니, 당황하는 것 자체가 이상한 일이었다.

분명 청운의 검법은 훌륭했지만, 마상평은 산전수전을 다 겪은 노련한 검객인 것이다. 이제 십수 년을 수련한 청운이 아무리 뛰어나다 하더라도 검을 다루는 능력이 그보다 나을 수는 없었다.

마상평은 여유롭게 그 검을 막아가며 생각하였다.

'이 녀석은 죽이고 싶지 않은데. 흠… 어차피 이런 애송이 녀석 하나 살아 있다고 대업에 지장이 될 일도 없을 터이니 목숨은 살려두고 수혈만 해가도 되겠지?

마음을 정한 그는 다시금 쇄도해 오는 청운의 검을 강하게 쳐냈다.

콰아앙—!

적지 않은 내력을 싣고 있는 그 공세에 청운은 손이 저려 오는 것을 느낀다.

'크윽!'

잠시 그가 물러선 사이 주위에서는 또 수많은 무인들이 치고 올라왔다.

"제길!"

욕지거리를 내뱉은 그는 순간 기세를 달리하였다.

'이제 웬만한 실력을 지닌 고수들이 몰려올 것이다. 그전에 저 녀석 피를 가지고 이곳을 빠져나가야 한다.'

마상평은 신형을 날렸다.

물론 청운을 향해서였다.

쐐애액—

그의 검이 청운의 명치를 향해 쏘아져 갔다.

적지 않은 위력이 담긴 일격. 청운은 그것을 보며 침착히 검을 움직였다.

쉬익—

하지만 잠시 후, 청운은 당황할 수밖에 없었다. 무시무시한 속도로 쇄도해 오던 검이 그의 명치 바로 앞에 멈춰 버린 것이었다.

"음……?!"

하지만 다음 순간,

콰아아앙!

청운의 앞에 멈춰선 검은 강기를 뿜어내며 그 자리에서 폭파하듯 소용돌이쳤다.

"크억!"

청운은 단말마의 비명성을 지르며 나가떨어졌다. 생각지도 못한 공격에 어찌할 방도가 없었던 것이다.

털썩—

"사형!!"

그의 귓가로 청연지의 목소리가 들려온다. 어느새 당도한 모양이었다.

"크으윽—"

가슴 부위는 순간적으로 방출해 낸 내공 덕에 커다란 상처를 입지 않았지만 그의 왼쪽 어깨는 거의 날아가다시피 하여 뼈까지 다 드러나 보였다.

저벅— 저벅—

쓰러진 그의 귓가로 천천히 걸어오는 마상평의 발걸음 소리가 들려온다.

청운을 도와주기 위해 접근했던 이들 중 대부분이 그 소용

돌이처럼 터져 나가는 기파에 휩쓸려 땅바닥에 널브러져 있었다.

"후후, 이로서 마지막 신맥까지 얻은 것인가?"

마상평은 품속에서 작은 호리병을 꺼내어 마개를 뺐냈다.

그러자 놀랍게도, 청운의 어깻죽지에서 쉴 새 없이 솟아 나오는 피가 병 입구로 빨려 들어가듯 흘러들어 간다.

꾸욱―

다시 병마개를 막은 그는 지체없이 뒤돌아서 허공으로 도약했다. 남궁가의 무사들이 몰려오는 것이 보였기 때문이다.

"으윽… 우욱―"

청운은 쉴 새 없이 신음을 흘렸고, 마상평이 사라지자 청연지는 곧바로 그에게로 달려갔다.

"사형! 괜찮아요?"

하지만 청운은 다급한 그녀의 목소리는 혼미하게만 들릴뿐이었고, 또 다른 목소리가 그의 뇌리에서 명료하게 울려 퍼졌다.

"오늘은 살려두겠다. 나중에 내게 다시 무당의 검을 보여주거라."

*　　　*　　　*

풍백단은 신속하게 움직이는 중이었다. 물론 그것은 독고진의 명에 의해서였다.

"다른 것은 필요없다. 직접적인 전투를 피하고 적의 공격을 유도하라. 적의 공격이 많아질수록 자신의 내력이 충만해지는 것을 느낄 수 있을 것이다."

위지천의 머릿속에는 자꾸 독고진의 말이 맴돌았다.

말도 되지 않는다 생각하였지만 독고진이 아직까지 거짓을 말한 적을 본 적이 없다는 점을 감안해 보면 믿어볼 만도 하다.

독고진의 이야기에 따르면 진법의 효력이라 하였다.

하지만 세상에 이러한 진법이 있다면 어찌하여 아직까지 알려지지 않았겠는가?

"하지만 별수없지, 단주님의 말씀을 믿어보는 수밖에."

독고진의 말이 거짓이라면 오십여 명의 풍백단 전원은 골로 갈 것이었다.

사도련 총단에 있는 수많은 고수들을 오십 명이 상대한다는 건 미친 짓이라 생각될 정도로 어처구니없는 행동이기 때문이다.

"모두들 단주님 말씀 기억하는가? 한 치의 의심도 없이 그대로 행동해야 한다. 알겠나?"

위지천은 커다란 목소리로 소리쳤다. 분명 단원들 중에는 독고진의 말을 신뢰하지 못하는 이들이 존재할 것이기 때문이었다.

타탓—

그의 신형이 순식간에 삼 장여를 도약하며 허공으로 쏘아졌다.

'이제 조금만 더 가면 총단이다.'

위지천은 긴장 어린 표정이 되었다. 이젠 독고진의 말이 사실이기를 바라는 수밖에 없었다.

*   *   *

독고진은 어느새 총단 내부로 잠입하였다. 빠르게 우두머리만 제거할 수 있다면 거의 이긴 싸움이나 다름없다 보아도 무방했기 때문이다.

'련주만 죽이고 나면 정말 흑마법진의 효능만으로도 사도련 전부를 쓸어버릴 수 있을 텐데…….'

독고진은 속으로 중얼거리며 천천히 발걸음을 옮겼다.

기척을 최대한 숨기고 투명화 마법까지 걸어놓았기에 진입은 그다지 힘들지 않았다, 다만 정신력 소모가 클뿐.

"후……."

잠시 심호흡을 한 그는 천천히 중앙 무각의 내부로 들어갔다.

그곳에는 정말 호위무사들이 즐비했다.

'아무리 사도련이라 해도 총단은 총단이라 이건가?'

피식 웃은 그는 감각을 극대화시켰다. 아무리 심후한 내공을 지녔고, 또 성취가 대단하다 하여도 자연 상태의 기 자체를 사용하는 독고진의 이목은 피할 수 없었다.

'이쪽이군.'

뭔가를 찾아냈는지 독고진의 걸음은 갑자기 빨라졌다.

*　　　*　　　*

"적이다!"

사도련의 정문을 향해 천천히 접근하고 있던 위지천은 그 소리를 듣고는 똥이라도 씹은 듯한 표정이 되었다.

"제길! 전부 들어간다!!"

위지천이 커다랗게 소리치자, 은신으로 최대한 기척을 숨기고 있던 풍백단의 무인들이 일제히 뛰쳐나간다.

"와아아!!"

어떠한 싸움이든 기세가 중요하다. 일단 기세가 꺾이면 반은 지고 들어갔다고 보아야 하는 것이다.

그런 의미에서 필수(?)인 함성을 지른 풍백단원들은 일제히 목책을 향해 도약했다.

목책의 높이는 어림잡아 삼 장여. 한 번의 도약으로 넘기에는 너무도 높았다.

그에 위지천이 선택한 것은 목책을 무너뜨리는 것이었다. 일제히 목책을 향해 달려든 단원들은 있는 힘껏 발길질을 하였다.

우직— 쿵—!

커다란 목책이 천천히 기울어지며 종래에는 무너졌다.

"가자!"

위지천은 가장 먼저 목책을 밟고 넘었다. 그리고 그의 뒤를
따라 풍백단의 단원들 또한 일제히 넘어온다.

"놈들! 예가 어디라고 겁도 없이!!"

사도련의 한 무인이 위지천을 향해 달려들었다.

까아앙—!

검과 검이 맞물리며 커다란 쇳소리가 울려 퍼졌다.

'단주께서 말씀하신 대로 해볼까?'

지금 검을 맞댄 상대는 위지천에게 있어서 그다지 어렵지
않은 상대. 독고진이 말한 진의 위력을 시험해 보기에 가장 만
만한 상대인 듯싶었다.

슈우욱—

일검이 막히자, 재차 검을 찔러오는 사도련의 무인. 그런 그
를 보며 위지천은 일부러 검을 막지 않고 피했다.

샤샥—

바람 가르는 소리만이 들리며, 그의 검은 위지천의 옷자락
만을 살짝 스칠 뿐이었다.

'음?'

그리고 그 순간 위지천은 기이한 기운을 느꼈다.

자신을 향해 검을 휘두른 사내에게서 느껴지는 기가 확실히
약해진 것이다.

'정말 단주의 말씀대로인가?'

하지만 이 정도의 느낌만으로는 뭔가 부족했다.

'어디 한 번 더……!'

위지천은 일부러 검을 엉성하게 휘둘렀다. 사내에게 빈틈을 보이기 위해서였다.

그리고 사내는 그것이 함정일지도 모른다는 생각을 하면서도 찌를 수밖에 없었다.

너무도 커다란 허점인지라 그 유혹을 뿌리치기가 힘들었던 모양이다.

휙—

하지만 다행스럽게도(?) 그것은 함정은 아니었다. 하지만 그의 검은 이번엔 위지천의 옷자락조차 스치지 못하였다.

그리고 그런 그를 놀란 표정이 된 위지천이 응시하고 있었다.

'이거, 정말이다! 저자의 움직임이 확실히 둔해졌어. 그리고 그에 반해 내 몸은 더욱 가벼워진 것 같군. 이런 효능을 가진 진법이 있다니……!'

위지천은 새삼 독고진의 능력에 또다시 감탄하였다.

독고진은 다재다능(多才多能)이라는 말 정도로는 설명조차 불가능할 인간이라 생각하였다.

'이 정도의 효과라면 충분히 승산이 있다. 단주께서 사도련의 련주만 어떻게 해주신다면……!'

위지천의 기세가 일변했다. 이제 최대한 빠른 속도로 밀고 들어가야 할 때였다. 주위를 보니 다른 단원들 또한 수월히 적들을 상대하고 있었다.

"가자!"

순식간에 외곽의 하위 무사들을 쓸어버린 단원들은 빠르게 안쪽으로 진입하였다.

*　　　*　　　*

"맹주님! 큰일 났습니다!!"

온몸에 붕대를 칭칭 감고, 힘겹게 의자에 앉아 있는 단리철에게로 한 명의 무사가 뛰어와 부복하였다.

"무슨 일인가?"

이젠 더 이상 놀랄 일도 없을 것이라는 듯 단리철은 담담한 표정으로 사내를 응시하였다.

"하북으로부터 적들이 밀려들어 온다 합니다! 이미 진주언가는 쑥대밭이 되었으며, 그들은 하남의 숭산을 향하는 듯하다고 하더군요. 관군을 대동한 팽가로 추정된다 합니다. 게다가 관군은 무려 삼만의 대병력이라 하던데… 방도가 보이지를 않습니다, 맹주님!"

단리철은 적잖이 당황하였다. 아니, 어이가 없었다.

삼만이라니.

국가 간의 전쟁도 아니고, 그러한 대병력이 움직인다니 이해가 되지를 않았다.

하지만 단리철은 침착하였다.

다행이라 해야 할는지, 적어도 그들이 쳐들어올 것이라는 사실은 미리 알고 있었기 때문이다.

"일단 숭산으로 원군을 보내야겠군."

단리철은 중얼거렸다.

관군이 삼만이라면 솔직히 말해 전면전으로는 단 일 할의 승산도 없었다.

아무리 무공의 '무' 자도 모르는 일반 병사들이라 하더라도 체계적으로 훈련된 삼만의 관군들이 한 번 밀고 지나가면, 무림맹은 초토화 되어버리고 말 것이기 때문이다.

"어찌 막아내실 요량입니까?"

사내의 물음에 단리철은 살짝 웃어 보였다.

"기습전으로 가야지 어쩌겠나. 전면전을 피하면서 적들의 숫자를 줄여가다 보면 어떻게 되지 않겠나?"

그것은 씁쓸함이 느껴지는 그런 미소였다. 대책이 되지 못한다는 것을 잘 알기에 단리철은 절망할 수밖에없었다.

"삼만… 삼만이라……."

*   *   *

현 사도련의 련주이자 독왕(毒王)의 칭호를 가진 남악진(藍惡眞). 그는 자신의 앞에 검을 겨누고 있는 청년을 천천히 응시했다.

“대단하군. 혼자서 여기까지 들어오다니 말이야.”

“뭐 감탄할 건 없소, 이곳은 이미 무림맹의 정보망에 노출되어 있는 상태니까.”

남악진은 속으로 정말 놀라고 있었다. 만약 독고진이 사도련 총단의 세부도를 가지고 있다 하더라도 어지간한 실력이 아니면 자신이 있는 이곳까지 들어온다는 것은 어림도 없었기 때문이다.

게다가 그의 앞에 서 있는 애송이는 상처조차 하나 입지 않은 채였다. 기가 찰 노릇이었다.

“후후, 하지만 말이야. 이곳까지 들어온 이상 자넨 살아 나갈 수 없을 걸세.”

남악진은 호언했다. 이제 겨우 약관을 넘은 듯 보이는 청년이 자신보다 강할 수는 없기 때문이었다. 그것은 보편적인 사고방식으로 생각했을 때 당연한 것이다.

게다가 지금 그의 주위에는 초절정 이상의 경지에 올라 있는 호위들이 여럿 있었다.

“뭔가 잘못 알고 있군, 당신.”

독고진은 자신을 향해 싸늘한 살기를 날리고 있는 노인을 비웃어주었다. 왕이라는 칭호가 그렇게 녹록치 않다는 건 인지하고 있었지만, 그뿐이었다. 상대하는데 조금 더 오래 걸릴 뿐.

저벅— 저벅—

독고진이 느릿느릿 걸어오자 그 모습을 본 남악진은 눈살을 찌푸리며 입을 열었다.

"도망쳐도 시원찮을 판에 호구에 대가리를 들이밀다
니……."

그는 살짝 눈을 감고는 다시 입을 떼었다.

"저 겁대가리를 상실한 애송이를 천참만륙(千斬萬戮) 내어
버리거라!"

아무도 없는 허공에다가 하는 말. 하지만 곧, 거짓말처럼 허
공에서 대여섯의 인영이 나타났다.

"존명!"

일제히 고개를 숙여 보인 그들은, 잠시도 지체하지 않고 곧
장 독고진을 향해 쏘아져 갔다.

갑자기 허공에서 적들이 나타나면 놀랄 법도 하건만 독고진
은 태연하기 그지없었다. 그들이 은신해 있음을 미리 알고 있
었던 모양이다.

타탓—

빠른 속도로 쇄도해 오는 그들을 보며 독고진은 꺼내지 않
았던 나머지 한쪽의 검을 빼내어 들었다.

스르릉—

시간을 끌 생각은 전혀 없었다. 련주를 잡고 뒤로 잠입하여
수뇌부 몇을 더 죽인다면 사도련 무사들은 우왕좌왕할 수밖에
없을 것이다.

채챙—

먼저 날아드는 두세 자루의 검날을 막아낸 독고진은 지체없
이 발을 굴러 허공으로 도약하였다. 그리고 다음 순간, 그는 다

시금 자신을 향해 날아드는 검날을 밟으며 한차례 더 도약한다.

"이거나 먹어라!"

독고진의 쌍검이 빠르게 움직이기 시작한다. 하지만 그것은 패월쌍무는 아닌 듯 보였다. 그저 위력적인 강기 덩어리가 사내들이 뭉쳐 있는 곳으로 쏘아져 갔다.

퍼어엉―!

커다란 폭발음과 함께 무인 다섯이 그대로 땅바닥에 널브러졌다.

즉사한 것은 아니지만 적지 않은 내상을 입은 듯싶었다.

"내가 왜 생지랄을 하면서 니들을 한자리에 모았겠나? 쯧……."

그냥 패월쌍무를 펼쳐 하나하나 죽여도 무방하지만 그것이 귀찮은 나머지 일부러 그들을 한자리로 유도한 것이다.

"쿨럭―"

울컥거리며 피를 토해내는 그들을 무시한 채, 독고진이 천천히 다가오자 남악진의 두 눈에 이채가 어렸다.

"호오, 정말 의외야. 대단하구만."

그것은 진심이었다. 하지만 아직도 남악진은 독고진에게 진다는 생각은 결코 하지 않았다.

"뭐, 고맙소."

독고진이 빈정거렸지만 남악진은 아랑곳하지 않았다.

"그 나이에 강기라… 확실히 대단하긴 대단해. 정말 놀라울 정도로 말이지.”

남악진은 자리에서 천천히 일어났다. 그리고 그의 녹색 장포 끝에서 새하얀 손이 빛나기 시작하였다.

“하지만 대단한 것은 대단한 것일 뿐. 감히 혼자서 나를 잡겠다 설치다니! 그것이 얼마나 무모한 생각인지 확실히 알려 주겠다!”

남악진의 손에서 빛나던 희뿌연 빛이 점차 녹갈색으로 변하기 시작하였지만 독고진은 멈추지 않고 그를 향해 계속 걸음을 옮겼다.

“흐아압!”

남악진의 입에서 기합성이 터져 나왔다. 그리고 그의 손에서는 보기만 하여도 무척이나 위력적인 듯한 독장이 쏟아져 나오고 있었다.

그것은 마치 독고진을 삼켜 버리기라도 할 듯 무서운 기세로 휘몰아치고 있었다.

“독 따위가 내게 먹힐 것이라 보는가……..”

독고진은 중얼거리며 손을 치켜들었다.

“독공이라… 후후. 나도 독으로서 상대해 주지.”

독고진의 양손이 벌겋게 물들었다. 그는 전생에 사용하던 독공을 펼치려 하는 듯했다.

번쩍—!

엄청난 섬광이 일면서 독고진의 손에 맺힌 붉은 기운과 남악진이 쏘아보낸 독장이 맞부딪친다.

언뜻 일반적인 장력과 장력의 대결처럼 보일는지 몰라도 가까이서 본다면, 아니, 그 주위에서 느낀다면 전혀 그렇지가 않았다.

순식간에 장내는 독 기운이 가득해졌다. 독 내성이 없는 일반인이라면 한 번 숨을 들이마시는 것만으로도 폐인이 되거나 혹은 즉사할 수 있는 그런 지독한 독이었다.

"후후."

낮은 웃음을 흘린 독고진은 나머지 한 손을 들어 허공에 휘저었다.

"이것도 독이라 해도 되나……?"

독고진의 중얼거림.

사실 독고진이 사용하려는 것은 독이라기엔 조금 애매한 감이 있었다. 허공에 떠도는 기의 배열을 뒤바꿔 그 안에서 치명적인 독 성분을 뽑아내는 것이기 때문이다.

몸 자체가 독으로 이루어져 있다 해도 과언이 아닌, 독인의 경지에 오른 남악진은 그냥 자체로서 독이라 할 수 있는 자신의 내공을 뿌린 것이다. 그에 반해 독고진이 사용하고 있는 독은 어떻게 보면 독이라기보다는 기공에 가까운 것이다.

촤르륵─

남악진은 일순 당황하였다. 자신의 독장이 막힌 것만으로도 적지 않은 충격인데, 갑작스레 사방에서 붉은 기운이 터져 나오니 어이가 없는 것이다.

"젠장!"

그는 자신을 향해 스며들려 하는 그 붉은 기운들이 직감적으로 무척이나 위험하다는 것을 느꼈다.

콰아앙!

그는 다급히 팔을 휘둘러 장력을 만들어냈다. 그리고 다시 허공에서 커다란 굉음이 울려 퍼진다.

콰아앙—!

남악진은 허공으로 도약했다. 그는 정말 당황한 듯 보였다. 독고진이 예상보다 월등히 강하다는 사실도 한몫하기는 하였지만, 그보다도 기상천외한 독고진의 공격법에 당황한 것이었다.

"그래 봐야 소용없을 것이오. 그 독들은 바람을 타고 움직이거든. 당신의 몸 주위에서 조금의 바람이라도 일게 된다면, 바로 그 방향으로 빨려 들어가는 습성을 지니고 있거든."

남악진은 독고진의 말을 들은 순간, 엄청난 속력으로 경공을 시전하였다. 몸 주위에서 이는 바람을 따라 움직이는 독이라면, 무지막지한 속력으로 이동해 버리면 그만이라 생각한 것이다.

하지만 독고진은 그것을 노리고 있었다.

"합!"

독고진의 신형이 빠르게 움직인다. 남악진 또한 무척이나 빠르게 움직였지만, 독고진은 순식간에 그를 따라잡았다.

그의 바로 뒤까지 다가선 그는 남악진의 등짝을 향해 손을 내밀었다.

“잘 가시오.”

남악진은 두 눈을 부릅떴다. 그는 지금 허공에 떠 있는 상태. 허공을 밟고 다닐 수 있다는 허공답보의 경지에 이르지 않는 이상, 바로 뒤에서 쏘아보내는 독고진의 장력을 피할 길은 없었다.

촤라라라락!

장력이라고는 생각하기 힘든 기괴한 소리. 그리고 검붉은 기운이 남악진의 전신을 덮어갔다.

“크아아악!!”

남악진은 괴성을 질렀다. 검붉은 독수가 그의 전신에 흘러내리면서 그의 몸은 녹아내리고 있었던 것이다.

“끄아아아!”

무언가 다른 말을 하려 하는 듯한 남악진이었지만, 그의 입에서는 비명성뿐이 나오지를 않았다. 그만큼 고통스러운 것이다.

그 모습을 보던 독고진은 눈살을 찌푸리며 입을 열었다.

“고통을 줄여주겠소. 다음 생에는 나와 부딪칠 일이 없기를 바라오.”

독고진은 검을 다시 빼 들었다.

스릉―

그리고 발검하는 순간, 어느새 그의 검은 남악진의 목젖에 다다라 있었다.

촤아악!―

남악진의 머리는 허공으로 솟구쳤다. 그리고 그의 몸은 이미 형체를 알아보기 힘들 정도로 녹아내려 있었다.

보기만 하여도 끔찍한 광경이었다.

"후후……."

독고진은 낮게 웃으며 천천히 뒤돌아섰다. 이제 바깥에서 수많은 사도련 무인들과 악전고투를 벌이고 있을 풍백단을 도와줄 차례였다.

"흐음… 그냥 누가 보든 말든 독장을 뿌려 버릴까?"

독고진은 정말 그러고 싶었다. 그렇게만 된다면 순식간에 수많은 적들을 도륙내 버릴 수 있기 때문이었다. 허공에서 터져 나오는 독무(毒霧)를 찰나의 순간 피해낼 수 있을 만한 능력을 지닌 무인은 몇 없을 것이다.

남악진을 이긴 것도 독공을 이용했기에 더욱 수월했다. 처음 보는 독고진의 수법에 당황한 남악진은 자신의 실력을 제대로 펼쳐 보지도 못하고 어이없게 죽어버린 것이다.

타탓―

독고진의 신형이 움직였다. 조금이라도 지체했다가는 피해가 커질 것이기에 그는 최대한의 속력을 내어 빠르게 이동했다.

*　　　*　　　*

막부동은 신이 나서 거도를 휘두르고 있었다.

“으하하핫! 이놈들!!”

전투가 지속되면 지속될수록 몸에서는 힘이 솟는다. 월등히 강한 상대만 만나지 않는다면 절대 당할 일이 없었다.

“흐읍!”

막부동은 뒤에서 찔러오는 검을 피한 후 재빨리 도를 휘둘렀다.

쨍―!

그리고 순간 검은 반 토막이 나버린다.

“후후.”

검을 휘두르던 사도련의 무인은 당황하여 주먹을 휘둘렀다. 그에 막부동은 씨익 웃었다.

“박투라도 해보자 이건가?”

막부동은 그의 주먹을 왼손으로 잡아채 버렸다.

“크큭.”

빠직―

듣기 거북한 소리가 흘러나오며 막부동의 손에 잡힌 무사의 주먹이 그대로 으스러져 버렸다.

“끄아아악!!”

그리고 괴성을 지르는 그의 복부로 막부동의 거도가 작렬하였다.

촤아아―!

그의 배에는 커다란 자상이 생겼고 그곳으로 마치 분수처럼 피가 쏟아져 나왔다.

"후후. 덤벼라, 이놈들!"

막부동은 피로 목욕이라도 한 듯 온몸에 피칠을 하고는 또다시 움직이기 시작하였다. 체력이 남아도는 것이다. 하지만 풍백단 전부의 상황이 이처럼 좋은 것만은 아니었다.

깡— 까앙—!

풍백단의 막내인 종정무영(宗政貿影)은 시종일관 고전하는 중이었다. 사도련 무인들의 실력이 하나같이 자신보다 좋거나 또는 비슷했기 때문이었다.

어찌어찌 버티고는 있지만, 그것은 독고진이 깔아둔 마법진 덕이었다.

시간을 조금 벌고 나면 진법 덕에 체력이 유지되는 것이다.

"크으, 끝도 없이 나오는군."

위지천은 눈살을 찌푸리며 중얼거렸다. 하지만 그의 어투는 그렇게 무겁지 않았다. 이대로라면 해볼 만하다고 생각한 것이다.

일단 체력이 무한대에 가까우니 너무 많은 적들에게 둘러싸이는 것만 피한다면 위험에 처할 일은 별로 없었다.

그때, 멀찍이서 폭음이 들려온다.

콰앙— 쾅—

"뭐지?"

위지천은 바로 앞에 있던 적 하나를 베어 넘긴 후, 폭음이 흘러나온 방향을 응시하였다.

그때 그와 조금 떨어져 싸우던 야율상(耶律象)으로부터 전음이 들려왔다.

"단주님이십니다. 남악진은 처단했으니 수뇌들을 전부 잡을 때까지 조금만 더 버티라십니다."

그에 위지천의 얼굴에 화색이 돌았다. 독고진의 말이 사실이라면 이 전투는 끝난 것이라 보아도 무방했기 때문이다.

의리 따위보다는 개개인의 이익과 안전을 중시하는 사도련의 특성상 마지막 남은 한 사람까지 싸우며 버틸 일은 없었고, 그렇다면 독고진이 수뇌들을 전부 척살할 때까지만 버티면 되는 것이다.

위지천은 커다랗게 소리쳤다.

"자! 조금만 더 버티면 된다!! 모두 힘을 내라!"

*　　　*　　　*

천년소림(千年少林)이 자리하고 있는 성지(聖地), 숭산(嵩山).

지금 숭산 자락에서는 고금을 통틀어 단 한 번도 일어난 적 없던 일이 벌어지고 있었다.

수만 명의 병사가 산을 에워싸고 천천히 소림을 향해 다가간다. 무슨 목적을 가졌는지는 모르겠지만, 결코 좋은 의도는 아닌 듯 보였다.

"허허… 이렇게 많은 살기가 이곳, 소림으로 모이다니……."

허연 수염을 길게 늘어뜨린 노승. 현오(賢昨)라는 법명을 가지고 있는 바로 현 소림의 방장이었다.

가만히 앉아 있어도 온몸을 짓누르는 살기가 느껴진다.

감각을 개방할 필요도 없었다.

삼만여 명의 무인이 숭산을 향해 살기를 뿌리고 있다. 개개인이 별 볼일 없는 일반 병사들이라곤 하지만, 삼만여 명이 쏘아내는 살기는 그야말로 무시무시하였다.

소림의 제자들은, 무승뿐 아니라 법승에 잡일을 하는 동자승까지 전부 합쳐 봐야 채 오백이 되지를 못한다. 거의 한 사람당 백 명씩을 당해내야 하는 것이다.

"광진, 밖에 있느냐?"

현오의 목소리가 울려 퍼지자 바깥에서 누군가가 대답하였다.

"제자, 여기 있습니다."

"들어와 보거라."

드르륵—

문이 열리고 승려 하나가 들어와 현오에게 고개를 숙여 보인다.

"소림의 모든 제자들이 현 상황을 인지하고 있느냐?"

그의 말에 광진이라 불린 승려는 고개를 끄덕여 보였다.

"그렇습니다, 방장님."

현오는 천천히 일어나 광진에게 말했다.

"저들이 산문을 넘게 해서는 절대로 안 된다!"

그리고 잠시 뜸을 들인 그는 한마디를 더 하였다.

“백팔나한진을 준비하거라.”

*　　　*　　　*

“후우…….”

혜원은 감정을 주체하지 못하고 있었다. 온갖 잡념이 그의 머릿속을 헤집고 다니는 듯했다.

그런 그에게 백리명이 위로의 말을 건넨다.

“아무 일 없을 걸세. 걱정 마시게.”

그들은 지금 최대한 빠르게 숭산으로 이동하고 있었다.

본래는 무림맹의 원군을 끌고 가야 하지만, 숭산이 삼만의 군대에 둘러싸였다는 이야기를 들은 혜원이 감정을 주체하지 못하고 먼저 나온 것이다.

원군은 취운개에게 맡겨놓고, 혜원과 백리명은 전속력으로 숭산을 향하고 있었다.

“성존(聖尊), 그 친구에게 속은 걸세. 그 역시 오대천의 일원이었어.”

백리명의 중얼거림에, 혜원은 그저 도호만을 중얼거린다.

“아미타불…….”

사존의 일인이자 황실 금위대장인 성존. 그는 바로 오대천 중 역천회의 회주였던 것이다. 그리고 숭산을 둘러싸고 있는 삼만의 군대는 다름 아닌 그의 휘하에 있는 금의위였다.

하지만 지금 배신감 따위의 감정에 젖어 있을 여유가 없었다.

숭산이 위험한 것이다.

천년의 역사를 자랑하는 소림이 위험해진 것이다.

소림은 백도무림의 자존심이었다.

"속력을 조금만 더 높이세."

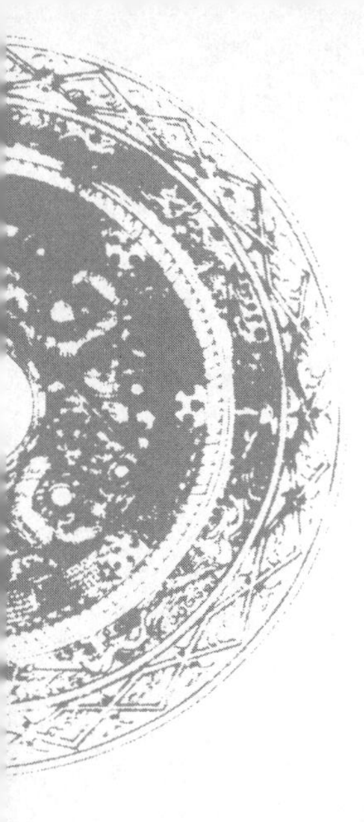

第九章
후퇴(後退)

죽은 자의 영혼과 사람의 심혼(心魂)을 다루는 흑마법사 무림에 환생하다!

마왕의 힘을 배워 9클래스의 마법 경지를 넘어서고, 절대의 무공 경지에 들다!

그를 기다리는 건 무림사에 더없을 멸겁의 종말, 새황 오대천의 살혼마신!

유행이 아닌 자유추구
BOOK Publishing ChungEoram

FOR
GOD

"일단 후퇴요. 더 버티는 것은 불가능하오."

흑의 일색의 갑주를 착용한 노인, 낭왕은 후퇴를 언급했다.

"후우… 다 이긴 싸움이었는데… 제길……!"

누군가의 입에서 한숨이 터져 나왔다.

청해성에서의 싸움. 바로 며칠 전까지만 해도 무림맹과 혈교의 싸움은 무림맹이 압도적으로 밀어붙이고 있었다. 바로 낭왕 흑운의 등장 덕이었다.

하지만 며칠 전 나타난 두 사람에 의해 무림맹은 패퇴를 거듭했다.

전략? 그런 것 때문은 전혀 아니었다.

단지 그 두 사람의 엄청난 신위가 무림맹을 이토록 고전케

하고 있는 것이었다.

"하지만 그 두 사람을 당해낼 이는 지금 우리 중에 아무도 없소이다. 일단은 맹으로 후퇴하는 것이 현명할 것이오. 이대로 가다가는 아무런 소득 없는 희생만이 늘 뿐이외다."

장내에 있던 모두는 고개를 끄덕였다.

현재 이곳에 있는 모든 이들 중에서 가장 강한 것은 흑운이었다. 그가 한 명조차 당해내지 못하는 마당에 그들과 더 싸우는 것은 무리라 할 수 있었다.

"결정됐으면 더 시간 끌 것 없이 빨리 움직입시다."

*　　　*　　　*

"어이없는 일이 발생했습니다, 회주."

정말 황당하다는 듯한 표정을 하고는 입을 여는 마상평. 그에 구견은 고개를 갸웃하며 되물었다.

"무슨 일인데 그러는가?"

마상평은 멋쩍은 표정으로 뒤통수를 벅벅 긁었다.

"우리가 전면에 있는 남궁가의 무인들을 느긋하게 견제하는 동안, 사도련의 총단은 뒤통수를 맞아 전멸했다고 합니다."

그 말에 자리에 앉아 있던 두 노인은 벌떡 일어났다. 무척이나 당황한 모습이었다.

"그게 무슨 말인가? 전멸이라니?!"

"그것이 사실인가?"

동시에 입을 여는 두 사람을 보며 마상평은 고개를 끄덕였
다.

"사실입니다. 남악진인가 뭔가 하는 독쟁이는 죽었다더군
요."

잠시간 장내에는 침묵이 흐른다.

"무림맹에 그만한 전력이 있는가? 남악진이 칠왕 중에는 중
하위권 정도밖에 되지 않는다고 하여도 그 정도면 무림맹에서
함부로 할 수 있는 고수는 아닐 텐데……."

무림맹에 누가 있어 남악진을 살해한다는 말인가?

백도맹에는 백리명과 혜원, 취운개, 그리고 맹주인 단리철
을 제외한다면 남악진을 누를 만한 무위를 가진 고수는 존재
하지 않았다. 하지만 그 넷은 전부 무림맹에 거해 있는 상황.

"그러게 말입니다."

그들의 대화를 들으며 잠시 생각하던 구견이 천천히 입을
열었다.

"혹시 '그'가 아닐까?"

"그라니요?"

곧바로 되묻는 마상평에게 구견은 얼굴을 찌푸려 보였다.

"있잖은가, 그 괴물 같은 녀석 말일세."

잠시 생각이라도 하는지 눈을 감은 마상평. 그리고 잠시 후
그의 입에서는 탄성이 터져 나왔다.

"아, 생각났습니다. 하하……."

그리고 마상평의 표정 또한 급속도로 굳어졌다.

“확실히 ‘그’라면 남악진 정도를 처리하는 건 일도 아니겠
군요.”

“그렇겠지.”

두 사람의 이야기를 듣고만 있던 노인이 대화에 끼어들었
다. 무척이나 궁금하다는 듯한 표정이었다.

“대체 일전부터 말하던 ‘그’가 누구인가? 노부에게도 좀 알
려주시게나.”

하지만 마상평은 고개를 설레설레 저었다.

알려주기 싫은 게 아니라 알려주지 못하는 것이다.

마상평 또한 그가 누군지를 알지 못하는데 어떻게 노인에게
알려주겠는가?

“저희도 그가 누군지 알지 못합니다, 회주. 그냥 저와 파천
주님을 합한 것만큼 강한 괴물 같은 녀석이 하나 있다고
만…….”

노인은 두 눈에 이채를 띠었고 구견은 눈살을 찌푸렸다.

사실이기는 하지만 인정하기는 싫은 것이다.

“흐음… 어쨌든 사도련의 총단이 괴멸당했다면, 우리가 여
기 더 이상 있어야 할 이유가 없질 않은가?”

노인의 말에 구견과 마상평은 고개를 끄덕였다.

“그렇습니다. 아무리 남궁가의 애송이들이 약하다고 하더
라도 그 많은 숫자를 우리 셋이서 상대할 수는 없는 노릇이지
요. 최대한 빨리 하남으로 이동하는 것이 좋겠습니다.”

마상평은 천천히 자리에서 일어섰고, 그런 그를 응시하던

노인은 씁쓸한 웃음을 지어 보였다.

"허허… 뒤통수를 제대로 맞았구만. 강서성이 뚫릴 줄이야… 게다가 뒤로 들어와서 사도련 총단을 괴멸시키다니……."

*   *   *

쿵. 쿵.

발걸음 한 걸음 한 걸음이 커다란 울림이 되어 지축을 진동시킨다.

쿵. 쿵. 쿵.

사방에서 울려 퍼지는 그 소리에 소림승들의 마음속에 자리하고 있던 평정은 조금씩 흔들리기 시작하였다.

그리고 가만히 앉아 염을 외고 있던 소림의 방장 현오(賢旿)는 천천히 일어섰다.

대노(大怒)한 표정.

주위를 잠시 둘러본 그는 사자후(獅子吼)를 내질렀다.

"이곳은 소림이다!"

쩌렁쩌렁 울려 퍼지는 사자후에 소림승들의 심장은 다시 평정을 되찾았다. 하지만 터질 듯한 긴장감이 이는 것은 여전하였다.

어찌 긴장되지 않겠는가? 삼만여 명의 관군이 살기를 뿌려대며 애워싸고 있는 것을 보며 평온한 상태를 유지하고 있는다는 것 자체가 말이 되지 않았다.

그때 바깥에서 커다란 북소리가 들려온다.

둥― 둥― 둥―

그리고 그와 함께 뿔피리 소리 또한 울려 퍼진다.

뿌우우우―!!

"와아아아!!"

전투가 시작된 것이다.

이십여 장 바깥에서 소림을 둘러싸고 있던 관군들이 전부 돌격하기 시작했다.

"와아아아!"

멀리서부터 들려오는 함성이 차츰차츰 가까워졌다.

현오는 다시금 사자후를 질렀다.

"백팔나한진은 준비하거라!! 저들이 산문을 넘어서는 안 된다!"

사사삭―

나무 사이사이를 가르며 달려오는 관군들의 소리가 또렷이 들려온다. 이제 거의 도달한 모양이었다.

"놈들!! 내 오늘 살계를 펴리라!!"

현오의 노성이 다시금 울려 퍼졌다. 하지만 그 음성에는 어쩐지 슬픈 기색이 느껴졌다.

*　　　*　　　*

"하하. 독고 단주, 정말로 놀랍네. 사도련의 총단을 궤멸시키다니, 그것이 어떻게 가능하시었는가?"

남궁세가의 앞을 가로막고 있던 일단의 사도련 무인들은 물러갔고, 그에 어리둥절하는 사이 독고진이 부대에 합류했다.

그리고 어떻게 된 일인지 자초지종을 들은 것이다.

"진법 덕이었습니다."

하지만 남궁선은 고개를 저었다.

"진법이 아무리 대단하다 하여도 어찌 진법만으로 사도련의 총단과 련주 남악진을 상대할 수 있었겠나? 당치 않은 말일세."

남궁세가 또한 진법에 조예가 매우 깊은 세가이다. 진법에 대해 꽤나 잘 알고 있다고 자부하는 그였지만, 그만한 위력의 진법이 있다는 이야기는 들어본 일이 없었다.

"하핫."

독고진이 멋쩍게 웃어 보이자, 남궁선 또한 마주 웃어주었다.

"허헛. 그나저나 단주는 무림맹에서 온 소식을 들으셨는가?"

남궁선의 말에, 독고진의 안색이 살짝 변하였다.

"무슨… 소식 말씀이십니까?"

"허, 아직 듣지 못하시었나 보군."

독고진은 다급해졌다. 왠지 불길한 느낌이었기 때문이다.

"말씀해 보십시오."

"삼만의 금의위사와 수백이 넘는 팽가, 모용가의 무인이 하북 쪽에서부터 밀고 들어오고 있다 하네.”

독고진의 얼굴은 사색이 되었다. 우려했던 일이 벌어진 것
이다.

“그것이 정말입니까?”

“그렇네.”

잠시 생각을 정리한 독고진은 다시 입을 떼었다.

“그렇다면 그들은 지금 어디까지 왔는지 알 수 있겠습니
까?”

“흐음…….”

뜸을 들인 남궁선은 천천히 입을 열었다.

“내가 그 소식을 들었을 때, 진주언가가 궤멸당했으며 그들
이 숭산으로 움직이고 있다 하였으니… 지금쯤 아마 소림과
전면전을 벌이고 있지 않겠는가?”

독고진의 안색은 더욱 창백해졌다. 그렇다면 시간이 없었기
때문이다. 소림이 궤멸당하고 나면 백도무림은 그야말로 공황
상태에 빠지고 말 것이기 때문이다.

“지금 그쪽으로 원군이 가고 있겠죠?”

“그렇다네. 무당과 종남 등 강한 무력을 보유하고 있는 각파
에서 그쪽으로 무사들을 보냈으며 무림맹에서도 적잖은 지원
이 가고 있다 들었네.”

그제야 한시름 놓이는 듯, 독고진은 고개를 끄덕였다.

“그렇군요…….”

남궁선은 빙긋 웃어 보인다.

"우리도 얼른 섬서로 올라가서 무림맹을 도와야 하지 않겠
는가?"

독고진은 고개를 끄덕였다. 그렇지 않아도 곧장 올라가 볼
생각이었기 때문이다.

"그렇습니다. 최대한 빨리 움직여야 할 듯합니다."

                    *   *   *

작은 호롱불 하나만이 켜져 있는 어두운 맹주 집무실.

그 안에는 두 사람이 서로를 마주 보고 있었다.

한 사람은 당연히 단리철이었고, 또 한 사람은 낭왕 흑운이
었다.

"처음 뵙겠습니다. 본인이 맹주 단리철입니다."

"난 흑운이오."

둘은 서로를 천천히 응시했다. 두 사람 모두 칠왕의 일인이
었지만, 이렇게 직접 만나보는 것은 처음이기 때문이다.

"드리고 싶은 이야기가 많지만 상황이 상황이니만큼 일단
현 정황부터 이야기를 좀 들었으면 합니다. 양해해 주십시오."

단리철의 말에 흑운은 고개를 끄덕였다. 그 또한 현 상황이
얼마나 안 좋은지를 잘 알고 있었기 때문이다.

"그리하겠소."

잠시 뜸을 들인 그는 다시 입을 떼었다.

"결론부터 말하자면 청해성에서는 완전히 패퇴했다 할 수

있겠소이다."

단리철은 고개를 끄덕였고 흑운의 말이 다시 이어졌다.

"그것은 혈교의 세(勢)가 강해서가 아니오. 그들이 오대천과 연관이 있기 때문이었소이다."

단리철은 눈에 이채를 띄었다. 이제 그가 원하는 이야기가 나오고 있는 듯싶었기 때문이다.

"조금 더 자세히 말씀해 주십시오."

흑운은 고개를 끄덕이며 말을 이었다.

"자세히랄 것도 없소. 오대천의 수좌들인 듯 보이는 두 사람이 등장하여 전세가 단번에 역전되었을 뿐이오."

정말 간단한 설명. 하지만 이로서 확실해진 것이 있었다.

혈교의 발호, 사도련의 발호 등 모든 일련의 사태들이 그의 예상대로 오대천과 연관이 있었던 것이다.

"후우, 그렇군요. 그럼 저들의 전력은 어느 정도가 되는 것 같습니까? 그러니까 그 두 사람의 무력 말입니다."

흑운은 고개를 설레설레 저었다.

"그것은 나도 잘 모르겠소, 제대로 맞부딪쳐 본 일이 없기 때문에. 하지만 분명한 것은 두 사람 모두 나보다는 강했다는 것이오. 맹주께서도 얼마 전 그들 중 하나와 겨뤄보신 일이 있다고 들었소만? 그러니 맹주께서 더 잘 아실 게요."

"으음……."

단리철은 신음성을 흘렸다. 당시 직접 느꼈던 중년인의 무력이 생각난 것이다. 기로 결계를 펼쳐 외부와 차단해 놓은 상태에서도 그는 자신과 대등하거나 혹은 더 강했던 것이다.

"독고 단주가 맹으로 돌아와야 할 텐데……."

무의식중에 중얼거린 단리철의 말을 들은 흑운은 궁금하다는 듯한 표정으로 그에게 물었다.

"독고 단주라면 누굴 말씀하시는 게요?"

그에 단리철은 빙긋 웃어 보였다.

"현 풍백단주 독고진 소협을 말하는 겁니다."

"흐음, 그가 오는 것이 큰 도움이라도 되오?"

묘하게 기대 어린 듯한 흑운의 말. 그에 단리철은 고개를 끄덕였다.

"그가 당도하면 아마 사천으로 밀려오는 혈교 정도는 막아낼 수 있을 겁니다. 저도 이제 며칠만 더 있으면 내상이 거의 나을 듯하구요."

흑운은 진정 놀란 표정이 되었다.

"그가 그렇게 대단하다는 말이오? 들어보지도 못한 이름인데……."

그에 단리철은 고개를 끄덕였다.

"아직 약관밖에 되지 않은 청년이니 그럴 밖에요. 아마 고금을 통틀어서 독고 단주만큼 성취가 대단한 인물은 찾을 수 없을 겁니다."

흑운의 표정이 눈에 띄게 밝아진다.

"허어… 한 번 만나보고 싶구려."

그리고 그의 표정에는 묘한 감정이 어려 있었다.

　　　　　*　　　　　*　　　　　*

숭산이 피로 물들었다.

수많은 시체가 산을 덮었으며, 계곡에서는 핏물이 흘러내렸다.

대부분의 시체들이 금의위사들이었지만, 그중에는 종종 소림승들 것도 보였다.

산문은 불타올라 새까만 재가 되어 있었으며, 녹옥불상은 피로 얼룩져 붉게 변해 있었다.

소림이 무너졌다.

천년소림이 하루아침에 재가 되어 쓰러져 버렸다.

털썩―

그리고 혜원은 그 자리에서 주저앉았다.

"허… 허허……."

그의 입에서 공허한 웃음이 새어 나왔다.

믿을 수가 없었다.

"처참하군……."

씁쓸한 웃음을 지으며 주변을 둘러보는 백리명.

그의 눈에 여기저기서 폭발물이 터진 흔적이 보인다.

"……!!"

폭발물.

그것을 생각지 못한 것이다.

적은 관군이다. 황실의 명에 따르지 않는 군대라 할지라도, 갖춰야 할 것은 다 갖추고 있었다. 그리고 전쟁에 필요한 폭발물은 그중 하나였다.

무림인의 싸움이라 생각한 것이 잘못이라면 커다란 잘못이었다.

"폭약이네. 폭약이 문제였어. 아무리 삼만의 관군이라 하여도 소림이 하루를 버티지 못했다는 것이 이상했었는데……."

혜원의 표정은 멍해졌다.

"소림이… 소림이……!"

연신 중얼거리는 혜원을 보며, 백리명은 한숨을 내쉬었다.

"후우… 차라리 이럴 시간에 빨리 호북으로 가세나. 아마 이들은 무당으로 향했을 게야. 사문의 복수는… 해야지."

*　　　*　　　*

"혈주!"

괴이한 목소리가 장내에 울려 퍼졌다. 누군가를 호명하는 듯한 목소리였다.

"부르셨습니까, 천주님."

걸걸한 목소리의 노인이 대답했고, 다시 예의 그 기괴한 목소리가 울려 퍼졌다.

"파천주와 마대주는 섬서로 이동하였는가?"

"그렇습니다, 천주."

"흐음……."

창밖을 응시하고 있던 사내는 신음성을 흘리며 뒤를 돌아본다. 묵빛의 도포로 온몸을 덮고 있는 그에게선 괴이한 기운이 느껴졌다.

"그럼 이제 슬슬 자네도 움직여야 할 때가 되지 않았는가?"

그 말에 혈포의 노인은 조금 어리둥절한 어투로 대답하였다.

"무슨… 말씀이십니까?"

그에 사내는 노인을 응시하였다.

묵빛 도포에 가려 얼굴도 제대로 보이지 않았지만, 노인은 섬뜩한 기분을 느꼈다.

"산동으로 가시게. 남궁가의 개입을 막아야지."

"아……."

그제야 알았다는 듯 노인은 천천히 일어선다.

"그렇게 하겠습니다, 천주."

그리고 사내는 씨익 웃었다.

"여기서 세가까지는 그리 멀지 않네. 가능하다면 황보세가까지 묶어두게나."

＊　　　＊　　　＊

독고진은 마음이 급한 나머지, 풍백단은 남궁가의 병력에 합류하여 뒤따라오라 명해놓고 먼저 무림맹으로 향하였다.

“후아—”

독고진은 숨을 크게 내쉬었다.

쉴 틈 없이 미친 듯 달렸더니 온몸에 맥이 탁 풀리는 듯하였다.

“섬서까지 정확히 이틀인가?”

그는 이틀만에 사천까지 달린 것이다.

절강에서 사천까지 이틀만에 달렸다는 말을 누가 듣는다면 미친놈 취급할 것이다. 마차를 몰아도 쉬엄쉬엄 간다면 족히 보름은 걸릴 거리이기 때문이었다.

“후우, 힘들군.”

독고진은 터벅터벅 맹을 향해 걸었다. 천천히 걷다 보면 원기는 다시 회복될 것이다.

“일단 맹주님을 만나뵈어야겠군.”

무엇보다도 현 상황이 어떻게 되어가는지 알아야 했다.

그의 발걸음이 점점 더 빨라지기 시작했다.

*　　　　*　　　　*

다그닥. 다그닥—

‘南宮’이라 쓰여진 깃발을 달고 말 한 필이 빠르게 다가오고 있었다.

그리고 그 모양을 본 남궁선은 의아한 표정이 되었다. 붉은 깃발의 색으로 보아 급보인 듯한데, 사도련의 총단까지 궤멸

된 지금 안휘에서 급보라 불릴 만한 사건이 터질 일은 없었기 때문이다.

"잠시 대기한다!"

남궁선은 잠시 손을 들어 일행을 멈추었다.

그리고 잠시 후, 말을 탄 사내는 순식간에 그의 앞에 도달하여 말에서 내렸다.

히이잉—

말의 투레질 소리에 살짝 눈살을 찌푸렸던 남궁선은 말에서 내린 사내에게 물었다.

"무슨 일인가?"

예를 취해 보인 사내는 잠시 숨을 고른 후 입을 열었다. 무척이나 급한 기색이었다.

"가주님, 큰일 났습니다!"

그에 남궁선의 표정은 살짝 굳어졌다. 사내의 행색으로 보아 정말 급히 달려온 듯했기 때문이다.

"말해보거라."

"제갈세가에서 수백의 무인들을 이끌고 안휘를 향해 이동하고 있다 합니다. 그 숫자로 보아 거의 제갈가의 전력이 다 움직인 듯합니다."

그리고 남궁선의 표정은 사색이 되었다.

"뭐라?! 그게 정말인가? 그들이 왜?!"

"그것은 잘 모르겠습니다, 가주님. 상황이 매우 좋지 않습니다."

남궁선은 몸을 부르르 떨었다. 당황스럽기 그지없었기 때문이다.

"제갈세가가 안휘에 도착하기까지 얼마나 더 걸릴 것 같은가?"

남궁선의 표정에는 노한 기색이 역력하였다.

"매우 시급합니다. 빨리 돌아가 보셔야 합니다! 자칫 잘못하다가는 당가처럼 당할지도 모릅니다!"

남궁선은 어이가 없었다. 산동에서 제갈세가의 병력이 남궁가를 향해 진격하고 있다 하였다. 물론 그 이유는 남궁세가를 치기 위함일 것이다.

그의 얼굴이 붉으락푸르락하는 것은 당연하였다.

"허… 대체 제갈가에서 왜?"

그것은 누구를 향한 물음이라기보다는 중얼거림이었다. 아마 이 질문에 대한 해답은 그 누구도 내어놓지 못할 것이기 때문이다.

제갈가와 남궁가는 본래 우호적 관계였다. 같은 백도무림에 속해 있을 뿐 아니라, 같은 세가연맹에 속해 있기 때문이다.

그리고 제갈세가에서 갑자기 변심을 하였을 이유는 전혀 없다고 봐도 무방했다.

그것은 누가 보아도 마찬가지의 결론을 도출할 사실이었다.

말을 돌려 무사들 쪽으로 향한 남궁선은 커다랗게 소리쳤다.

"전군 말머리를 돌린다! 본 가로 빠르게 귀환할 것이다!"

*　　　*　　　*

"그것이 정말입니까, 맹주님?"

독고진은 경악하였다. 상황은 자신이 우려하던 것보다도 훨씬 심각했기 때문이다.

"그렇다네. 아마 소림은 지금쯤 초토화되어 있을 것이네. 아무리 소림이 대단하다 하여도, 삼만이 날리는 화살세례와 폭약을 버텨내는 것은 무리일세. 아마 반나절을 넘기지 못하였을 게야."

단리철은 비교적 상황을 정확하게 보고 있었다.

한숨을 내쉰 그는 다시 말을 이어갔다.

"이제 그들은 아마 무당으로 향하겠지. 그리고 나서 곧장 종남을 칠 것이네."

독고진 역시 비슷한 생각이었다. 단리철의 예상이 어지간하면 맞아떨어질 것이다. 곧장 무림맹으로 진격하지 않고 숭산으로 가서 소림을 친 것만 보더라도 알 수 있는 사실이었다.

"그럼 이제 어찌하실 요량입니까?"

단리철은 안색을 찌푸렸다. 그 또한 방도가 떠오르지 않기는 마찬가지였기 때문이었다.

"후, 나도 모르겠네. 일단 지금 분명한 것은 혈교가 이곳으로 몰려오고 있다는 것과 관군이 섬서로 몰려오고 있다는 것일세. 그리고 내가 지금 조치해 놓은 것은 무림맹의 전력의 반

절 가까이를 호북으로 보내놓았다는 것이지. 무당산 말일세.”

단리철을 처음부터 병력을 무당으로 보낸 것이었다. 그리고 독고진은 고개를 끄덕였다.

“그렇다면 맹주님, 차라리 사천무림의 전력을 전부 섬서로 빼는 것은 어떻겠습니까? 양쪽으로 나뉘어서 싸운다면 가망이 없습니다. 차라리 섬서의 무림맹으로 돌아가는 것이 병력을 관리하기도 편합니다.”

단리철은 잠시 눈을 감았다. 독고진의 말을 곱씹어보는 듯하였다.

그의 말은 충분히 일리가 있었기 때문이다.

“흐음… 하지만 그랬다가는 섬서에 고립되어 버릴 우려가 있네. 꽤나 위험한 방법이야.”

“하지만 이렇게 따로 떨어져 있다가 한쪽이 져버리면 그대로 끝 아닙니까. 그럼 어찌할 도리가 없게 됩니다.”

“크흠……”

단리철은 침음성을 흘렸다.

“후우, 그렇겠군. 그렇담 어쩔 수 없지. 자네 말대로 하겠네.”

독고진이 웃으며 대답하였다.

“하핫, 너무 걱정하지 마십시오. 다 잘될 겁니다.”

하지만 독고진의 그 웃음은 억지웃음이었다. 그리고 그것을 아는 단리철은 쓸쓸한 웃음을 흘렸다.

“후후…….”

　　　　　＊　　　　＊　　　　＊

　"후우……."

　나연은 짧게 숨을 내쉬었다. 그리고 그녀의 신형은 다시금 빠르게 움직인다.

　타탓―

　그야말로 빛살과도 같은 움직임.

　그녀의 검은 흑월(黑月)이 되어 허공을 쇄도해 갔다.

　"하아앗!"

　기합성을 내지른 그녀는 허리를 살짝 비틀었다. 그리고 그와 함께 검날 또한 비스듬해졌으며, 그것은 또 다른 변화를 만들어냈다.

　슈아아악!

　묵월신검(墨越迅劍)은 기본적으로 쾌(快)를 추구하는 검법이다. 하지만 그렇다고 한 점의 변화도 없이 무작정 찔러대는 것은 아니었다.

　지금처럼 빠른 검세가 이어지더라도 그 연결 과정에는 변화가 들어가는 것이다.

　너덧 개의 잔영이 남을 정도의 극쾌(極快).

　그것은 나연의 성취가 거의 극에 다다랐다는 것을 의미하였다.

　'그래, 한 번 도전해 보자.'

나연은 검을 더욱 강하게 쥐었다. 잘하면 파월검(破月劍)의 경지에 진입할 수도 있을 듯 보였다.

"하압!"

나연의 기세가 일변하였다.

지금까지의 기세가 날카롭고 예리한 것이었다면, 이제는 그에 폭발적인 힘까지 더한 것이라 할 수 있었다.

허공에서 잔영들이 얽힌다. 상대가 없음에도 불구하고 너무도 뚜렷한 잔영들 덕에 정말 검들이 허공에서 부대끼는 듯한 모습이 연출되었다.

나연의 허리가 휘어졌다. 순식간에 뒤로 젖혀지는 그녀의 허리는 마치 활시위를 보는 듯하였다.

하지만 그냥 젖혀지는 것은 아니었다. 그녀의 허리는 살짝 비틀어져 비스듬하게 기울어져 있었던 것이다.

흡사 궁신탄영(弓身彈影)의 수법을 보는 듯한 모습.

하지만 궁신탄영과는 미묘한 차이가 있었다. 몸을 활처럼 휘어 그 반탄력으로 극쾌의 순간 속력을 내는 수법이라는 점에서는 비슷하다 할 수 있었지만, 궁신탄영은 그 반탄력으로 신형을 움직이는 것이었고, 지금 나연의 수법은 검에 회전력을 가미하는 것이기 때문이다.

그리고 그 때문에 몸을 완전히 휘지 않고 살짝 비튼 것이었다.

차라랑—

마치 묘기를 보는 듯한 몸놀림과 함께, 나연의 검이 앞으로 쏘아져 나갔다.

쐐애애애액!

고막이 다 울릴 정도의 파공성.

정말 섬뜩하다. 소름이 돋을 정도로 날카로운 파공성이 연무장을 진동시켰다.

그리고 나연의 검에 맺힌 묵빛 기운이 점점 강렬해졌다.

스팟—

그녀의 검이 또 한 번 일변했다. 그리고 그와 함께 화려한 초승달 모양으로 분해된 검기가 사방으로 비산한다.

"하아……!"

그녀의 혼백(魂魄)이 담긴 검격(劍擊)이 허공을 아름답게 수놓는다.

단지 어두운 묵빛일 뿐이었지만, 그 모습이 나연의 움직임과 어우러져 아름다움을 연출하고 있었다.

그리고 그 묵빛은 점점 다시 나연의 검으로 모이기 시작하였다.

나연의 이마에는 땀방울이 송골송골 맺혀 있었다.

무척이나 힘들어 보이는 모습.

하지만 그녀의 눈빛만큼은 살아 있었다.

화라락—

바람이 이는 듯하다.

거칠게 휘몰아치며 한자리에 모인 검기들이 부드러운 바람이 되어 허공에서 흩날린다.

강함의 끝에 유가 남았다.

거칠게 휘몰아치던 어두운 달의 기운이 바람이 되어 사방으로 흩날렸다.

털썩―

나연은 주저앉았다. 하지만 그녀는 웃고 있었다.

파월검의 초입에 들어선 것이다.

*   *   *

“후후, 종남산(綜南山)이라…….”

노인은 비릿한 미소를 지어 보였다. 그리고 그의 눈은 앞쪽으로 펼쳐진 수많은 봉우리를 향하고 있었다.

“월천주의 말이 맞는 것 같소. 종남으로 오길 잘했어. 후후.”

그는 중얼거리며 옆에 가만히 서 있는 백의여인에게로 시선을 돌린다.

“후훗, 그렇죠? 이대로 종남마저 밀려 버리면 남는 것은 무림맹밖에 없어요. 무림맹만 무너지고 나면 백도무림은 흩어지고 말겠지요.”

그에 노인은 도를 만지작거리며 고개를 끄덕였다.

“확실히 그렇군. 그런데 말이오, 월천주.”

“말씀하세요.”

“내가 알기로 종남과 무림맹 사이에는 독고세가가 끼어 있

다고 들었는데. 뭐 단리세가야 그 세도 대단하지 않고 무림맹
보다 바깥쪽에 있어 별문제가 되지 않겠지만, 독고세가는 다
르단 말이지. 그냥 지나치기는 조금 골치 아플 것 같아서 말
야.”

그 말에 월천주라 불린 여인의 안색이 조금 굳어졌다.

“…….”

그 모습을 본 노인은 의아한 표정으로 묻는다.

“왜 그러시는가?”

여인은 고개를 절레절레 저었다.

“아니에요. 종남을 점령하고 나면, 곧장 쓸어버리죠. 이번
에는 금의위와 실혼인뿐 아니라 월령대도 있어요. 종남, 독고
세가 정도를 쓸어버리는 건 일도 아닐 거예요.”

그녀의 입에서는 싸늘한 음성이 흘러나왔다. 필요 이상으로
냉담한 모습에 노인은 왜 그런 것인지 궁금했지만, 다른 말은
하지 않았다.

“뭐, 그럼 그렇게 하도록 하지.”

*　　　*　　　*

사천무림의 병력이 전부 섬서로 이동하는 것은 그리 오래
걸리지 않았다.

섬서에 도착하는 것이 오래 걸리지 않았다는 이야기가 아니
라, 전 병력이 사천을 빠져나가는 것이 오래지 않아 이루어졌

다는 이야기다.

그리고 독고진은 언제나처럼 빠르게 이동하였다.

이번에는 일이 급해서가 아니라, 세가에 가서 소소를 보기 위함이었다. 본 가로 소소를 보내놓았던 것이 기억났기에 무림맹으로 가려던 발걸음을 돌린 것이다.

적어도 복건에서 사천까지 달릴 때보다는 사천에서 섬서는 훨씬 가까운 거리였다. 그래서인지, 독고진은 더욱 빠르게 달렸다.

오랜만에 본 가에 돌아가면 우선 쉬고 싶었다. 쉬는 데는 집만큼 좋은 곳은 없다.

휘릭—

세가에 도착한 독고진은 담을 넘었다. 정문으로 들어가면 번거로운 일이 많이 생길 것 같기 때문이었다.

어차피 은신을 하고 들어간다면 그가 들어왔음을 알아챌 이는 세가에 아무도 없었다.

그때, 독고진의 귓가로 낯익은 음성이 들려왔다.

"누구냐!"

꽤나 긴장한 듯한, 경직된 목소리. 그것은 나연의 목소리였다.

'호오… 내가 아무리 은신을 대충하였다 하여도 저 녀석이 알아채다니?'

독고진은 재빨리 경공을 펼쳐 나연에게로 다가갔다.

스륵—

　은신을 알아챘다면 그냥 접근하는 것은 안심할 수 없었기에 그는 최대한 조심스레 나연의 뒤로 다가갔다.
　"흡!"
　독고진은 나연을 꽉 안으며 손바닥으로 입을 막았다. 그에 나연은 놀라서 고개를 돌리려 했다.
　"쉿. 나야, 나. 나 독고진이다, 녀석아."
　그제야 나연의 경직되었던 표정이 풀린다. 그리고 되레 그녀의 표정은 무척이나 밝아졌다.
　"아, 소가주님!"
　독고진은 손을 풀었고, 뒤돌아본 나연은 반가운 마음에 독고진을 끌어안는다.
　"왜 이래, 왜 이래. 이것 좀 놔보거라. 오라버니 힘들어."
　독고진은 장난스레 나연의 등을 토닥이며 피식 웃었다. 그에 나연은 자신의 행태를 깨닫고 뒤로 물러선다.
　"복건까지 가셨다고 들었는데 언제 여기까지 오신 거예요."
　반가움이 묻어나는 그녀의 목소리에 독고진은 빙긋 웃는다.
　"사천까지 가서 맹주님도 뵙고 왔어. 아마 머지않아 사천무림의 병력이 전부 섬서로 복귀할 거야."
　나연은 고개를 끄덕였다. 왜 그런 것인지는 궁금하지만 지금은 그것이 중요한 게 아니었다.
　"뭐 그런 것은 알아서 되겠지요. 그나저나 본 가에는 대체 얼마 만에 오신 거예요?"
　독고진은 멋쩍게 웃었다.

"그러게. 하핫. 그런데 녀석, 정말 실력이 일취월장한 것 같던데? 오라버니 은신도 알아채고 말야."

나연은 조용히 웃었다. 그녀 또한 근래 들어 확 오른 성취에 기분이 좋았기 때문이다.

"파월검의 초입에 들어섰어요."

그 말에 독고진은 놀란 눈으로 나연을 바라보았다. 정말 믿기지가 않는다는 듯한 표정이었다.

"정말이야?"

눈을 커다랗게 뜨고는 자신을 바라보는 독고진의 모습에 나연은 웃음을 흘린다.

"푸훗. 정말이라니까요."

"하핫, 정말 대단한데?"

독고진은 나연의 머리를 쓰다듬었다. 그것은 어릴 적부터의 습관이었다.

"소가주님은 제가 아직 어린아이인 줄 아세요?"

그에 독고진은 으쓱 하며 손을 내린다.

"그건 그렇고, 처소 안에 소소는 있어?"

나연은 고개를 끄덕였다.

"예. 소가모님께선 아마 처소에 계실 거예요. 제가 방금 전에 뵙고 나오는 길이거든요."

"상공!"

소소는 독고진을 발견하자마자 뛰어와 그의 품에 안겼다.

침상에 누워 있다가 일어나서 그런지 머리는 뒤죽박죽 헝클어진 채였다.

"잘 있었어?"

빙긋 웃으며 묻는 독고진을 올려다보며 소소는 눈물을 글썽였다.

"왜 그래 또……."

독고진은 소소의 이마에 살짝 입맞춤을 하고는 침상에 걸터앉았다.

"아뇨, 그냥… 그냥 상공을 보니까 너무 좋아서 그런가 봐요."

독고진은 침상에 벌러덩 누웠다. 무척이나 피곤한 기색이었다.

그 모양을 보던 소소는 빙긋 웃으며 말을 이었다.

"많이 피곤하시죠? 요즘 상공 별호가 전 무림에 진동하고 있어요. 흑비객 독고진 하면 다들 알던걸요. 강서성에서 활약하신 이야기도 호사가들 사이에서 많이 퍼지고 있나 봐요."

독고진은 씁쓸한 미소를 지었다.

의도적으로 자신을 알리기 위한 행위였지만, 마음 한구석이 찜찜한 건 어쩔 수 없었다.

황실에 명분을 만들어주기 위해, 흑비객이 백도무림맹의 인물이라는 것을 알리기 위해 자신을 드러내어 보였지만 그것은 괜한 짓이 되었다.

어차피 금의위 등의 일부 관군이 중앙 정부의 허락 없이 움직였다는 사실만으로도 명분은 성립한 것이기 때문이었다.

"뭐… 후우."

독고진은 한숨을 내쉬었다. 그리고 그 표정을 본 소소는 걱정스러운 얼굴로 독고진에게 물었다.

"왜 그러세요?"

그에 독고진은 고개를 절레절레 젓는다.

"아니, 아니야. 나 눈 좀 붙일게. 그래도 되겠지?"

소소는 고개를 끄덕였다. 그리고 그것을 보자마자, 독고진의 눈이 스르르 감겼다.

눈을 감은 독고진에게 다가간 소소는 그의 입에 살짝 입맞춤을 하였다.

"잘 자요. 오랜만에 푹 쉬어두세요."

*　　　　*　　　　*

"아니, 이 대체 어떻게 된 일인 겐가?! 호북 어디에도 그러한 조짐이 없다니?"

백리명은 당황하였다. 그리고 그의 뇌리에 경고성이 울려 퍼졌다.

"말씀드린 그대로입니다. 아무래도 그들은 무당으로 향한 것이 아닌 듯싶습니다, 어르신."

그리고 멍한 표정으로 그들을 바라보고 있던 혜원이 입을 떼었다.

"그렇다면 그들이 어디로 간 것이란 말인가?"

무당이 아니라면 어디로 갔을지 너무도 뻔한 사실. 하지만 믿기지 않는 마음에 다시금 묻는 혜원이었다.

"종남일 확률이 구 할 이상입니다."

쾅—

백리명이 탁자를 내려쳤다. 그리고 노기 어린 목소리로 중얼거렸다.

"으득… 어찌 생각대로 되는 일이 단 하나도 없는가……!"

잠시 눈을 감고 있던 혜원은 천천히 눈을 뜨며 말한다.

"빨리 섬서로 향해야 하지 않겠는가. 종남이 위험해. 이렇게 말하면 안 되겠지만, 십중팔구 종남은 초토화되어 버리고 말 것이네. 그러고 나면 곧바로 무림맹이야. 무림맹의 전력은 대부분이 사천으로 빠져나가 있는 상태이네. 종남이 무너지는 순간 무림맹이 무너지는 것은 기정사실이라 봐도 무방하다는 말일세."

백리명은 고개를 끄덕였다. 혜원의 말이 냉정하기는 하지만 정확한 판단이라 생각했기 때문이다.

"최대한 빨리 종남으로 향한다! 시일이 촉박하다!"

第十章
종남산(綜南山)

죽은 자의 영혼과 사람의 심혼(心魂)을 다루는 흑마법사 무림에 환생하다!

마왕의 힘을 배워 9클래스의 마법 경지를 넘어서고, 절대의 무공 경지에 들다!

그를 기다리는 건 무림사에 더없을 멸겁의 종말, 새황 오대천의 살혼마신!

‘팽(彭)’ 이라는 글자가 수놓아져 있는 누런 도복을 입은 일
단의 무리들이 빠르게 종남산을 올라가고 있었다.

그 숫자는 대략 삼백여 명 정도.

그들의 산을 타는 속도는 정말 가공할 만한 것이었다.

“누구냐!”

산문을 지키던 주 사람의 무인 중 그들을 발견한 이가 커다
랗게 소리쳤다.

하지만 그것으로 끝이었다.

촤아악!

듣기 거북한, 뼈가 으깨어지는 소리. 단 일도(一刀)에 사내
의 몸은 반 토막이 나버렸다.

"으으… 으!"

그 모습을 본 옆에 있던 무인은 서둘러 내원으로 들어가려 하였으나 그것을 가만히 놓아둘 리가 없었다.

콰직―

황의무인들 중 하나가 무서운 속력으로 그의 뒤에 다가가 등짝에 그대로 주먹을 박아 넣었다.

"끄아아악!"

그는 괴성을 질렀고, 황의무인의 나머지 한 손이 그의 뒤통수에 작렬한다.

퍽―

즉사한 것인지, 기절한 것인지. 정신을 잃은 그는 바닥으로 축 늘어졌다.

타탓―

그 모양을 본 황의무인들은 일제히 종남의 산문을 향해 쏘아져 들어갔다.

그리고 잠시 후 마치 환영을 보는 듯 허공에서 한 노인의 신형이 나타난다. 그의 한쪽 입꼬리는 살짝 말려 올라가 있었다.

"월주, 우리도 같이 들어가는 게 어떻겠소? 월령대까지 투입해서 순식간에 쓸어버려야 하지 않겠소."

노인은 허공에 대고 중얼거렸지만, 어디선가 그에 대한 대답이 들려온다.

"그렇게 하지요. 그런데 역천주님, 황군을 움직인 수습은 어찌할 요량이신가요? 반란이나 다름없는 일로 처리될 터인데…

아무리 천주께서 힘을 되찾으시고 대업에 성공하신다 하더라
도 수십만의 황군을 상대할 수는 없는 노릇 아니겠어요?"

그에 노인은 웃으며 대답한다.

"후후, 걱정 마시오. 내가 움직인 삼만의 병력은 명목상으로
는 왜구를 토벌하기 위한 것이었소. 황제의 귀에 그렇게 들어
갔겠지. 뒤늦게 그것이 아니라는 사실을 알아채더라도 그땐
이미 대업은 끝나 있을 거요."

노인의 설명에 여인의 대답이 들려왔다.

"그럼 저는 먼저……."

여인의 목소리가 사라지자마자 아무것도 보이지 않던 허공
에서 수십의 백의무인들이 무리지어 나타났다. 특징을 따지자
면 그들은 하나같이 여자라는 점이었다.

샤샥─

바람 가르는 소리와 함께 그들의 신형은 잔영을 남기며 사
라졌다.

무섭도록 쾌속한 경공이었다.

"후후… 이제 대업의 완성이 코앞에 있는 건가……."

노인은 기분 좋은 목소리로 중얼거렸다.

"이제 나머지 하나의 신물만 찾는다면 완벽하겠군. 큭큭, 신
물을 찾지 못해도 대업을 완성하는 데엔 지장이 없겠지만 말
이야."

스르륵─

그의 신형이 마치 신기루라도 된 듯 허공에서 사라져 갔다.

그리고 그의 중얼거림만이 그곳에 남아 울려 퍼진다.

"후후. 종남이다, 종남. 모든 일이 귀결될 곳은 어차피 종남산. 이곳이 전장터가 된 것은 오히려 잘된 일인 듯하군. 후우… 천주님께서 힘을 사용하실 수 있게 된다면 이럴 필요도 없는데 말이야."

*   *   *

푸른 바탕에 은백색으로 수놓아져 있는 '백(白)'이라는 글귀.

용이 꿈틀거리는 듯한 모습으로 테두리가 장식되어 있는 깃발은 바로 무림맹을 상징하는 것이었다.

다그닥— 다그닥—

파발을 실은 말은 전속력으로 사천무림맹을 향해 달리고 있었다.

백리명의 친필로 된 서찰을 단리철에게 전해주기 위함이었다.

섬서의 무림맹이 점령당할 위기라는 내용의 서찰.

단리철이 사천을 빠져나왔다는 사실을 알지 못하는 백리명이기에, 서찰을 사천으로 보낸 것이었다.

"이랴!"

말은 더욱 빠른 속도로 달리기 시작한다. 그리고 그 위에 앉아 있는 사내의 얼굴에는 땀이 비 오듯 쏟아지고 있었다.

　　　　＊　　　　＊　　　　＊

　종남(終南)의 장문인 정산문(鄭蒜雯)은 어이가 없었다. 환한 대낮에 수백의 음적들이 종남의 산문을 넘어 침입하다니.

　게다가 그들의 힘은 종남의 힘을 상회하고 있었다. 거의 일방적으로 종남이 밀리고 있었던 것이었다.

　"놈들!!"

　노성을 내지른 그는 자신을 향해 공격해 오는 팽가의 무인들에 맞서 검을 휘둘렀다.

　챙— 채애앵—!

　정산문의 검이 빠르게 움직였다. 그리고 그는 적들의 기세를 죽이기 위하여 사방으로 살기를 폭사시켰다.

　후우웅—

　하나, 그 살기에 위축된 이는 아무도 없었다. 아무런 영향도 받지 않은 것인지 그들은 여전히 무섭게 도를 휘두르고 있었다.

　"허어, 이게……?!"

　정산문은 당황하였다. 그로서는 현 상황이 납득이 가지 않았기 때문이다.

　'저들이 강하기는 하지만, 나에 근접하는 능력을 지녔을 수는 없을 터. 그런데 내 살기에 위축되지 않았다면……?

　무언가 생각이 떠오른 그는 자신의 바로 앞에서 도를 겨누

고 있는 팽가 무인의 눈동자를 응시했다. 그리고 그는 깨달을
수 있었다.

'눈동자에… 초점이 없다……?'

콰아앙!

정산문의 검에 씌워진 강기가 공중에서 폭발을 일으킨다.

그리고 그에 한쪽 팔이 잘린 팽가의 무인.

하지만 아무런 기색 없이 그는 다시금 정산문에게 덤벼들었
다.

그 모습을 본 정산문은 경악하였다.

'실혼인! 실혼인이구나!!'

정확한 물증은 없었지만, 이 정도라면 분명 실혼인이라 보
아도 무방했다. 사람이 아무리 정신력이 대단하더라도 한쪽
팔이 날아가는데 초점없는 눈동자가 그대로라는 것은 말도 되
지 않았다.

'실혼인이 삼백이라… 오대천, 오대천이 분명하구나. 그렇
다면 이제 삼만의 대군이 밀려 올라오겠구나.'

그의 얼굴에는 절망의 빛이 어렸다. 하지만 이대로 포기할
수는 없었다.

"흐읍!"

한 번 더 검기를 날려 그를 저지한 정산문은 자신의 뒤에서
싸우던 제자 하나를 불렀다.

"상아."

"예, 장문어른."

"지금 즉시 무림맹으로 가 이 사실을 맹주께 알리거라! 최대한 빨리 빠져나가야 한다!"

그 말에 상이라 불린 사내는 숨을 돌리며 겨우 대답하였다.

"그게 무슨 말씀이십니까!"

까아앙!

그 와중에 자신을 향해 쇄도해 오는 검을 막으며 정산문은 말을 이었다.

"시간이 없다! 어서! 내가 여기서 잘못 된다면, 다음 대 장문은 바로 너이니라! 후에라도 네가 종남을 다시 일으켜 세우면 되는 것이니라!"

그 말을 들은 사내의 두 눈에는 눈물이 고였다. 상황이 절망적이라는 것은 그 또한 잘 알고 있었기 때문이다.

지금 그들의 앞에 있는 실혼인들조차 감당하기 힘든 마당에 삼만의 관군이 들이닥친다 생각하면 종남의 점령이야 시간문제였다.

"장문어른!"

그의 눈에서 피눈물이 흘렀다. 정말 청천벽력과도 같은 일이 벌어지고 있는 것이었다.

"어서! 어서 가거라! 네가 여기서 지체한다면 무림맹까지 위험해지는 것이니라!"

사내는 돌아섰다.

점점 그의 발은 빨라지고 있었다.

조금이라도 멈칫하면 종남을 나설 수 없을 것 같았다.

그래서 그는 한 번도 뒤돌아보지 않고 곧장 달렸다.

종남이 멀어질수록 그의 심장은 더욱 터질 것만 같았다.

*　　　*　　　*

독고진은 나연과 함께 연무장에 들어섰다. 나연의 성취를 직접 보고 싶은 마음도 있었지만, 무엇보다도 그녀의 검세를 더욱 정교하게 다듬어주기 위함이었다.

검세를 한 번 다듬어준다고 해서 그 실력이 눈에 띠게 깊어지는 것은 아니었지만, 다음 단계로의 깨달음을 얻는 데에는 더욱 수월해지는 것이다.

"네가 생각하는 파월검을 펼쳐 보거라."

파월검은 본래 정형화된 초식이 없다. 묵월신검이야 극쾌를 이끌어내기 위한 가장 효율적인 기의 흐름을 담아놓은 초식이 내포되어 있었지만, 파월검은 무초식이었다.

기의 흐름이 이끄는 대로, 묵월의 힘이 움직이는 대로 검을 맡기는 것. 그것이 파월검의 요체인 것이다.

과연 나연이 펼치는 파월검은 독고진의 것과 많이 달랐다.

독고진의 파월검이 쌍검으로 펼치기 때문인 이유도 있었지만, 그 느낌마저 완전히 다른 것이다.

슈아아악!

처음 파월의 경지에 다다랐을 적에는 일 초 반 식조차 펼치기 힘이 들었지만 이제는 꽤나 적응이 되었는지 능수능란하게 파월검을 시전하는 그녀였다.

"녀석, 정말 많이 늘었구나."

독고진은 진심으로 감탄하였다. 나연의 재능이 뛰어나다는 것은 일찍부터 알고 있었지만, 이토록 빠르게 파월검의 경지에 다다를 수 있을 줄은 몰랐기 때문이다.

"후우."

숨이 차는지 잠시 숨을 고른 그녀는 독고진을 향해 빙긋 웃어 보였다.

그리고 독고진 또한 마주 웃는다.

"후후, 하지만 너무 조급해하지는 말거라. 파월검을 전부 네 것으로 만들려면 아마 이십여 년은 걸려야 할 게다. 그것도 네 재능을 감안해서 빠르게 잡은 것이야."

조용히 듣고 있는 그녀를 보며 독고진은 피식 웃었다.

그 모습이 꼭 결의(?)를 다지고 있는 듯했기 때문이다.

"무초식의 세계는 기의 흐름을 완벽히 이해하지 않고서는 제대로 펼치기가 힘들다. 정형화된 초식이 있는 묵월신검을 익힐 때와는 그 난이도가 궤를 달리할 거야. 네가 지금 파월검의 일식이랄 만한 것을 펼칠 수 있게 된 것도, 기의 흐름을 느꼈기 때문에 가능한 거다. 비록 네가 이해한 것은 일 할 정도에 불과하겠지만, 그것만으로도 아예 기의 흐름을 생각지도 못했을 때와는 천지차이라 할 수 있지."

독고진은 천천히 자신의 검을 빼 들었다.

스르룽―

독고진의 청사신검이 푸르게 빛난다.

"잘 보거라. 이것이 나의 파월검이다, 극성에 다다른 파월검. 느낌이 완전히 다를 것이야."

척―

독고진은 나머지 하나의 검도 뽑아서 쥐었다. 나연에게 자신이 펼칠 수 있는 최고의 검식을 보여주려 함인 듯하였다.

"무(無)라는 말은 곧 유(有)를 뜻한다. 없다는 것 또한 그것, 그러니까 없다는 것이 있다는 소리이기 때문이지. 지독한 모순이긴 하지만 말이야."

허공을 향해 쌍검을 겨눈 그는 한마디를 더 했다.

"아무것도 없다는 것이란, 무한한 가능성을 의미한단다. 잘 보거라."

독고진의 쌍검이 움직이기 시작했다. 여느 때처럼 한 손에서는 묵빛 기운이, 또 한 손에서는 백색 광채가 일렁이기 시작하였다.

"흡!"

독고진은 숨을 들이마심과 동시에 신형을 움직였다.

묵빛의 기운과 화려한 백색의 광휘(光輝)가 어우러져 또 다른 장관을 연출한다.

파팟―

멍하니 그 광경을 보고 있는 나연에게 독고진은 전음을 날렸다.

"겉으로 보라고 하는 소리가 아니다. 이 힘을 느껴라. 이 격렬한 기의 흐름을 느껴 네 것으로 만들거라.”

그에 나연은 정신을 차리고 모든 감각을 개방하였다. 그리고 독고진을 향해 그것들을 집중시켰다.

기의 파동이 느껴진다.

격렬하게, 때로는 잔잔하게 흘러가는 기의 흐름이 그녀의 가슴속에서 전율을 만들어낸다.

“아…….”

나연의 입에서 작은 탄성이 흘러나왔다. 막혔던 부분이 한순간에 뻥 뚫어지는 기분이랄까?

그녀는 독고진의 검무(劍舞)에 매료되기라도 한 듯, 천천히 눈을 감았다.

그리고 그녀는 자신의 몸을 감싸는 기의 흐름에 격렬하게 뛰고 있는 가슴을 맡기었다.

휘이잉—

독고진의 주위에서 몰아치던 기의 바람이 유형화되어 그녀의 주위로 스며들었다.

독고진의 검무가 끝난 것이다.

그리고 나연은 그 자리에 가부좌를 틀고 앉았다.

눈을 감고 있는 그녀의 모습은 한없이 평온해 보였다.

“후후, 내가 방금 보여준 것의 일 할만이라도 이해한다면 너는 정말 강해질 수 있을 게다. 여중제일고수라 하여도 틀리지 않을 만한, 그런 능력을 갖추게 될 거야.”

독고진은 그녀의 성취를 돕기 위해 기를 흘려보내 주었다.

그리고 그는 조용히 중얼거렸다.

"너는 할 수 있을 거다."

＊　　　＊　　　＊

"제장들은 들으라!"

커다란 노인의 목소리가 쩌렁쩌렁 울려 퍼졌다.

높다란 단상 위에 서 있는 노인. 그리고 그 아래 새까맣게 깔려 있는 명 황실의 군대는 장관을 연출하고 있었다.

"지금부터 우리는 반란군을 토벌하러 간다! 감히 명 황실을 속이고 삼만의 정예군을 임의대로 움직인 금위대장을 처단하기 위함이다!"

이천 명 정도 되어 보이는 병사들. 출정하는 군대라고 보기에는 적어 보이지만, 이들은 전부 백인장(百人長) 급 이상의 부장들이었다. 그 휘하의 군사들을 전부 따지자면 족히 이십만여 명은 될 터였다.

"와아아아!!"

하늘이 다 떠나가기라도 할 듯 커다란 함성이 울려 퍼졌다. 그리고 그런 그들을 묵비령과 주혜명이 지켜보고 있었다.

"공주님, 정말 감사드립니다."

묵비령은 주혜명에게 고개를 숙여 보였다. 그에 주혜명은 웃으며 답한다.

"아니에요. 어차피 황실과도 관련되어 있는 문제잖아요. 독고 소협께서 황실에 큰 도움을 주신 적도 있고 말이에요."

"어찌 되었든 정말 감사드립니다."

다시 한 번 고개를 숙여 보인 묵비령은 천천히 고개를 돌렸다.

그의 눈에 출정 준비를 하기 위해 빠져나가는 장수들이 보인다.

"후우… 이젠 하늘에 맡겨야겠군. 주군께서 저들이 당도할 때까지 잘 버텨주셔야 할 터인데…….'

＊　　　＊　　　＊

섬서에 도착하자마자 단리철은 쉴 틈도 없이 움직여야 했다.

피를 온몸에 떡칠한 채 무림맹으로 달려온 사내에게 종남의 소식을 전해 받았기 때문이다.

무림맹의 무인들은 잠시 쉴 틈도 없이 종남산으로 향했다.

"크흠… 독고 단주의 이야기를 듣기를 잘했어."

단리철은 속으로 안도의 한숨을 내쉬었다. 정말 독고진의 말을 따르지 않고 사천에 머물러 있었다가는 큰일이 날 뻔한 것이다.

지금도 충분히 심각한 상황이었지만, 만일 계속 병력을 사천에 두었더라면 무림맹까지 그대로 쓸려 버렸을 것이다. 그것이 최악의 상황이다.

단리철은 고개를 살짝 뒤로 돌려 그의 뒤를 따라오고 있던 무사에게 이야기했다.

"자네는 지금 말을 달려 독고세가로 가서 독고 단주를 만나시게."

그 말에 무사는 고개를 끄덕이며 되물었다.

"알겠습니다. 종남의 소식을 전해 드리면 됩니까?"

"그렇네. 그리고 독고세가의 전력 또한 무림맹에 합류하라고 전하게."

무사는 고개를 숙여 보이며 대답하였다.

"그리하겠습니다."

*　　　*　　　*

독고진에게 소식이 도착한 것은 단리철로부터 온 파발이 먼저가 아니었다.

종남을 이미 넘어선 삼만의 군대가 종남산을 내려오는 것이 독고세가의 정보망에 먼저 걸려 독고진에게 전해진 것이다.

"완벽히 당했군. 깨끗이 속았어."

독고진의 얼굴에는 수심이 가득하였다. 아마 지금쯤 단리철을 위시한 무림맹의 무사들이 섬서에 도착하였을 것이긴 하지만, 이제 다음 전장터는 독고세가가 될 것이기 때문이었다.

그리고 그의 옆에는 나연과 소소가 걱정스런 표정을 하고 있었다.

"이제 어떻게 하실 거세요, 가가?"

적잖이 불안한 듯 안절부절못하는 소소를 한 번 꼭 안아준 그는 중얼거리듯 말하였다.

"일단 아버지를 만나뵈어야겠다."

독고진이 독고명을 만나러 갔을 때 그는 이미 출정 준비를 하고 있는 상태였다. 당연하겠지만, 그의 귀에도 종남의 소식이 들어간 것이다.

"아버지."

독고진의 부름에 독고명은 고개를 돌린다. 그리고 그는 빙긋 웃었다.

"왜 그러느냐?"

"지금 뭘 하고 계신 겁니까?"

독고진의 물음에 독고명이 씁쓸히 웃었다.

"출정 준비를 하고 있지 않느냐. 종남마저 이렇게 되어버린 마당에, 무림맹을 지킬 수 있는 건 본 가밖에 없다."

그에 독고진은 당황하였다. 독고명은 무림맹의 군력이 섬서로 돌아왔다는 사실을 모르는 듯했기 때문이다.

"조금만 기다리십시오, 아버지. 맹주님께서 이쪽으로 오고 계실 겁니다."

하지만 독고명은 고개를 설레설레 저었다.

"맹주께서 사천에서 이곳까지 도달하시기 전에 무림맹은 초토화되고 말게다. 방법이 없어."

“그렇지 않습니다, 아버지. 맹주께선 지금 이미 섬서에 와 계신 상태십니다. 곧 이곳에 당도하실 겁니다.”

그 말이 끝나자마자 독고명의 안색이 확 변한다. 믿을 수 없다는 듯한 표정이었다.

“아니, 그게 정말이냐?”

“그렇습니다, 아버지. 조금만 더 기다리십시오. 무림맹의 전력과 합류해야 승산이 생깁니다.”

그에 독고명은 고개를 끄덕였다. 무척이나 밝아진 모습이었다.

“그래, 그렇다면 당연히 그렇게 해야지. 허허, 다행이야……..”

*　　　*　　　*

“천주님, 때가 되었습니다.”

한 사내의 앞에 부복한 채 절도있게 이야기하는 구견. 그에 사내는 빙긋 웃었다.

“그런가? 신맥이 아직 전부 뚫리지 않았는데?”

그에 구견은 다시 대답한다.

“소운이라는 녀석의 피가 제 효능을 발휘하지 못해서 그렇습니다. 제가 너무 다급한 와중이라 실수를 한 듯합니다. 하지만 이번에 섬서로 가시면 소운이라는 아이를 죽이고, 곧바로 마지막 하나 남은 신물도 취하실 수 있을 겁니다.”

천주라 불리운 사내는 천천히 자리에서 일어났다.

"그래. 신맥이 전부 뚫리고 신물까지 취하고 나면 마교를 상
대할 적에 잃었던 힘을 전부 되찾을 수 있겠지. 아니, 오히려
훨씬 더 강한 힘을 얻을 수 있을 게야."

사내는 비릿한 미소를 지었다. 그리고 구견을 향해 말하였
다. 아니, 그것은 세상을 향해 하는 말인 듯하였다.

"곧 역천의 시대가 도래할 것이다."

＊　　　＊　　　＊

장안(長安)은 때 아닌 소란으로 온 시내가 떠들썩해졌다.

수천의 무인들이 장안 한복판을 지나고 있으니, 그럴 밖에
없는 것이었다.

서안에서 종남까지 가장 가까운 길은 장안을 통과하는 길이
었다. 그렇기에 단리철은 어쩔 수가 없었다.

"독고 대주는 어떻게 되었는가?"

단리철의 물음에 사내가 대답한다.

"장안을 지나면 만나실 수 있을 듯합니다."

그에 단리철은 고개를 끄덕였다. 장안을 지나고 나면 곧 종
남산 자락이다. 그리고 그곳은 전투가 이뤄질 확률이 가장 높
은 곳이었다.

"그렇군. 그건 그렇고, 혈교의 무리들은 어떻게 되어가고 있
는가? 그들이 어찌하고 있는지에 대한 정보는 아직 들어오지
않았나?"

“아닙니다. 얼마 전에 정보가 들어왔습니다. 뒤늦게 알아챈 그들은 지금 청해성과 사천성의 경계로 진입하였다 합니다. 아마도 예까지 도달하려면 보름은 걸릴 듯합니다.”

단리철은 고개를 끄덕였다. 사천과 섬서가 붙어 있다고는 하지만, 완전 극과 극을 통과하려면 사실 보름도 빠르게 잡은 것이었다. 사천무림맹이야 비교적 섬서와 가까운 쪽에 있어 훨씬 수월하였지만, 그들은 두 배는 시간이 더 걸릴 것이었다.

“후후, 그 정도라면 아직 넉넉하군. 후… 그렇지만 저 삼만의 관군을 이길 수 있을지 그게 걱정일세.”

“걱정 마십시오, 맹주님. 저들의 숫자가 우리의 다섯 배에 육박하기는 하지만, 저들은 일반 병사들일 뿐입니다. 이길 수 있습니다.”

하지만 단리철은 고개를 절레절레 저었다.

“아니, 그건 장담할 수 없네. 저들은 잘 훈련된 관군이야. 게다가 저들만 있는 것이 아니라, 내가 듣기로는 수백의 실혼인에 오대천의 무인들까지 있다고 하였네. 우리가 버티고 있으면, 권황 어르신과 검황 어르신께서 이끌고 갔던 나머지 반의 전력이 뒤를 칠 게야. 그렇게 되면 승산이 있겠지.”

무사는 고개를 끄덕였고, 단리철은 초점없는 눈빛으로 허공을 응시하였다.

그의 입에서는 신음과도 같은 중얼거림이 흘러나온다.

“잘되야 할 텐데…….”

*   *   *

  안휘로 제갈세가를 막기 위해 돌아간 남궁가와 떨어진 풍백
단은 독고세가의 병력과 합류하였다.
  독고세가의 병력은 비교적 많은 편이었다.
  대략 천오백여 명 정도의 무인.
  평온한 섬서의 한복판에서 적잖이 세를 키운 것이었다.
  물론 구파 정도로 무인들의 성취가 좋지는 못하겠지만 제자
를 잘 받지 못하는 그들과는 달리 재력만 된다면 제자들을 많
이 받을 수 있는 무림세가의 경우, 그 숫자가 많을 수밖에 없는
것이다.
  천오백여 명의 독고세가의 무사와 오천여 명 정도의 무림맹
의 무사가 종남산의 아래에 포진하였다.
  그리고 당연하겠지만, 그들과 대치하고 있는 것은 삼만의
관군이었다.
  "허… 확실히 많기는 많구만……."
  단리철은 혀를 끌끌 찼다. 얼마나 많은 피가 흐를지 짐작조
차 가지 않았기 때문이다.
  "저 관군들은 무슨 죄가 있다고……."
  단리철의 중얼거림에 독고진 또한 씁쓸히 웃었다.
  "그러게 말입니다. 하지만 지금은 저들에게 측은지심을 가
져서는 안 될 때입니다. 저들을 죽이지 못하면 이쪽이 죽습니
다."

단리철은 고개를 끄덕였다. 충분히 인지하고 있는 이야기였기 때문이다.

"물론 그렇겠지. 어쨌든 자네의 공이 정말 크네. 자네 덕에 지금 우리에게 승산이 이 정도라도 생긴 것이야."

단리철은 진심으로 독고진에게 고마웠다. 독고진이 활약해 준 덕에 사도련의 위협 또한 제지할 수 있었으며, 혈교의 무리들을 따돌릴 수 있었다.

"아닙니다, 맹주님. 맹주님께서 하신 일에 비하면 제가 한 일이 뭐가 있겠습니까."

"허허……."

단리철은 기분 좋게 웃었다. 하지만 그것은 잠시간이었다. 계속 웃고만 있기에는 지금 그들 앞에 닥친 상황이 무척이나 심각한 것이었다.

"내일 즈음이면 호북으로 갔던 무림맹의 무사들과 무당의 지원군이 도착할 겁니다. 그때까지는 이대로 버티고, 그들이 도착하면 한 번에 양쪽에서 덮치도록 하지요."

"그래, 그렇게 하세. 그런데 저들이 오늘 내로 산을 내려오겠는가? 태도를 보아하니 우리가 먼저 치기를 기다리고 있는 듯한데……."

"글쎄요. 저대로 농성을 하여 혈교와 오대천의 무인들이 전부 모이기를 기다릴지도 모르지만, 최대한 빨리 이쪽을 뚫어버리고 무림맹을 장악하려는 계획으로 나올 수도 있습니다. 산을 내려온다면 오늘 중이 될 것이며, 그렇지 않다면 저대로 농성하겠지요."

그 말에 단리철은 고개를 주억거렸다.

"그렇군… 그렇다면 이제 문제는 고수들의 숫자가 되겠어. 몇몇 절대의 고수들에 의해 상황이 역전되어 버리는 것만 막으면 되겠군."

과연 독고진의 예견은 대략적으로 맞아떨어졌다. 한 시진도 지나지 않아 삼만의 관군이 벌 떼처럼 밀려 내려오기 시작한 것이다.

새까맣게 밀려오는 군사들을 보며 단리철은 농담조로 중얼거렸다.

"이렇게 보니 정말 무섭군."

경직된 몸을 조금이라도 풀기 위한 농이었지만 그에 웃는 사람은 아무도 없었다.

단리철은 뒤를 돌아보며 소리쳤다.

"대열을 갖추고 무구를 정비하라! 오늘만 버티면 된다! 저들이 숫자가 아무리 많아도 일반 병사들일 뿐이니라!"

그의 사자후에 무림맹의 무사들은 커다랗게 함성을 지른다.

"와아아아!!"

둥둥둥―

제룡회가 열릴 당시 울리던 황룡고가 다시금 울리기 시작한다. 그에 사기가 충천한 무림맹의 무사들의 함성이 더욱 크게 울려 퍼졌다.

“하루만 버티면 된다! 모두 전투 태세를 갖추거라!”

두두두두—

말발굽 소리와 병사들의 함성 소리. 그리고 커다랗게 피어오르는 먼지구름에 장내는 아수라장이 되었다.

챙— 채챙—

이곳저곳에서 병장기 소리가 울려 퍼지기 시작하였다.

전투가 시작된 것이다.

“음……!”

무사들이 격돌하는 것을 잠시 지켜본 독고진은 풍백단을 돌아보았다. 나연과 막부동 그리고 위지천이 가장 앞에서 전면을 응시하고 있었다.

“우리는 최대한 전장을 흐려놓아야 한다. 관군들은 개개인이 약하기는 하지만 이런 대규모 전투에 있어서 진영을 맞추고 효율적으로 전쟁하는 훈련이 잘 되어 있다. 그렇기에 전장을 흐트려 난전으로 만들수록 개인의 힘이 강한 무림맹 측의 승산이 높아질 터. 최대한 적진을 휘저어놓아라.”

그의 말에 오십여 명의 풍백단 무인이 일제히 대답한다.

“존명!”

그리고 그들이 순식간에 흩어지자 독고진은 막부동에게 말하였다.

“너 또한 저들의 사이에 끼어 저들의 기세를 최대한 죽여놓도록 하거라. 최대한 많은 적들을 혼란에 빠뜨려야 한다.”

그에 막부동은 씨익 웃어 보이며 고개를 끄덕였다.

"그리하겠습니다."

그리고 독고진은 나연을 바라보았다.

"너는 나와 함께 오대천의 주구들을 찾아다녀야 한다."

그 말에 나연은 어리둥절한 표정으로 물었다.

"오대천의 주구라니요?"

그에 독고진은 빙긋 웃었다.

"네가 아직 경험이 부족하긴 하다만, 가진 바 능력을 모두 사용할 수 있다면 최소 칠왕에 근접하는 능력이 나올 게다. 그러니 너와 네가 전세를 역전시킬 수 있는 오대천의 고수들을 잡아내야 한다."

나연은 당황스러웠다. 자신의 능력이 칠왕에 근접한다니. 실감이 나지를 않았다.

"그런 말도 안 되는……."

하지만 독고진은 나연의 말을 끊는다.

"설마 이 오라비가 거짓말을 하겠느냐. 잔말말고 따라오거라."

그리고 발을 옮기려던 독고진은 무언가 생각난 것이 있는지 나연에게 물었다.

"아! 그런데 풍백단과 함께 맹으로 돌아온 소령이는 어디 갔느냐? 통 보이지를 않는구나."

그에 나연은 빙긋 웃었다. 침울한 표정이 되어 세가의 연무동에 들어갔던 소령이 생각난 것이다.

"소령 아가씨는 지금 본 가의 연무동에 계세요. 복건에 갔다

충격을 많이 받으셨나 봐요. 제가 듣기로 청운 소협이 정체불명의 고수에게 습격을 당했었는데 그것을 보고 성취에 대한 자신감이 많이 떨어지신 듯해요."

"아아……."

독고진은 안도하였다. 소령이 전장터까지 나왔을까 봐 걱정이 된 것이었다.

"그럼 소소는?"

"소가모님께서는 지금 후방 지원대에 합류해 계실 거예요."

독고진은 고개를 끄덕였다. 등천관의 학도들이 대부분 그쪽에 합류해 있다는 것을 알기 때문이다.

"그렇군. 그럼, 따라오거라."

"예, 소가주님."

독고진은 전장터로 신형을 날렸다. 그리고 나연 또한 빠르게 그의 뒤를 따랐다.

"뒤따르면서 최대한 많은 적을 베어 넘기거라. 적응해야 한다. 적에게 측은지심을 가져서는 안 된다."

독고진의 전음에 나연은 고개를 주억거렸다.

살인을 해본 기억은 제룡회의 참사 때밖에 없었지만, 이제는 성취가 높아지고 심기도 깊어졌기에 평정심을 잃지 않을 자신이 있었다.

독고진은 쌍검을 마구잡이로 휘둘렀다. 그리고 그의 일 검 일 검에 수많은 병사들이 죽어나간다.

처음 나연은 그 모습을 보며 속이 울렁거리는 듯했지만 차차 나아져 가고 있었다.

콰아아앙—

나연의 검에서 커다란 강기가 발출되어 일격에 대여섯의 병사를 시신으로 만들어 버린다. 그리고 그 모습을 본 독고진이 전음을 날렸다.

"너무 많은 내력을 소모치 말거라. 우리의 상대는 따로 있다."

"예, 소가주님."

수차례 전장을 휘젓고 다니던 독고진은 누군가를 발견했는지 어디론가 쏜살같이 향하였다. 그리고 그것을 본 나연 또한 그의 뒤를 바짝 쫓았다.

"긴장하거라. 네게 좀 버거운 이들이 나타날 게다. 너는 전면에 나서지 말고 나를 도와주면 된다. 알겠느냐?"

"걱정 마세요."

나연의 전음을 듣고 난 독고진은 속력을 조금 더 높였다.

널찍하기 그지없는 전장터였지만, 독고진은 금방 원하던 곳에 도달할 수 있었다.

그곳은 적진 한복판이다 다름없는 곳이었지만, 그런 것은 개의치 않았다.

어차피 일반 명사들이 그에게 위협이 되기란 힘들기 때문이었다.

"후후, 오랜만이군."

독고진은 눈앞의 사내를 보며 중얼거렸다. 그러자 사내, 구견의 표정은 그야말로 똥 씹은 표정이 되었다.

"노옴! 그때의 치욕은 잊지 않고 있느니라!"

구견의 신형이 빠르게 움직여진다. 그리고 독고진은 그에 맞춰 빠르게 검을 움직였다.

까아앙!

커다란 쇳소리가 울려 퍼졌다. 그리고 그것을 본 나연은 독고진을 돕기 위해 신형을 날렸다.

하지만 그녀를 방해하는 이가 있었다.

"네년은 누구냐!"

나연의 검을 가로막은 이는 바로 마상평이었다.

하지만 나연은 아무 말 없이 그를 향해 검을 찔러갔다.

쐐애애액!

나연의 묵검이 빛살과도 같은 속도로 마상평의 요혈을 노리고 들어온다. 하지만 마상평은 그리 호락호락하지 않았다.

까가강—!

빠르게 펼친 나연의 묵월신검의 초식이 마상평의 검에 전부 가로막힌 것이었다.

"으음……!"

하지만 당황한 것은 나연뿐만이 아니었다. 뜻밖의 강적의 등장에 마상평 또한 적잖이 당황한 것이었다.

"흐아압!"

나연은 처음부터 전력을 다하기로 마음먹었다. 최대한 몰아붙여서 빨리 끝내자는 생각에서였다.

그리고 그것은 독고진 또한 마찬가지였다.

독고진은 천령의 힘을 제외한 모든 자신의 힘을 개방하였다.

쿠오오오—!!

커다란 기의 폭풍이 몰아치며, 그들의 주위에 몰려 있던 병사들은 마치 썰물이 빠져나가듯 일정 범위를 두고 물러났다.

"으음……!"

구견은 신음성을 흘렸다. 기세가 심상치 않다는 것을 느꼈기 때문이다. 하지만 그는 믿는 구석이 있는지 물러서지 않았다.

"이만 죽거라."

싸늘한 한마디를 날린 독고진은 신형을 날렸다. 커다란 기운의 파동이 독고진의 몸에서 뻗어나간다.

콰콰콰쾅!

하지만 구견 또한 쉽사리 당하지는 않았다. 일전에 독고진과 싸울 당시보다는 더 강해졌기 때문인지, 그리 쉽사리 밀리지 않았다.

그 모양을 본 독고진은 조금 놀란 표정이 되었지만, 그뿐이었다. 어차피 당시보다는 그 또한 많이 성장했기 때문이다.

쿠쿠쿵—!

독고진의 기세가 한층 강해졌다.

빠강—

구견의 한쪽 철조의 날이 부러지며 그의 심장을 향해 독고진의 검이 쇄도하였다.

"흡!"

다급히 나머지 한 손으로 그것을 막아낸 구견은 뒤로 삼 장여를 솟구쳐 날아갔다. 기와 기의 충돌로 인해 생긴 파동 때문이었다.

"크윽!"

신음을 흘린 그는 고통스러운 표정으로 시큰거리는 팔을 움켜쥐었다.

하지만 독고진은 그에게 쉴 수 있는 여유를 주지 않았다. 현 상황이 그만큼 여유롭지 못했기 때문이다.

"으……!"

독고진의 검극이 구견의 미간을 꿰뚫기 직전, 어디선가 쏜살같은 섬광이 날아와 그것을 저지하였다.

펑!

독고진은 검기가 날아온 방향으로 고개를 돌렸다. 그리고 그곳에는 백의 무복을 입은 여인이 서 있었다. 꽤나 낯익은 모습.

"후우, 방해꾼이라……?"

독고진은 검을 중첩시켰다. 그리고 다시 발검 자세로 돌아갔다.

그러자 그의 팔은 교차되어 약간은 우스꽝스러운 모습이 되었다. 하지만 아무도 그것을 보고 웃을 수는 없었다. 독고진에게서 뻗어 나오는 기세가 무시무시했기 때문이다.

“합!”

그의 입에서 기합성이 터져 나오며 검이 뻗어졌다. 그리고 그것은 여인을 향한 것이었다.

쐐애애액!

독고진은 극쾌를 구사한 것이었다. 그리고 발검 자세를 취한 것 또한 그를 위해서였다.

모든 검식에서 가장 빠른 속도가 구사될 때는 가장 처음 검을 뽑을 당시의 발검에서 나오기 때문이었다.

콰콰쾅―!

섬광이라는 단어가 무색할 정도의 빠르기. 그에 놀란 여인은 허리를 젖혀 겨우 검기를 피해냈다. 그리고 그로 인해 그녀의 얼굴에 씌워져 있던 면사가 벗겨졌다.

펄럭―

부드러운 비단으로 된 듯한 면사가 허공에서 펄럭였고, 독고진은 드러난 그녀의 얼굴을 보고는 놀랄 수밖에 없었다.

그가 익히 알고 있던 얼굴이었기 때문이다.

“신녀?”

중얼거리는 듯한 독고진의 말. 그를 본 유월은 빙긋 웃었다.

“후훗. 오랜만이군요, 독고 소협.”

유월의 미소에는 슬픔이랄 만한 것이 묻어 나오고 있었다. 하지만 독고진은 그런 것은 개의치 않았다.

“그래, 오랜만이군. 이제야 아미의 일이 어떻게 된 것인 줄 알겠어. 하하… 그대의 짓이었군.”

독고진은 살기를 더욱 증폭시켰다. 그것은 유월과 구견, 두 사람을 향한 것이었다.

"그래요. 내가 한 짓이죠."

유월의 웃음은 더욱 짙어졌다. 그리고 그와 함께 그녀의 기운 또한 점점 강해지고 있었다.

"당신은 누구죠? 어떻게 그만한 힘을 가지고 있을 수 있는 거죠?"

유월의 질문. 하지만 독고진은 그에 대한 대답을 하지 않았다.

"당신 같은 여자에게 말해줄 필요는 없을 것 같군."

냉소를 날린 독고진은 신형을 움직였다. 순식간에 수십의 잔영을 남기는 극한의 빠르기를 가진 보법이었다.

채챙— 챙!

두 사람의 검은 연신 부딪쳤다. 그리고 독고진의 뒤를 구견이 노렸다.

쾅—!

순간 독고진은 신형을 회전시키며 사방으로 검기를 폭사시켰다.

"으윽……!"

그에 구견은 다시 신음을 흘리며 뒤로 물러선다. 그러자 유월은 독고진을 향해 작은 목소리로 중얼거렸다.

"당신이 아무리 강하더라도. 오늘 이 자리에서 죽을 수밖에 없을 거예요. 아니, 오늘은 아닐는지도 모르겠군요. 하지만 얼마지 않아 당신은 죽을 거예요. 그것은 어쩔 수 없어요.”

하지만 독고진은 얼굴색 하나 변하지 않았다.

“아니, 내가 이곳에서 죽을 일은 없다.”

그리고 독고진은 다시금 유월을 차갑게 노려보았다.

“설사 신이 이곳에 강림한다 하더라도!”

퍼어엉!

독고진의 쌍검이 허공을 가로질렀다. 그리고 그것은 각각 유월과 구견에게로 쇄도해 갔다.

깡— 까강—

놀랍게도 독고진의 검은 스스로 움직이고 있었다. 이기어검술(以氣御劍術)의 수법을 펼쳐 낸 것이다.

독고진의 두 검이 각각 주인의 손을 떠나 스스로 휘둘러지고 있는 모습. 그것은 마치 묘기를 보는 듯하였지만, 무인들의 입장에서는 그렇지가 않았다.

전설상의 경지가 펼쳐지고 있었기 때문이다.

그것도 쌍검술로 각각 펼쳐지는 이기어검의 수법은 들어본 적조차 없었다.

쿠쿠쿵—!!

“크큭!”

구견은 신음성을 흘렸다. 하지만 그가 독고진의 검 하나에 밀리고 있는 것은 아니었다. 단지 독고진이 사람 같지 않았기에 흘리는 신음일 뿐이었다.

그때 오대천의 진영에서 북소리가 울려 퍼진다. 그에 구견과 유월, 마상평은 어리둥절한 표정이 되었다.

"뭐지? 퇴각 신호인데."

어리둥절하기는 하였지만, 일단 퇴각 신호가 떨어진 이상 빠르게 후퇴하는 것이 가장 이득이었다. 탐탁지 않다고 혼자 남아 있을 수는 없는 노릇이었기 때문이다.

콰아앙!

커다란 검기를 동시에 독고진에게 발출한 두 사람은 독고진이 잠시 멈칫한 틈을 이용하여 독고진의 검세에서 빠져나갔다. 그리고 마상평 또한 그들과 함께 후퇴하였다.

"왜지? 아직 제대로 된 전투가 시작되지도 않았는데?"

독고진은 어이없다는 표정이 되었다. 딱히 어떠한 전황이 나오기도 전에 전투가 끝났기 때문이었다. 오히려 후퇴로 인해 저들은 더 많은 병력을 잃은 셈이었다.

마치 썰물처럼 빠져나간 관군들을 보며, 무림맹의 진영에서는 환호성이 울려 퍼졌다.

"와아아!!"

第十一章
결전(決戰)

죽은 자의 영혼과 사람의 심혼(心魂)을 다루는 흑마법사 무림에 환생하다!

마왕의 힘을 배워 9클래스의 마법 경지를 넘어서고, 절대의 무공 경지에 들다!

그를 기다리는 건 무림사에 더없을 멸겁의 종말, 새황 오대천의 살혼마신!

FOR
GOD

"왜 철수한 겁니까?"

마상평의 물음에 백의노인이 대답하였다.

"천주께서 자네들을 불러들였다네."

황실의 금위대장이자, 삼황 사존 중 성존의 칭호를 가진 노인. 갈휘의 말에 세 사람은 놀란 표정이 되었다.

"천주께서 이곳에……?"

구견의 말이 끝나기도 전에 장내에는 한 사람이 들어섰다. 흑색의 로브를 걸친 사내였다.

"후후, 다들 모였나?"

그의 목소리가 울려 퍼지자, 장내에 있던 네 사람은 곧바로 자리에서 일어섰다.

"오셨습니까."

"후후……."

오대천의 천주 헌원광(軒轅狂)의 입에서 음울한 웃음이 흘러나온다.

"앉게나."

그리고 그들이 전부 자리에 앉자 헌원광은 다시 입을 열었다.

"우리는 종남에서 농성할 것이다."

그의 말에 네 사람은 놀란 표정이 되었지만, 어떠한 말도 하지 않았다. 그의 다음 말이 이어지고 있었기 때문이다.

"종남산에 '그곳' 이 있다는 것은 모두 알 터. 혈천주와 멸천주의 서신에 의하면 무림맹의 후방에 하나 남은 신맥이 있다 하였다. 그리고 신물 또한 바로 이 근방에 있지. 나는 느낄 수 있다, 멀지 않은 곳에 신물이 있다는 것을."

잠시 뜸을 들이던 그는 다시금 입을 열었다.

"내가 힘을 찾으면… 이 모든 상황을 종료시킬 것이다. 신맥은 멸천주와 혈천주 두 사람이 데려올 것이라 하였다."

그에 구건은 의아한 표정을 지었다.

"데려오다니요? 그냥 끊어버리는 것이 훨씬 간단하지 않습니까?"

그 말에 헌원광은 고개를 저었다.

"그렇지 않다. 내가 각성을 하고 나면 이 후줄근한 육체는 버려야 하지 않겠나?"

그에 무슨 이야기인지 알아들은 구견은 고개를 끄덕였다.
천주는 신맥을 취하고 난 후 소운의 몸에 빙의할 생각을 가진
것이었다.

"후후… 그동안 우리는 이곳에 농성하며 종남에 자리한 '그
곳'을 찾는다."

*　　　*　　　*

"후우… 이제야 도착했군. 저들에게 제대로 속았어."
백리명은 중얼거렸다. 그의 표정은 침울하기 짝이 없었다.
자신의 오판으로 이 지경이 되었다 생각하니 죄책감마저 밀
려오고 있었다.
"취운개, 부탁 하나 해도 되겠는가?"
백리명의 말에 취운개는 고개를 끄덕였다.
"말씀해 보시게."
"후우……."
잠시 숨을 고른 백리명은 말을 이었다.
"여기서 경공이 가장 뛰어난 사람은 자네일세. 부탁하겠네.
자네가 맹주에게 우리가 도착했음을 알리도록 하게나. 저들이
점령하고 있는 종남산에서 저들에게 들키지 않고 최대한 빠르
게 이동할 수 있는 것은 자네밖에 없어."
그에 취운개는 눈살을 찌푸렸지만, 아무런 말도 하지 않았
다. 상황이 긴급함을 잘 알고 있기 때문이다.

“헐헐… 알겠네. 그리하도록 하지.”

취운개의 경공술은 과연 가공할 만했다.

한 시진이 채 되지 않아 종남산을 넘어버린 것이었다.

경공을 펼치면 오래 걸릴 만한 거리는 아니었지만, 삼만의 관군이 농성하고 있는 곳임을 감안한다면 놀라울 정도의 속력인 것이었다.

“오오, 그럼 산의 남서쪽에 도착하셨다는 말씀입니까?”

단리철의 안색이 눈에 띄게 밝아졌다. 그야말로 더 없이 듣고 싶었던 희소식이었기 때문이다.

“그렇다네. 백리가 녀석이 말하기를, 자정이 되자마자 공격을 감행하자 하였네. 그렇게 하겠는가?”

잠시 생각하던 단리철은 고개를 끄덕였다. 자정이라면 시간이 얼마 남지 않아, 전투의 피로가 채 가시지 않았을 때이지만, 그것은 적들도 마찬가지였다. 그들은 생각지도 못했을 시간대인 자정에 기습을 감행하는 것이 효율적인 방법인 듯 생각되었다.

“그리하겠다고 전해 드려주십시오.”

취운개는 고개를 끄덕였다.

“그럼 그렇게 알고 가겠네. 나는 서둘러 돌아가 보아야 하네. 자정까지는 시간이 그리 많지 않아.”

취운개는 말이 끝나자마자 급히 장막을 젖히고 바깥으로 나갔다. 그리고 그런 그의 뒷모습을 보던 단리철의 얼굴에는 미소가 번졌다.

"후우… 이제 얼마 지나지 않아 모든 것이 끝나겠구나."

*　　　*　　　*

온 세상에 어둠이 깔렸다.

달빛마저 구름에 가려 온통 새카만 칠흑으로 변한 종남산.

그 아랫자락에서는 수많은 무인들이 산을 타고 올라가고 있었다.

"신속하게 올라가 기습해야 한다."

속삭이는 듯한 단리철의 목소리가 야음을 타고 울려 퍼진다. 내공을 가미한 것이기 때문에 그다지 큰 소리는 아니었지만 모두의 귀에 또렷이 들려왔다.

독고진은 이번에도 나연과 함께 가장 선두에서 커다란 기를 감지하고 있었다.

콰쾅!

그때, 허공에서 커다란 폭음이 울려 퍼졌다.

"적이다!!"

누군가의 외침, 그리고 무림맹의 진영에서는 일제히 함성이 울려 퍼졌다.

"와아아!!"

그리고 그것은 신호였다.

전투는 그야말로 치열했다.

어둠 속에서 벌어지는 전투는 그야말로 처참하기 그지없었다.

하지만 이는 무림맹 측에 유리한 환경이었다.

무림맹의 병력은 쌍 방향으로 들이닥치고 있었으며, 또한 훈련된 병사들도 어둠 속의 기습에서는 별 힘을 발휘하지 못하기 때문이었다.

피 터지는 싸움은 계속되었다. 하지만 독고진은 오대천의 주구들을 단 한 명도 찾아낼 수가 없었다. 그야말로 기가 막힐 노릇이었다.

그들이 등장하지 않아 전투는 더욱 무림맹 측으로 기울어지고 있었지만, 어딘가 무척이나 찜찜한 것은 어쩔 수 없었다.

"모두들 긴장을 늦추지 마라! 또한 적들에게 인정을 베풀어서는 안 된다! 적을 죽이지 못하면 내가 죽는다!"

독고진의 사자후가 커다랗게 울려 퍼졌다. 그리고 독고진의 이 말은 그가 전장에 임할 때마다 다졌던 각오였다.

"와아아아!"

전투의 승기는 이제 거의 무림맹 측으로 기울었다.

한밤중의 기습인 데다가 쌍방에서의 공격이었고, 설상가상으로 관군들을 지휘하는 이조차 하나 없었다.

아무리 삼만의 군대라 하더라도 아무런 힘을 발휘할 수 없는 상황인 것이다.

촤아악—!

수만의 피가 종남산에 뿌려졌다.

축시, 인시가 지나고 점점 날은 밝아왔다.

그리고 수많은 시체들은 종남산의 또다른 봉우리를 이루었다.

종남의 혈투는 이렇게 막을 내리는 듯하였다.

*   *   *

"후후, 이곳인가?"

헌원광은 비릿한 미소를 지었다. 그가 있는 곳은 어떠한 동굴의 앞이었다.

"그렇습니다, 천주님."

구견의 말에, 헌원광은 씨익 웃어 보인다.

"수고했네. 그건 그렇고 간밤에는 어떻게 되었는가?"

이번에는 유월이 대답하였다.

"이곳으로 데려온 이백여 명의 월령대와 삼백의 실혼인, 그리고 구견 회주가 이끌고 온 정예들을 제외하면 전부 전멸했을 겁니다."

그에 헌원광은 고개를 끄덕였다. 삼만의 무고한 인명이 죽었음에도 그는 아무런 감흥도 없는 듯하였다.

"그렇군. 후후, 그럼 이제 남은 병력은 천여 명 정도인가?"

"멸천주와 혈천주의 직속 부대가 도착하면, 대략적으로 그 정도가 될 겁니다."

“후후…….”

잠시 웃음을 흘리던 헌원광이 마상평을 돌아보았다.

“멸주와 혈주는 예까지 도착하는 데 얼마나 걸린다 하던가?”

“이제 곧 도착할 겁니다. 아마 오늘 내로는 이곳에 마지막 남은 신맥을 데리고 도착할 수 있겠지요.”

그에 고개를 끄덕인 헌원광은 유월을 응시하며 말했다.

“그 독고진인가 하는 애송이는 내가 이 안쪽으로 유인할 것이다. 그것을 네가 도와야 한다.”

그에 구견이 걱정스런 어투로 물었다.

“괜찮으시겠습니까? 빙의가 다 되려면 시간이 좀 걸릴 텐데 말입니다.”

한층 발전한 독고진의 무위를 아는 그이기에 조금은 불안한 표정이었다.

하지만 헌원광은 싸늘한 미소만을 지어 보였다.

“걱정 말거라.”

*   *   *

명 황실의 이십만 대군은 하북에서 출발하여 어느새 산서를 넘어 섬서의 경계에 다다랐다. 쉴 틈 없이 빠르게 진격한 결과였다.

하지만 묵비령은 아직까지도 수심이 가득한 표정이었다.

"장군님, 조금 더 빠를 수는 없겠습니까?"

이전부터 하고 싶었던 말을 끝까지 누르지 못해 내뱉고야 마는 묵비령. 그런 그의 모습을 본 중년의 장수는 고개를 설레설레 저었다.

"그건 힘드오, 소협. 지금도 충분히 강행군을 하는 것이라오. 소협의 마음은 잘 알겠지만, 조금만 참으시오. 분명 좋은 결과가 있을게요."

"후우……."

묵비령은 커다랗게 한숨을 쉬었다. 이제 섬서에 도달하였으니 종남산까지는 얼마 걸리지 않을 터였다. 하지만 그 거리가 무척이나 멀게 느껴지는 그였다.

*　　　*　　　*

차라랑—

마치 한줄기 바람이 지나가듯 무림맹의 진영을 쏜살같은 두 개의 기운이 휘젓고 지나간다.

"뭐지?"

약간이나마 그 기척을 느낀 한 무사가 중얼거리자 그 옆에 있던 무인이 어리둥절한 표정을 짓는다.

"뭐가 말인가?"

하지만 무사는 뒷머리를 긁적이며 대답하였다.

"아, 아닐세. 하던 일 계속하게나."

혈천주와 멸천주는 할 수 있는 한 가장 뛰어난 은신술을 이용하여 무림맹의 진영을 휘젓고 있었다. 하지만 무작위로 휘젓는 것은 아니었다.

그들의 움직임은 완전히 정확하진 않았지만, 점점 소운을 향해 다가서고 있었던 것이다.

스슥―

"음?"

독고진은 자신의 감각을 스쳐간 기운을 느끼고는 신음성을 흘렸다.

"뭐지……?"

그의 뇌리로 불길한 기운이 스며들었다. 독고진은 감각을 최대한 개방하고는 그를 스쳐간 기운을 따라갔다.

촤라락!

날카로운 검기에 막사 하나가 통째로 찢어진다. 그리고 그 안에 있던 무인들은 무척이나 당황한 표정이 되어 허공을 응시하였다.

그리고 그중에는 소운 또한 껴 있었다.

"놈을 잡게. 내가 엄호하겠네."

허공에서 알 수 없는 노인의 목소리가 울려 퍼지고, 소운의 뇌리에는 경고성이 울려 퍼졌다. 당시 그가 당했을 적과 비슷한 상황이라 생각되었기 때문이다.

"읍!"

막 소운이 움직이려는 찰나, 그의 입을 주름진 손이 움켜쥐
었다.

풀썩—

혈이 짚였는지 쓰러진 그를 들쳐 멘 노인은 순식간에 장내
를 빠져나갔다. 그리고 그를 따라 또 하나의 노인이 신형을 날
렸다.

*   *   *

유월은 기척을 감추고 맹의 후발대에 숨어들었다. 한차례
커다란 전투가 끝난 뒤였기에 가능한 일이었다.

삼엄했던 맹의 경계가 한층 옅어지고, 승리로 인해 무인들
의 긴장 또한 풀린 것이다.

스슥—

유월의 목적은 물론 당소소였다. 독고진을 유인하기 위한
미끼란 바로 그녀였던 것이다.

유월이 당소소를 찾는 것은 그리 어렵지 않았다. 대부분의
등천각의 학도들은 전투가 거의 끝난 분위기였기 때문에 맹으
로 돌아간 것이었다. 하지만 당소소는 독고진 때문에 후발대
에 남아 있었고, 유월의 눈에 그녀는 금방 들어왔다.

푹—

소소의 뒤로 접근한 그녀는 순식간에 그녀의 마혈과 아혈을
짚어버렸다.

정신을 잃은 그녀를 들쳐 멘 유월은 빠르게 어디론가 사라졌다.

*   *   *

소운이 납치당한 것을 발견한 독고진은 그 자리에 있던 학도들 중 하나에게 전음을 날린 후 빠르게 두 사람의 기척을 쫓았다.

"자네는 지금 곧장 맹주님께 가서 이 사실을 전하고 종남산을 포위하라고 전하시게. 시급한 일일세."

그 말에 그는 잠시 어리둥절한 표정이 되었지만, 곧장 단리철에게 독고진의 말을 전하기 위하여 움직였다.

'대체 소운 소협을 왜 납치해 가는 거지?

독고진은 전혀 감이 오지 않았다. 남궁소운이 신맥 중 하나라는 것은 알고 있었다. 하지만 신맥은 저번에 끊어지지 않았던가?

독고진은 발을 더욱 빠르게 놀렸다. 하지만 좀처럼 그들과의 거리는 좁혀지지 않았다.

일각여를 달렸을까? 그들의 기운이 하나가 더 늘더니, 종래에는 갑자기 사라진다. 그에 당황한 독고진은 그 장소로 빠르게 이동하였다.

"음……?!"

그리고 그의 앞에는 하나의 동굴이 있었다.

독고진은 들어갈까 하여 그 앞까지 다가섰으나, 왠지 모를 불안한 기운이 느껴져 들어가야 할지 말지 갈등을 하였다.

"일단 무림맹에 이곳을 알리고 포위해야겠군."

독고진은 주변을 향해 감각을 넓혔다. 혹시나 주변에 오대천의 병력의 기운이 잡힐까 해서였다.

그리고 그의 예상은 여지없이 맞아떨어졌다.

'빨리 이곳을 포위하고 옥죄어가야 한다. 아직 싸움은 끝난 게 아니었어.'

무림맹의 진영에 돌아온 독고진은 뜻밖의 인물을 만났다.

"주군!"

그는 묵비령이었다. 그에 독고진 또한 반가운 기색이 되었다.

"오, 오랜만이군. 그런데 황실에 갔었던 일은 대체 어찌 된 건가. 황실에서 병력이 무림맹으로 파병되는 것을 막으라 하였더니, 삼만의 병력이 고스란히 빠져나오고……."

조금은 질책의 의미가 담긴 말. 그에 묵비령은 멋쩍게 웃어 보였다.

"죄송합니다, 주군. 하지만 이제 걱정하실 것 없습니다. 황실에서 이십만의 대군을 보내줬습니다. 이제 종남산을 둘러싸고 저들을 순식간에 섬멸할 수 있을 겁니다."

그에 독고진은 반색하였다. 그것만은 정말 좋은 소식이었기 때문이다.

“오, 정말인가?”

독고진의 반문에 묵비령은 고개를 끄덕인다.

“그런데 주군, 안 좋은 소식이 하나 있습니다.”

묵비령의 표정은 무척이나 망설이는 모습이었다. 그에 불길함을 느낀 독고진은 그를 재촉하였다.

“무슨 안 좋은 소식인가?”

잠시 뜸을 들인 묵비령은 천천히 읊조렸다.

“주모님께서… 그들에게 납치되셨습니다.”

“맹주님! 정말 급합니다. 빨리 제가 알려준 곳을 포위하십시오. 제가 그 안으로 들어가 소소와 소운 소협을 구출해 나오겠습니다!”

독고진은 단리철에게 자신이 본 그대로를 설명하였다. 그리고는 곧장 재촉하였다. 그 누구도 아닌 소소가 위험해진 것이었다. 그로서는 정말 최악의 상황인 것이다.

“으음, 자네 마음 충분히 이해하네. 지금 대군이 종남산을 포위하고 있어. 계속 그 경계를 좁혀 나가고 있다는 말일세. 조금만 더 참고 기다려 보게. 그들을 따라 그 안으로 들어간다면 자네는 알고서도 함정에 빠지는 게야. 왜 자네의 처를 잡아갔겠는가? 자네를 유인하기 위함이란 말일세.”

하지만 독고진은 고개를 저었다. 그로서는 함정인 줄 알면서도 들어갈 수밖에 없는 상황이었다.

“그럼 최대한 빠른 시일 내에 주변을 봉쇄하십시오. 하지만 저는 당장 그 안으로 들어가야겠습니다.”

말을 끝낸 독고진은 그대로 장내에서 사라져 버렸다. 그에
단리철은 헛웃음을 지었다. 그의 그런 모습이 이해가 되기도
하였지만, 한편으로는 안타까운 마음이 드는 것이었다.

“허어… 이 무슨…….”

독고진은 정신없이 달렸다. 동굴을 포위하기 위해 그곳으로
다가가고 있는 무사들을 제치고 순식간에 그 앞에 도달하였
다. 동굴 앞에서는 여전히 괴이한 기운이 느껴진다.

“후우…….”

살짝 한숨을 들이킨 그는 망설임없이 동굴의 앞에 섰다. 안
쪽은 너무도 어두워 아무것도 보이지 않았다.

팡―!

그러나 동굴의 앞은 무형의 벽이 가로막고 있었다. 그에 독
고진은 곧바로 기를 일으켜 동굴의 안쪽을 향해 강기를 뿌렸
다.

콰아아앙!

무슨 폭발물이라도 터진 듯이 커다란 폭음이 울려 퍼진 후
독고진은 천천히 그곳을 향해 들어갔다.

저벅― 저벅―

독고진은 안으로 계속 걸어 들어갔다. 그는 극도로 긴장한
상태였다. 아무리 마음이 급하다 하더라도 그는 생각조차 없
어진 것은 아니었다.

동굴의 안쪽에서는 정말 커다란 기운이 느껴졌다. 그리고 들어가면 들어갈수록 어두웠던 동굴은 밝아지고 또 넓어졌다.

"음?"

동굴의 안쪽은 조금씩 넓어지더니, 어느 순간 커다란 공터와 같은 곳이 그의 눈에 들어왔다. 그리고 그 안에서는 기운의 원천인 듯한 황금빛의 커다란 구슬이 독고진의 눈에 들어왔다.

독고진은 지체없이 공터에 발을 디뎠다.

기이잉—

그순간 기이한 소리가 울려 퍼지며 그가 들어왔던 퇴로는 붉은 벽으로 막혔다. 하지만 독고진은 당황하지 않았다. 저런 것쯤이야 언제든 뚫고 나가면 된다 생각하였기 때문이다.

주위를 두리번거리는 그에게로 누군가의 걸걸한 목소리가 들려왔다.

"클클… 네 녀석이 독고진이라는 애송이더냐?"

독고진은 소리가 들려온 방향으로 고개를 돌렸다. 그곳에는 흑색 장삼을 걸친 괴이한 모습의 노인과 정신을 잃고 쓰러져 있는 소운과 소소가 보였다.

"놈! 빨리 두 사람을 내어놓거라!"

독고진의 노성에 노인은 씨익 웃었다.

"아, 아. 걱정할 것 없다. 저 녀석들을 죽일 생각은 없으니까. 아마 네 처에게는 손 하나 까딱하지 않을 게다, 인질극 따위를 벌이고 싶은 생각은 없으니까. 어차피 너를 유인하기 위한 미끼였을 뿐이다. 저 신맥을 지닌 애송이 녀석은 조금 다르지만 말이야. 후후."

독고진은 더 들을 것도 없다 생각했는지 발검과 동시에 노인을 향해 강기를 날렸다.

콰아앙—

하지만 독고진의 강기는 노인의 손짓 한 번에 무마되었다.

"음……?!"

독고진은 적잖이 놀란 표정이 되었다. 탐색하기 위한 성질이 강한 강기일 뿐이었지만, 손짓 한 번으로 막아낼 만한 수준의 것은 아니었기 때문이다.

"후후, 놀랄 것 없다."

그리고 노인은 독고진을 향해 장력을 날렸다. 척 보기에도 무척이나 위력적인 일장이었다.

콰콰콰쾅!

동굴 전체가 흔들릴 정도의 강력한 장력. 하지만 독고진 또한 아무런 기색의 변화가 없었다. 그는 담담한 표정으로 노인을 응시하였다.

"내 사람을 납치한 죄. 그 어떠한 것으로도 용서할 수가 없다. 죽어줘야겠다."

나직한 목소리로 중얼거린 독고진은 기세를 증폭시켰다. 천령의 힘을 사용치 않는 한에서 전력을 다할 요량이었다. 아무리 상황이 급하다 하더라도 천령의 힘을 사용하는 순간, 십이신장이 강림할 것이라는 사실은 인지하고 있는 독고진이었다.

“그래, 한 번 와 보거라!”

두 사람의 기운이 허공에서 격돌하였다.

쾅— 콰콰쾅—!

무지막지한 기의 파동들이 허공에서 부대끼며 폭음을 일으켰다.

웬만한 사람이라면 근처에만 있어도 온몸이 녹아내릴 만한 열기가 장내를 가득히 메웠다.

“애송이, 생각보다 더 대단하군. 내 짐작에 더 확신이 생겼어.”

독고진은 아무런 대답도 하지 않았지만, 노인은 계속 중얼거렸다.

“너는 이곳 사람이 아니다. 후후. 어쩌면 사람이 아닐는지도 모르지.”

그 말에 독고진이 움찔했다. 사람이 아니라는 말은 틀렸지만, 이곳 사람이 아니다라는 말이 그의 가슴에 와 닿았기 때문이다. 그는 적잖이 당황했다. 자신이 상대하고 있는 이 노인 또한 이계의 인물이 아닌 이상 그 사실을 알 수는 없는 노릇이었기 때문이다.

“헛소리하지 마라!”

독고진은 검세를 더욱 강하게 몰아쳤다. 그리고 노인의 양손은 독고진의 검을 막아갔다.

콰콰쾅—!

노인의 몸놀림은 무척이나 쾌속했다.

퍼퍼펑—!

당황한 기색이 역력한 그를 보며 노인, 헌원광은 비릿하게 웃었다.

"이대로는 끝이 나려면 오래 걸리겠군. 후후, 금방 끝내주도록 하지. 미안하지만 이제 재미가 없어졌다네."

전투 태세를 갖추고 있던 노인의 신형이 갑자기 쭉 펴진다. 그리고 그의 신형은 공중에 둥둥 떴다. 어떠한 매개체도 없는 완벽한 공중부양이었다.

"후후……."

노인이 한 손을 천천히 들어 독고진을 향해 뻗었다.

우우웅—

독고진은 잠시 어리둥절한 표정을 지었다. 그가 무엇을 하는지 알 수 없었기 때문이다.

하지만 잠시 후 그는 경악할 수밖에 없었다. 그가 들고 있던 청사신검에서 하얀 광채 같은 것이 흘러나가고 있었기 때문이다.

"이, 이런?!"

독고진의 경악성에, 노인은 빙긋 웃었다.

"후후, 그래. 네놈이 들고 있던 청사신검이 마지막 신물이었느니라. 크하하하!!"

독고진은 그제야 헌원광이 자신을 이곳으로 끌어들인 이유를 알아차렸다. 하지만 이미 때는 늦었다.

쿠구구궁—

커다란 진동이 울려 퍼진다. 헌원광의 손으로 스며들어 간 백색 기운은 다시 그의 옆에 있던 커다란 구슬로 빨려 들어가며 화려한 광채를 만들어냈다.

"으하하하하!!"

광소를 터뜨리는 헌원광을 보며 독고진은 속으로 갈등하고 있었다.

'크윽… 이젠 방법이 없다. 천령의 힘마저 전부 개방하지 않으면 저 괴물을 상대할 도리가 없어. 이거 미치겠군.'

독고진은 공터의 구석에 정신을 잃고 쓰러져 있는 소소를 응시하였다. 그리고 그는 한숨을 내쉬며 중얼거렸다.

"미안해, 당 매. 이제 다시는 볼 수 없겠네."

독고진은 씁쓸한 웃음을 흘렸다. 십이신장이 강림하고 나면 이제는 모든 것이 끝인 것이다. 자신은 꼼짝없이 카오스석을 취하기 위한 수단으로 끌려갈 것이었다.

하지만 그것이 소소의 죽음보다는 낫다고 생각하는 독고진이었다.

"늙은이, 당신이 괴물이란 것은 인정한다. 하지만 말이지, 당신은 잘못 짚었어."

독고진의 기세가 완벽히 달라졌다.

쿠오오오!

그에 이번에는 헌원광의 안색이 변하였다. 무척이나 당황한 모습이었다.

"대체 이놈은……?!"

헌원광은 독고진을 향해 신형을 날렸다. 그리고 독고진 또한 그를 향해 몸을 날렸다.

콰아아아앙!

커다란 폭음이 울리고 종굴이 쩍 쩍 갈라지기 시작하였다.

우르르룽―

비동의 바깥에서 숨죽이며 독고진이 나오기만을 기다리던 단리철은 지진이라도 난 듯 흔들리는 동굴의 모습에 당황하였다.

"모두 삼 장여 밖으로 포위망을 넓힌다!"

단리철의 말이 떨어지기가 무섭게 그곳을 둘러싸고 있던 무사들은 삼 장 뒤로 물러났다.

쿠쿠쿠쿵―

독고진과 헌원광은 혈투를 벌이고 있었다. 조금씩 비동의 천정은 내려앉고 있었고, 그들의 전투 또한 치열해지고 있었다.

쾅― 콰콰쾅―!

독고진은 과거 켈리어스로부터 전수받았던 극마멸법까지 전부 다 동원하여 헌원광을 상대하고 있었다. 하지만 오대천의 힘을 전부 전해받은 그는 그리 호락호락하지 않았다.

"크아압!!"

기합성과 함께 독고진의 검이 헌원광을 향해 쏘아진다.

콰앙— 쾅!

하지만 헌원광의 장력은 여지없이 독고진의 검을 막아냈다.

'이대로 시간을 더 끌다간 모두 이 안에 생매장당하고 만다.'

조금씩 헌원광을 압도하고 있는 독고진이었지만 다급했다. 이렇게 기력을 많이 소모한 상태에서 동굴이 무너진다면 소소와 소운을 구하지 못하는 것은 물론, 자신 또한 빠져나가지 못할 것이기 때문이다.

생각을 정리한 독고진은 신형을 빠르게 움직였다.

타탓—

천장에서 커다란 돌무더기가 떨어지는 것을 발견한 독고진이 최대한 빠르게 움직였다. 그러자 그런 그를 향해 헌원광이 장력을 날렸다

퍼어엉!

돌무더기가 허공에서 한 줌 재가 된다. 하지만 그곳에는 이미 독고진이 있지 않았다.

그에 잠시 당황한 헌원광은 신형을 반대로 휙 돌렸다. 하지만 그는 이미 독고진의 얕은꾀에 걸려든 직후였다. 잠시간의 속임수로 인해 잔영들 속에서 그는 독고진의 진체를 찾을 수 없게 된 것이다.

그리고 다섯의 독고진이 그를 향해 다가왔다.

"이만 가거라, 퇴물!"

고함과 함께 독고진의 검이 헌원광의 심장을 향해 쏘아져

갔다.

차르르릉—! 푹—

마지막 순간에 독고진의 진체를 알아챈 헌원광은 손을 움직였지만, 이미 검은 심장에 박혀 있었다.

"크으아아아!!"

헌원광은 괴성을 지르며 남은 힘을 다해 독고진에게 장력을 쏘아 보냈다.

콰아아앙!! 콰쾅!

그리고 독고진은 최대한의 속력으로 그의 장력을 피하려 했지만, 멀리서 쏘아지는 것도 피하기 힘들 만큼 빠른 장력이 바로 앞에서 쇄도하는데, 그것을 피할 재주는 없었다.

"크으윽!"

독고진은 장력을 완전히 피하지 못한 채 한쪽 팔을 그에 내어주고 말았다.

"우욱—!"

하지만 장력을 맞는 순간에도 독고진은 소소와 소운을 잊지 않았다. 그는 최대한 방향을 비틀어 장력의 반탄력으로 그들이 쓰러져 있는 곳으로 떨어졌다.

독고진의 왼쪽 팔은 형체만을 겨우 알아볼 수 있을 정도의 피륙이 되어 땅바닥에 떨어졌으며, 그의 한쪽 다리는 탈골되었다.

"으으… 당 매……!"

졸지에 외팔이에 한쪽 다리는 마비가 된 독고진이었지만,

그는 바닥에 쓰러진 채 천천히 기어갔다.

"후우……."

독고진은 먼저 두 사람의 상태를 보았다.

다행히도 소소의 정강이가 낙석에 맞아 부러진 것과 소운의 한쪽 어깨가 으스러진 것 빼고는 무척이나 양호했다.

독고진은 먼저 소운의 혈을 풀었다.

"으… 으윽!"

혈이 풀리자마자 고통을 느낀 소운은 신음을 흘렸다. 그리고 그런 그에게 독고진은 다급히 말하였다.

"소운 소협, 시간이 없소. 어서 당 매를 업고 이곳을 빠져나가시오! 왼쪽 어깨만 제외한다면 크게 다친 곳은 없으니 충분히 이곳을 빠져나갈 수 있을 게요."

소운은 온몸이 피범벅이 되어 바로 앞에 쓰러져 있는 독고진을 발견하였다.

소운은 현 상황을 충분히 인지하고 있는 상태였다. 반 각 정도 전쯤부터 마혈이 조금씩 풀리기 시작하여 움직일 수는 없어도 들을 수는 있었기 때문이다.

"독고 소협은 어찌할 생각이십니까? 그 몸으로 이곳을 빠져나가실 수는 없습니다. 제게 업히십시오!"

하지만 독고진은 고개를 절레절레 저었다. 소운이 이 상황에서 자신과 소소 둘을 업고 비동을 탈출한다는 것은 무리가 있었기 때문이다.

"나는 개의치 마시고 당 매을 업고 빨리 나가시오, 어서!"

쿠쿠쿵—!

독고진이 소리치는 와중에도 낙석들은 계속 바닥으로 작렬하고 있었으며, 비동은 천천히 무너져 가고 있었다.

"독고 소협은 내 목숨을 구한 은공이자 무림의 영웅이오. 이대로 두고 나 혼자 나간다는 건 말도 안 되오!"

하지만 독고진은 고개를 저을 뿐이었다.

"나와 당 매 둘 다 구한다는 것은 어리석은 짓이오. 불가능한 짓이란 말이오. 당 매의 목숨이 곧 내 목숨이니, 당 매를 구한다면 나를 구한 것이나 진배없소. 그대가 당 매를 구해준다면, 그것으로서 내가 그대를 구한 구명지은을 갚게 되는 것이외다……."

독고진은 힘없이 눈을 감았다. 더 이상의 실랑이는 하지 않을 생각이었다.

남궁소운은 피눈물을 흘렸다. 자신이 그 어떠한 것도 할 수 없다는 생각에 미칠 듯이 울분이 솟구쳐 올랐다.

"으흐흑……."

그의 양 볼을 타고 눈물이 흘러내린다. 하지만 눈물을 훔칠 시간 따위는 없었다.

소운은 다치지 않은 오른쪽 어깨에 소소를 들쳐 메고는 경공을 전개하였다.

그의 두 눈에서는 쉴 새 없이 눈물이 흘러나왔다.

떠나가는 그의 뇌리로, 독고진의 전음이 흘러들어 왔다.

"고맙소, 남궁 소협. 내 사람을 구해주어서……."

소운의 신형은 더욱 빨라졌다. 이렇게 달리지 않으면 무력감으로 짓눌리려는 마음을 주체할 수가 없을 것 같았기 때문이다.

독고진은 그런 소운의 뒷모습을 바라보며 웃었다. 목숨이 경각에 달린 상황. 아니, 죽은 것이나 다름없는 상황이었지만, 그는 웃었다.

진심으로 웃었다.

"그래, 어차피 십이신장의 노예가 되어 살아가야 할 것이라면 이렇게 죽어버리는 것이 오히려 나을 거야."

그는 초점없는 눈으로 허공을 응시하였다.

이제 모든 것이 끝났다고 생각했다. 그리고 그는 평온한 표정으로 두 눈을 감았다.

하지만 독고진이 모르는 것이 하나 있었다.

쓰러져 있는 독고진을 지켜보고 있는 한 쌍의 눈이 어둠 속에서 빛나고 있었던 것이다.

Epilogue

관까지 동원된, 고금을 통틀어 최대의 규모였던 혈사는 비교적 쉽게 마무리되었다.

천룡무제 독고진과 살혼마신 헌원광이 죽은 후, 십만대군에 둘러싸인 오대천의 반군들은 손쉽게 제압할 수 있었으며, 단리철은 오대천의 힘을 다시금 봉인하였다. 하지만 쉽사리 마무리가 되었다 해서 피해도 가볍다는 이야기는 아니었다.

구대문파의 세 곳. 화산과 종남, 소림이 멸문지화를 당했고, 사천당가는 봉문을 선언하였다. 반절이 넘는 식솔들이 죽고, 건물들은 재가 되다시피 하였기 때문이다.

백도무림은 환호하였지만 수많은 무인들은 친우, 그리고 식솔들의 죽음에 눈물을 흘릴 수밖에 없었다.

수많은 곳에서 제(祭)가 열렸으며 모든 강호인들이 협의에 목숨을 바친 영웅들의 혼을 애도하였다.

그리고 당연하겠지만 독고세가의 정문은 강호무림의 안녕을 위하여 목숨을 바친 무제(武帝) 독고진의 혼을 애도하기 위해 모인 이들로 문전성시를 이루었다.

비록 독고진의 시신은 남지 않았지만, 모든 이들이 독고진의 검 앞에 고개를 숙이기를 마다하지 않았다.

독고진의 시신이 남지 않은 데에는 많은 주장들이 있었다. 하지만 그 결론은 하나. 독고진이 아직 살아 있을지도 모른다는 것이었다.

하지만 정황상 그것은 말도 되지 않는 이야기였기에, 하나의 흐름으로 흘러가 버리고 말았다.

그 커다란 비동이 무너지고 모든 오대천의 무인들이 포박된 후, 단리철은 전력을 다 동원하여 무너진 돌무더기를 치웠다.

그리고 커다란 바윗덩어리들이 사라진 그 안쪽에 펼쳐져 있는 장면은 놀라운 것이었다.

지하에 이렇게 드넓은 공터가 있었다는 것만도 경악스러운데, 그 커다란 공터 어느 곳도 원래의 모습을 간직하고 있는 곳이 없었던 것이다.

기의 파동으로 인하여 마치 인위적으로 파놓은 것마냥 화려하고 날카로운 문양이 공터 전체에 새겨져 있었으니… 두 사람의 전투, 그 규모의 대단함을 알 수 있었다.

　단리철은 수일간 독고진을 찾기 위해 총력을 기울였다. 그의 시신이라도 건져내 보기 위한 노력이었다. 하지만 그들이 찾을 수 있었던 것은 단지 잘려 나간 독고진의 왼팔과 피로 얼룩진 두 자루의 검뿐이었다. 그것은 독고세가로 전해졌고, 독고진이 사용하던 두 자루의 명검은 마치 독고세가의 상징과도 같은 것이 되었다.

　소소는 썩어가는 독고진의 왼팔을 끌어안고 탈진하기 직전까지 흐느꼈으며, 독고세가는 전 무림의 찬양을 받으면서도 착 가라앉은 분위기 속이었다.

　팔랑—

　커다란 고목. 그 수많은 나뭇가지에 걸려 있던 나뭇잎들이 다 떨어지고, 결국에는 마지막 남은 잎새마저 차디찬 겨울바람에 휩쓸려 힘없이 내려앉고 있었다.

　새하얀 나연의 손등 위로 누런 이파리가 떨어진다.

　무슨 생각을 한 것일까?

　아무런 감정조차 느낄 수 없었던 나연의 얼굴에 표정이랄 만한 것이 생겨났다. 놀랍게도 그것은 은근한 미소였다.

　하지만 그것은 그 깊이를 알 수 없는 슬픔이 묻어나오는, 그런 웃음이었다.

　"꼭 그렇게… 가셔야 했나요?"

　어느새 나연의 눈가에 맺힌 눈물은 그녀의 고운 볼을 타고 한줄기 한줄기 흘러내리고 있었다.

나연은 옷자락을 들어 눈물을 훔치고는 나뭇잎이 떨어져 내린 앙상한 고목의 꼭대기를 바라보았다.

"오라버니……."

그녀의 고개가 다시금 떨궈진다. 자신의 손에 들려 있는 이파리를 꾸욱 쥐었다. 그러자 그녀의 손에 쥐여 있던 누런 이파리는 부서져 가루가 되어 바람에 흩날렸다.

"오라버니께서도 이 마지막 잎새처럼… 그렇게 가신 것이라 믿을게요."

그녀는 손을 활짝 폈다. 그리고 그의 손에 쥐여 있던 남은 이파리의 가루마저 바람에 휩쓸려 허공으로 흩어진다.

나연의 입가에 맺혀 있던 시리디시린 그 미소가 점점 더 짙어지고 있었다.

"내년이면 새파란 싹이 되어 돌아날 저 이파리들처럼… 오라버니께서도 제 곁에 돌아오시리라… 그렇게 믿을게요."

나연은 천천히 허공을 올려다보았다.

크게 숨을 들이쉬는 그녀. 그렇게라도 하지 않으면 가슴이 꽉 막혀 버릴 것 같았기 때문이다.

파란 하늘에 떠다니는 구름에 독고진의 웃는 얼굴이 겹쳐 보인다.

나연의 입가에 환한 미소가 맺혔다.

『1부 완결』

안녕하세요. 못난 글쟁이 취령입니다.

이제 제가 만들어갈 이야기의 1부가 끝났을 뿐이지만, 그래도 완결이라는 꼬리표를 달아보게 되니 뿌듯하고 또 제 자신이 대견스럽군요.

먼저, 이렇게 글을 낼 수 있도록 허락해 주시고 격려해 주신 부모님들께 가장 감사드리며, 또 글을 읽어주고 또 조언도 많이 해준 창작 집단 A.M친구들, 그리고 다른 친구들에게도 정말 고맙다는 말 전하고 싶습니다.

처음 시작은 쉬웠지만, 제가 글에 대한 책임을 진다는 것이 이렇게나 어려운 일인 줄 새삼 느꼈습니다.

완연한 끝을 본 것은 아니지만, 용두사미가 되어버린 것은 아닌지 걱정이 앞서는군요. 뭐 '용두' 라 할 것도 없지만 말입니다^^;;

다른 제목으로 나가게 되겠지만, 포잣 2부, 3부 격인 이야기들을 전부 풀어놓고 나서도 저는 글을 계속 쓸 것 같습니다.
저만의 세상을 만들어가고, 또 누군가에게 그것을 보여준다는 것이 정말 즐거운 일이거든요.

지금까지 제 부족한 글 보아주신 독자제현께 진심으로 감사드리며, 앞으로도 쭉 지켜봐 주신다면 저로서는 더 이상 바랄 것이 없겠습니다.
이후로는 더욱 성실한 모습 보여 드리며 독자 분들의 기대를 져버리지 않는 글쟁이가 되도록 노력하겠습니다.

2007. 7. 25. 醉靈 拜上

입소문을 통해 아는 분은 다 알고 계십니다!
올 한해 공인중개사 최고의 화제작!

1~2권 합본 | 이용훈 지음
3~4권 합본 | 이용훈 지음
5~6권 합본 | 이용훈 지음
용어해설 | 이용훈 지음

수험생 기본 필독서
만화 공인중개사

제목 : 만화공인중개사 쓰신 분에게 감사드립니다.

학원을 두 달 다녔어요. 근데 과연 그 숫자 외우기 그런 게 몇 문제나 나올까 생각을 했어요.
아니라는 생각이 드네요. 학원강의를 뒤로하고 서점을 갔어요. 내 머리에 가장 이해될 수 있는
책이 없나 하구요. 거기서 만화를 발견했어요. 무조건 세 번 봤어요. 3개월 걸렸어요. 문제집을 보라고
했는데 그건 시행을 못했어요. 근데 합격을 했네요.
어떻게 감사의 말을 해야 될지……
도서관에서 만화책 들고 다니니까 사람들이 비웃더라구요. 만화책으로 공인중개사를 공부한다고
미친 사람처럼 보더라구요. 근데 그거 다 감수하고 했던 내가 자랑스럽습니다.
어떻게 감사의 말을 해야 할지… 정말 감사합니다.
부디 행복하세요. 제 나이 41살에 좋은 스승을 만난 것 같습니다.
엎드려 감사드립니다.

－본사 홈페이지에 독자분이 올린 메일 中에서 발췌－